W0364858

Das Wäldchen

Kriminalroman

Karin Büchel

EDITION
LEMPERTZ

Impressum

Math. Lempertz GmbH
Hauptstraße 354
53639 Königswinter
Tel.: 02223 / 90 00 36
Fax: 02223 / 90 00 38
info@edition-lempertz.de
www.edition-lempertz.de

Alle Rechte vorbehalten. Ohne ausdrückliche Genehmigung des Verlages ist es nicht gestattet, das Buch oder Teile daraus zu vervielfältigen oder auf Datenträger aufzuzeichnen.

1. Auflage - Juni 2019
© 2019 Mathias Lempertz GmbH

Text: Karin Büchel

Umschlaggestaltung: Ralph Handmann
Lektorat: Julia Bobinger, Philipp Gierenstein
Titelbild: Adobe Stock

Druck: Finidr, Tschechien
Printed and bound in Czech Republic

ISBN: 978-3-96058-294-6

Karin Büchel ist in Gelsenkirchen (mitten im „Pott“) geboren, in Hennef (Sieg) aufgewachsen und hat in Augsburg und an der Friedrich-Wilhelms-Universität in Bonn studiert. Seit vielen Jahren lebt sie mit ihrer Familie in unmittelbarer Nähe des Rheins, arbeitet als Pädagogin in Werkstätten für Behinderte und schreibt neben schwarzhumorigen Kurzgeschichten seit einigen Jahren Kriminalromane, die in Bonn und Umgebung spielen. Wichtig sind ihr stets der regionale Bezug und ein Quäntchen Humor.

Personen und Handlungen sind frei erfunden.
Ähnlichkeiten mit lebenden oder toten Personen sind rein zufällig und nicht beabsichtigt.

Spannende Lesestunden

Herzlichst
Karin Büchel

7.3.2020

Prolog

„Oh, so ein Mist!“ Nora stampfte wütend mit ihren Füßen auf den Boden. „Hätte der blöde Busfahrer nicht eine Minute warten können?“ Ihre Stimme hallte durch das Dunkel der Nacht.

„So ein Idiot. Der hat uns doch gesehen.“ Jenny schnappte nach Luft. „Jetzt kommen wir zu spät nach Hause. Mama ist bestimmt total sauer.“

„Und der nächste Bus kommt erst in dreißig Minuten! Hoffentlich verbietet uns Mama nicht, am Samstag auf die Geburtstagsparty zu gehen … Hmm, nützt aber nichts. Wir sagen ihr, wie es passiert ist. Basta! Schließlich sagt sie immer, wir sollen im Dunkeln nie zu Fuß den Weg durch das Wäldchen gehen. Gerade jetzt, wo der Maskenmann gesucht wird.“

„Ach, Nora, dieser Maskenmann ist doch nicht hier. Den sucht die Polizei irgendwo im Ruhrgebiet, in Essen oder Dortmund oder so. Also weit weg von hier. Weißt du was? Wir laufen zusammen ganz schnell durch das kleine Waldstück und sind dann pünktlich zu Hause. Komm schon!“ Jenny fasste Noras Hand und wollte loslaufen.

„Nein, Jenny. Nein! Ich laufe da nicht durch. Schau doch, wie düster es ist. Richtig unheimlich. Kein bisschen Licht, nur Bäume und Sträucher. Und da vorne ist ein Schatten, eine Person, glaube ich. Nein! Ich warte hier auf den Bus.“

„Du Angsthase! Da ist niemand. Uns passiert schon nichts. Wir rennen ganz schnell und sind in fünf Minuten auf der anderen Seite des Wäldchens und da sind auch Straßenlaternen. Komm schon!“ Jenny zog an Noras Hand. „Komm!“

„Nein! Ich hab Angst. Und außerdem drücken meine Schuhe. Ich kann gar nicht schnell laufen.“

„Mensch, Nora! Immer das Gleiche mit dir. Du bist wie Papa. Übervorsichtig! Dann laufe ich alleine und sage Mama, dass du später mit dem Bus kommst.“ Jenny ließ Noras kalte Hand los, hängte sich die Tasche über die Schulter und rannte davon.

Nora hörte ihre schnellen Schritte, die langsam leiser wurden, sah in der Ferne die gelbe Jacke, die allmählich ganz verschwand, sah die Mondsichel, die spärlich Licht gab, und setzte sich auf einen Mauervorsprung. Dort wartete sie auf den Bus. Es war unheimlich. Fremde Geräusche aus dem nahegelegenen Wald drangen an ihre Ohren und machten ihr Angst. Ihr Herz schlug ihr bis zum Hals und ihre Finger zitterten.

***

Jenny erreichte keuchend die Haustür und wurde bereits von Mama erwartet. „Da seid ihr ja. Pünktlich wie immer. Aber Moment: Wo ist denn Nora?"

Jenny druckste herum, schaute auf den Boden. „Die kommt mit dem Bus!"

„Was? Und du? Du bist alleine durch das Waldstück gelaufen? Alleine! Verdammt, Jenny, ich habe es euch verboten. Verboten! Hast du das denn nicht verstanden?"

Jenny nickte wortlos, zog ihre Schuhe schweigend aus und ging bedrückt in die Wohnstube. „Ich weiß", gab sie schließlich leise von sich. Mama hat ja recht, dachte sie.

„Du wartest hier und ich laufe jetzt Nora entgegen. Wenn wir zurück sind, reden wir weiter."

Mama warf sich ihre Strickjacke über die Schulter, schlüpfte hastig in ihre Schuhe, nahm die kleine Taschenlampe, die auf dem Schuhregal lag, und warf die Haustür hinter sich zu. Jenny war allein.

Sie wartete.

Es kam ihr vor wie eine Ewigkeit, bis Mama schließlich keuchend und schweißgebadet zurückkam. Sie zitterte am ganzen Körper. Ihr Gesicht war fahl und verschwitzt. Ihre Tochter war nicht mehr an der Bushaltestelle gewesen.

Nora kam nie zu Hause an.

Das Gestern ist fort – das Morgen nicht da.

Leb also heute.

Pythagoras von Samos

27 Jahre später

1

Er hockte auf seinem Schreibtischstuhl wie eine Kröte kurz vor dem Absprung. Die Beine hatte er trotz seiner 55 Jahre und einer beginnenden Arthritis im Schneidersitz verwoben und seinen Rücken dabei kerzengerade durchgedrückt. So gut es ging. Einigermaßen. Leises Stöhnen kam aus seinem Mund. Irgendwo hatte er gelesen, dass Schmerzen dazugehören mussten. Also durfte man ruhig stöhnen. Dies war seine kleine, ganz persönliche Yogaübung für Anfänger. Auf dem Schreibtischstuhl in seinem Büro.
Kommissar Wipperfürth machte sie regelmäßig, jeden Morgen, bevor er mit der Arbeit begann. Oder fast jeden Morgen. Die Übung dauerte höchstens zwei Minuten, dann krampfte sein dicker Zeh oder die linke Wade oder ein stechender, beißender Schmerz quälte seinen Rücken, sodass er seine kleine Entspannungseinheit abbrechen musste. Aber immerhin.
Wipperfürth entwirrte seine Beine, schüttelte sie, massierte den krampfenden Bereich und setzte sich dann gelöst und salopp so auf den Sitz, wie es eher seinem Alter entsprach. Er schlüpfte in seine ausgetretenen Slipper, die er unter den Tisch geschoben hatte. Den Rücken hatte er nun bequem gebeugt und entspannt, die Beine weit von sich gestreckt und die Ellenbogen auf die Tischplatte abgestützt. Er hatte die magische 55 überschritten – vor genau vier Monaten, zwei Wochen und drei Tagen – und seit diesem Tag das starke Bedürfnis, etwas mehr als bisher auf seine Gesundheit zu achten. Schließlich näherte er sich mit großen Schritten der Sechzig. Dazu gehörte es auch, nach der Yogaübung einen Müsliriegel zu essen – mit extra viel

Hafer-Crunchy, Trockenfrüchten, Mandelstückchen und ohne Zucker. Er nahm die Tageszeitung und begann bei einer Tasse heiß duftendem Holundertee zu lesen. So wie jeden Tag.
Genauer gesagt jeden Tag, an dem er Dienst hatte oder an dem er zum Dienst gerufen wurde, weil jemand mit einem Brotmesser hinterrücks erstochen worden war oder eine Frau ihren alkoholisierten Gatten die Kellertreppe hinuntergeschubst hatte oder jemand bei einer Schlägerei ums Leben gekommen war. Obwohl dies in Bonn zunehmend selten vorzukommen schien. Seit 2015 hatte es laut Statistik weniger Straftaten, genauer gesagt weniger Diebstähle, gegeben. Dafür war zwar die Quote der Körperverletzungen gestiegen, aber Mord und Totschlag hielten sich durchaus in Grenzen, zumindest im Vergleich mit Halle oder Magdeburg. Aber natürlich passierte auch in Bonn hier und da ein Kapitalverbrechen und dann wurde er gerufen: Kriminalhauptkommissar Willi Wipperfürth.
Er blätterte durch den General-Anzeiger und dachte sich, dass er genauso gut zu Hause am kleinen, runden Küchentisch die Zeitung lesen und dabei einen warmen Toast mit Johannisbeer-Gelee oder Waldblütenhonig essen und Holundertee hätte trinken können. Aber da war es ruhig. Sehr ruhig. Seit dem plötzlichen Tod seiner geliebten Monika vor dreieinhalb Jahren hatte sich sein Leben radikal verändert. Nichts war mehr so, wie es mal war.
Er haderte mit der Leere. Der Leere im Wohnzimmer, im Schlafzimmer, im Bad. Der Leere am Küchentisch. Er vermisste die Gespräche, die munteren Diskussionen über aktuelle politische Ereignisse und die lustigen Momenten mit Monika, wenn sie sich über kleinste Kleinigkeiten köstlich amüsierte. Da musste nur eine schwarze Stubenfliege durch die Küche brummen und sich hektisch auf alle möglichen Lebensmittel setzen. Monika hatte jedes Mal versucht, diese Momente mit ihrer kleinen Kamera einzufangen. Sie hatte das Fotografieren skurriler Augenblicke geliebt und konnte sich über ein gelungenes Foto

den ganzen Tag lang freuen. Die Fotografie war nur eine von vielen Leidenschaften, die die beiden geteilt hatten.
Er vermisste Monika so sehr. In ruhigen Momenten haderte er mit dem Tod, mit Gott und der Welt. Am meisten aber haderte er mit sich selbst. Er wollte den Tod nicht hinnehmen, wollte ihn nicht in sein Leben lassen, wollte seine Monika wieder in den Armen halten, ihr Lachen hören, ihren Herzschlag spüren. Und doch war er letztlich Kriminalist und somit Realist. Den Tod musste man akzeptieren. Er war unumkehrbar.
Seit Monikas Tod verbrachte Wipperfürth viel mehr Zeit im Polizeipräsidium als in seinen eigenen vier Wänden. Im Büro war er wenigstens nicht allein. Irgendein Kollege war immer vor Ort, entweder in der Kantine, die sich im Haus befand, oder in der kleinen Bäckerei auf der gegenüberliegenden Straßenseite. Und wenn es ihm gar zu still im Arbeitszimmer wurde, konnte es passieren, dass Wipperfürth in den Empfangsbereich des Präsidiums ging und ein Schwätzchen mit dem Pförtner oder einen Plausch mit dem Reinigungspersonal des Hauses hielt.
Wipperfürth hatte den Politikteil aufgeschlagen. „So steht es um Großbritanniens EU-Austritt", prangte ihm in schwarzen Buchstaben entgegen. *So, so,* dachte Wipperfürth. Den Austritt aus der EU konnte er gedanklich so gar nicht nachvollziehen. „Die werden schon sehen, was sie davon haben", murmelte er leise vor sich hin. „Das Volk hat gewählt. Jetzt muss Theresa May sehen, was richtig und was falsch ist."
Er blätterte weiter. Im Sportteil verharrte er am liebsten, besonders Badminton hatte es ihm angetan. Auch dieses Interesse hatte Monika mit ihm geteilt. Alle Spiele, die in Beuel in der Erwin-Kranz-Halle stattgefunden hatten, hatte sie besucht. Nicht mal eine Influenza, Kopfschmerzattacken oder ein Hexenschuss hatten sie davon abhalten können. Und er, Wipperfürth, hatte stets mitgehen müssen, sofern es sein Job zugelassen hatte. Schließlich hatte er als Kriminalhauptkommissar eine Menge Arbeit und geregelte Arbeitszeiten waren ein Wunschtraum. Aber das hatte Monika nie wirklich gestört.

„Hätte ich einen Arzt geheiratet, dann hätte er ständig Bereitschaft und an den Wochenenden und Feiertagen häufig Dienst, würde sich mit entzündeten Blinddärmen herumschlagen oder mit fiesen Gallensteinen kämpfen. Und hätte ich einen Eisdielenbesitzer geheiratet, dann hätte er im Sommer seine Hauptsaison und im Winter frei. Und Winterurlaube mag ich überhaupt nicht. Da ist mir ein Kommissar schon tausendmal lieber", hatte sie gesagt, ihm dabei liebevoll in den Oberarm gekniffen und einen Kuss auf die Wange gegeben. Als kleinen Liebesbeweis, wie sie es genannt hatte. Und Wipperfürth hatte sie dann zärtlich in seine Arme genommen und geknuddelt.
Wipperfürth überflog den Beueler Lokalteil. *Immer dieses kuriose Parken auf der Friedrich-Breuer-Straße. Die Straßenbahnschienen blockieren und so tun, als ob das in Ordnung wäre. Und sich dann aufregen, wenn der Wagen abgeschleppt wird,* schimpfte er innerlich. Die Diskussionen zwischen den Grünen, der CDU und der SPD nahmen kein Ende und eine vernünftige Lösung des Parkproblems im Beueler Zentrum war noch längst nicht in Sicht.
„Gewalttätiger Ehemann aus Wohnung verwiesen." *Immer das Gleiche,* dachte er. Ihm war es einfach unverständlich, warum Männer sich so wenig unter Kontrolle hatten und ihre Frauen schlugen oder auf andere Weise misshandelten.
Unwirsch schüttelte er den Kopf, strich sich mit der linken Hand über den Dreitagebart und nahm einen Schluck Tee. „Ts, ts, ts." Aber Gewalt in der Ehe gehörte nicht in seinen Zuständigkeitsbereich. Er war Leiter der Mordkommission und Morde gab es zum Glück in Beuel nicht sehr viele. Er klopfte schnell mit geknicktem Zeigefinger dreimal auf seinen Holzschreibtisch.
Ein zaghaftes Pochen an der Bürotür riss ihn aus seinen Gedanken. „Aaahh ... Guten Morgen, Frau Schröder. Adrett wie immer!" Er lächelte sie an und sah eine flüchtige Röte, die über ihr rundes Gesicht mit der viel zu dicken Nase huschte. „Auch schon so früh im Präsidium?"

„Morgen, Herr Kollege. Sie werfen ja wieder mit Komplimenten nur so um sich. Danke!“ Sie lächelte verlegen. „Wenn ich zehn Minuten früher fahre, dann umgehe ich den morgendlichen Stau auf der A 555 und kann hier in Ruhe die Ablage machen, Berichte schreiben, kopieren, Blumen gießen – was die männlichen Herrschaften ja nicht für nötig halten – und Akten sortieren. Ist ja immer was zu tun. Aber weswegen ich bei Ihnen bin: Möchten Sie sich an dem Geburtstagsgeschenk für den Kollegen Müller-Zabel beteiligen? Er feiert seinen 40. Geburtstag. Die Damen und Herren aus der Verwaltung und wir Sachbearbeiterinnen geben jeder zehn Euro.“
„Was haben Sie für eine Geschenkidee?“
„Zwei Eintrittskarten für die Oper. Er liebt Opern. Zurzeit läuft ‚Carmen‘ von Georges Bizet. Und eventuell noch einen Gutschein für ein Essen zu zweit für diesen Spanier in Poppelsdorf. Er hat eine neue Freundin. Endlich. Seine Verflossene war ja etwas … wie soll ich sagen? Etwas ausgefallen. Sie verstehen?“
„Natürlich. Sehr hyperaktiv. Sie war Extremsportlerin, soviel ich weiß, und ganz verrückt nach dem Adrenalinkick, den man sich beim Base-Jumping holt. Eine wahnsinnige Sportart. Die Leute springen mit ihren Fallschirmen von Gebäuden und Brücken und so.“
„Oh, das hab ich nicht gewusst. Was heißt denn Base-Jumping genau?“
„Ich habe vor Kurzem noch einen Artikel darüber gelesen. BASE steht für ‚Building, Antenna, Span und Earth‘. Also auf Deutsch: Diese Leute springen von irgendwelchen nicht allzu hohen Gebilden und darin liegt die Gefahr. Der Fallschirm muss im richtigen Moment gezogen werden, da die Absprunghöhe nicht viel mehr als 100 Meter beträgt. Seit den achtziger Jahren sind etwa zweihundert Base-Jumper ums Leben gekommen. Kollege Müller-Zabel konnte wohl auch deshalb mit dieser Art Nervenkitzel einfach nicht mehr umgehen und hat sich von dieser Frau getrennt. Aber es freut mich, dass er wieder in guten Händen

ist. Und natürlich bin ich bei dem Geschenk dabei. Im Übrigen ist ‚Carmen' eine wundervolle Oper. Ich habe sie vor Jahren mit meiner Frau gesehen. In Lindau auf der Seebühne im Rahmen der Bregenzer Festspiele. Ein wahnsinniges Erlebnis war das … Hier ist mein Obolus. Wie geht es Ihrem Mann nach seinem Herzinfarkt? Ist er schon zurück aus der Reha?"
„Es geht ihm wieder ganz gut. Gott sei Dank. Er war sechs Wochen in der Klinik in Bad Berleburg. Nette kleine Stadt im Kreis Siegen-Wittgenstein. Ruhe pur. Er konnte fast den ganzen Tag in der freien Natur verbringen. Das liebt er. Ausgiebige Spaziergänge, ein bisschen Sport am Morgen und am Abend häufig noch etwas Gymnastik, zwischendurch verschiedene Therapien, die ihn wieder prima aufgebaut haben. Die Kombination von Bewegung, Entspannung und guter medizinischer Betreuung hat meiner Meinung nach im genau richtigen Verhältnis stattgefunden. Da sollten sich andere Rehakliniken mal ein Beispiel dran nehmen. Seit zwei Wochen arbeitet er wieder. Aber etwas weniger. Halbe Stelle. Anordnung vom Arzt."
„Das freut mich ... Grüßen Sie ihn ganz herzlich von mir."
Damit war für Wipperfürth das Gespräch beendet und Frau Schröder schloss die Tür leise hinter sich.

***

Die Sonnenstrahlen blendeten ihn durch die Fensterscheibe. Mit zusammengekniffenen Augen warf Wipperfürth einen Blick auf seine Armbanduhr. Es war an der Zeit, etwas Anständiges zu essen. Im Laufe des Vormittags hatte er außer seinem Müsliriegel, einem Glas Tomatensaft, zwei nicht mehr ganz neuen Äpfeln und einer überreifen Banane noch nichts zu sich genommen.
„Ich springe kurz in die Kantine", rief er seinem Kollegen durch die angelehnte Tür zu. „Kommst du mit?"
„Heute nicht. Gaby hat mir selbstgemachten Kartoffelsalat

eingetuppert und zwei hartgekochte Eier“, drang Bergers Stimme zu Wipperfürth, der nickend das Büro verließ.
Berger hieß mit Vornamen Timm. Eigentlich Timm-Gunnar-Gabriel, wie er Wipperfürth mal im Vertrauen erzählt hatte, aber seinen vollen Namen würde er nicht gerne an die große Glocke hängen. Also nannten ihn fast alle nur Timm. Oder eben „Berger“.
Berger war ein klasse Kollege, auf den man sich blind verlassen konnte. Gerade in der Zeit, als Monika gestorben war, war er für Wipperfürth eine unersetzliche Stütze gewesen. Auch in den Monaten danach, der Zeit der Trauer, des Selbstmitleids und den quälenden Erinnerungen, hatte Wipperfürth sich auf Berger verlassen können. Der hatte sich neben ihn gesetzt und ihn wortlos verstanden, ihm zugehört, wenn Wipperfürth zum hundertsten Mal die Frage nach dem „Warum?“ gestellt hatte. Berger war in dieser Zeit ein wirklicher Freund gewesen. Ein Freund, der ihm Halt gegeben, ihn gestützt, aber trotz alledem immer eine gewisse Distanz bewahrt hatte. Der nie zu persönlich wurde, zu vertraut, zu nah.
Wipperfürth spurtete gerade, von seinem leeren Magen getrieben, die Steintreppen hinunter, als die Worte „Warte mal, Kollege Wipperfürth. Es gibt einen Fund!“ ihn abrupt stoppten. So abrupt, dass er alle Mühe hatte, sein Gleichgewicht zu wahren, und sich schnell mit der rechten Hand an das Treppengeländer krallte.
„Einen Fund, Berger? Was für einen Fund? Goldbarren? Eine Tasche mit Kokain? Oder gar Unmengen von Falschgeld?“ Er verzog sein Gesicht zu einem Grinsen.
„Irgendeinen Knochenfund.“
„So, so. Knochen ...“
„Ja. Menschenknochen.“
„Und wo, wenn ich mal fragen darf?“
„Anscheinend in den Siegauen.“
„Ach, Berger, in den Siegauen.“ Wipperfürths Stimme konnte einen gewissen Spott nicht verbergen. „Dann kann es sich doch

nur um ein totes Tier handeln. Dort werden häufig Kadaver gefunden und die Spaziergänger, die diese entdecken, denken immer sofort, es sei ein menschliches Skelett. Jedenfalls hängt mein Magen in den Kniekehlen vor Hunger. Ich muss unbedingt etwas essen. Im Übrigen ist dies auch kein Fall für uns. Da muss die Försterei alarmiert werden. Der zuständige Förster für diesen Bezirk ist Herr Schrothmann. Ich kenne ihn gut. Ist ein sehr kompetenter Mann. Olav Schrothmann heißt er und wohnt ..."

Weiter kam er nicht. Bergers Stimme hallte durch das Treppenhaus. „Moment, Chef! Die vermuten wirklich menschliche Knochen."

„Wer sind ‚die'?"

„Na, die Polizeibeamten, die bereits vor Ort sind."

Wipperfürth drehte sich auf dem Absatz um und lief Berger entgegen.

„In den Siegauen? Menschenknochen in unserem Naturschutzgebiet? Ts, ts, ts ... Dann werden wir uns das Ganze mal genauer ansehen. Los, Herr Kollege. Auf, an die Sieg!"

2

Jenny streichelte über Mamas kalte Hand. Knorrig war sie und kraftlos. Sie lag wie dahingeworfen auf der abgenutzten Lehne ihres Sessels. Der dunkelrote Samtstoff, der sicherlich einmal schön ausgesehen hatte, war verschlissen und an vielen Stellen grau. Fast farblos. Aber ohne dieses alte, unförmige Möbel hätte Jenny es nie geschafft, ihre Mutter in das Pflegeheim zu bekommen. Die Demenz schritt zusehends voran und Mama musste betreut werden.

Hier in Heisterbach war sie gut aufgehoben. Die ehrwürdigen Ordensschwestern – es waren nicht mehr viele –, das junge

Fachpersonal sowie die Umgebung waren genau richtig. Das Pflegeheim lag etwas oberhalb der alten Klosterruine Heisterbach, den Überresten einer ehemaligen Zisterzienserabtei und heute Ausflugsziel vieler Wandergruppen und Touristen.
Die Bewohner des Heims hatten einen direkten Blick auf die Ruine, die im Tal des Heisterbachs vor sich hin alterte. Eine ruhige, idyllische Gegend. Der Autolärm von der sich in unmittelbarer Nähe befindenden L 268 war kaum zu hören. Lediglich der Gesang der vielfältigen Vogelwelt drang in die Zimmer. Jenny war froh, dass ihre Mutter hier in guten und fürsorglichen Händen war.
Fünf Monate hatte sie selbst versucht, Mama zu betreuen, neben der eigenen Arbeit, neben dem Haushalt, neben der Erziehung von Robin und neben der zurzeit etwas komplizierten Beziehung zu Wolle. Dann hatte sie sich auf Rat ihres Arztes für ein Heim entschieden. Mama hatte nicht umziehen wollen und sich mit allen ihr zur Verfügung stehenden Mitteln gesträubt. Wenn sie gewusst hatte, dass Jenny zu Besuch kam, hatte sie beweisen wollen, wie gut sie allein leben konnte. Sie hatte ihre Wohnung aufgeräumt, einen Kuchen gebacken oder den Blumen auf der Fensterbank Wasser gegeben. Leider sehr zum Leidwesen von Jenny, denn beim Aufräumen hatte sie das dreckige Geschirr einfach zurück in den Schrank gestellt, beim Backen Salz mit Zucker verwechselt oder nicht bemerkt, dass das Wasser die Fensterbank hinunter auf den Teppich gelaufen war. Mama hatte in ihren vier Wänden bleiben wollen, bei all den Erinnerungen, die ihren Kopf füllten, bei ihren alten Möbeln, dem Geschirr, den filigranen Kristallgläsern, den vielen Fotografien an den Wänden und den muffigen, abgetretenen Teppichläufern.
Aber vor einigen Wochen war sie in ihrem Badezimmer gestürzt. Über eine Stunde hatte sie auf den kalten Fliesen gelegen und sich nicht bewegen können. Als Jenny vom Einkauf zurückgekommen war, hatte sie die Hilferufe schon an der Wohnungstür gehört. Sie war in die Wohnung gestürmt und hatte ihre Mutter

auf dem Boden gefunden zwischen heruntergefallenen Cremedosen, Zahnpastatuben, Haarbürsten und anderen Badezimmerutensilien. Sie hatte gleich den Notarzt gerufen, der schnell vor Ort gewesen war und starke Prellungen am Bein und an der Schulter festgestellt hatte. Hinzu war eine kleine Platzwunde an der Schläfe gekommen, die mit Pflasterstrips versorgt werden musste. Zu zweit hatten sie Mama ins Bett gelegt und der Arzt hatte ihr eine Beruhigungsspritze gegeben.
Das war für Jenny der ausschlaggebende Anlass für den Schritt ins Pflegeheim gewesen.
Und nun saß Mama fast den ganzen Tag in diesem Sessel. Es sei denn, Schwester Gisela holte sie in den Mensch-ärgere-dich-nicht-Spielkreis, der einmal in der Woche stattfand, oder zur morgendlichen Gymnastik mit Musik. Oder sie ging mit ihr durch das anliegende gepflegte Klostergelände, ließ sie an Fliederbüschen schnuppern oder gab ihr Kamillenblüten in die Hand. Denn Blumen mochte Mama über alles.
Jenny versuchte, mindestens zweimal in der Woche vorbeizuschauen. Dann saß sie neben Mama, erzählte ihr von ihrem Job als Sachbearbeiterin bei Haribo, von ihren Kollegen, von neuen Produkten und natürlich von Robin und Wolle. Ab und zu nickte Mama oder lächelte. Manchmal, wenn es ihr gut ging, sprach sie über ihre Zimmernachbarin, eine gewisse Frau von Bodelschwingh. Alter Adel. Eine sehr feine, elegante Dame, selbst jetzt mit ihren 97 Jahren. Mama mochte sie und oft saßen beide im Speiseraum nebeneinander und führten gepflegte Konversation.
Erst vor ein paar Tagen hatte Jenny ihnen zufällig zugehört.
„Ist Ihr Tee auch so bitter, Frau von Bodelschwingh?“
„Nein! Wie kommen Sie denn darauf?“
„Ich habe jetzt schon den dritten Löffel Senf hineingerührt. Der Tee schmeckt widerlich.“
„Lassen Sie mich einmal probieren?“
„Um Gottes Willen, Frau von Bodelschwingh. Nein! Das ist

mein Tee. Und meine Tasse. Nehmen Sie sich eine eigene Tasse. Senf steht hier.“

Damit hatte Mama das Senfglas vor Frau von Bodelschwingh gestellt, nicht ohne vorher noch einen weiteren Löffel Senf in ihre Teetasse gegeben und kräftig gerührt zu haben.

Schwester Gisela hatte dem ganzen Teetrinken allerdings ein jähes Ende bereitet und mit einem verständnisvollen Lächeln rasch den Senf vom Tisch entfernt. „Nur Zitrone oder Zucker in den Tee, meine Damen. Oder ein Schüsschen Milch!“

„Immer diese Angestellten. Nehmen einem die leckeren Köstlichkeiten weg und essen sie dann heimlich in der Küche!“, hatte Jenny Frau von Bodelschwingh, die sich erhobenen Hauptes vom Tisch entfernt hatte, sagen hören.

Und dann hatte Mama schließlich allein am Tisch laut den Refrain des Schlagers „Zucker im Kaffee“ vor sich hingesungen.

Jenny war wie gelähmt am Türrahmen gestanden, hatte ihren Kopf geschüttelt. Mama hatte lange nicht mehr gesungen. Sehr lange. Eigentlich hatte Jenny sie seit Noras Verschwinden nicht mehr singen gehört. Und nun diesen alten Schlager.

Sie hatte unsicher zu Schwester Gisela geschaut.

„Lassen Sie Ihre Mutter ruhig singen. Das befreit die Seele. Schauen Sie, wie glücklich sie in diesem Moment ist. Demenzkranke erinnern sich gerne und oft an weit zurückliegende Ereignisse. Vielleicht hat ihre Mutter eine besondere Beziehung zu diesem Lied und hat nur nie darüber gesprochen. Man weiß leider nicht, was in den Köpfen vor sich geht.“

In Gedanken an diesen Tag wiegte Jenny ihren Kopf hin und her. Mama. Es tat weh, sie so zu sehen. So weit entrückt von dem Leben. So weit entrückt von ihr.

Allerdings war sie heilfroh, dass Mama gut versorgt war und sich wohlzufühlen schien. Hoffentlich würde Jenny später, wenn sie selber alt und gebrechlich war, nicht auch so werden. Aber schnell verdrängte sie diese Gedanken wieder.

„Was hast du heute Mittag gegessen?“, fragte sie Mama und

streichelte erneut über die leicht zitternde Hand, die sich noch kälter anfühlte als sonst.
„Eric Silvester!"
„Was hast du gesagt, Mama?"
„Eric Silvester hat das Kaffeelied gesungen."
Jenny sah Mamas Blick, der sich in der Leere des Raumes verlor, und atmete tief durch. Sie sah die feinen blauen Äderchen auf Mamas Handrücken. Sie drückten sich durch die blasse, dünne Haut. Gicht hatte ihre Finger stark verformt. Sie waren an den Gelenken gerötet, teils geschwollen und schmerzten anscheinend bei jeder Bewegung.
„Soll ich dir eine Decke holen, Mama? Du frierst ja." Jenny wartete keine Antwort ab, sondern stand auf und holte die kuschelige Wolldecke, die auf Mamas Bett lag. „Hier. Ich lege sie dir über die Beine, dann kannst du deine Hände auch darunter wärmen. Schau!" Jenny zog die Decke etwas höher, sodass Mamas kalte Hände bedeckt waren.
„Danke, Kind." Mamas Worte waren nun ganz leise. Gebrochen, so wie Jenny die Stimme aus den letzten Jahren kannte. Nicht vergleichbar mit der Stimme, die einige Tage vorher und in Jennys Kindheit noch gesungen hatte. Jedes Leben schien nun aus ihr gewichen zu sein. Jenny hatte den Eindruck, dass Mama seit 27 Jahren ein Leben ohne Sinn zu leben schien. Ohne Freude, ohne Pläne, nur mit einer einzigen Hoffnung: dass Nora wiederkommen würde. Irgendwann.
Seit 27 Jahren war nichts mehr so, wie es einmal war.

3

„Wer hat diese Knochenreste entdeckt?" Wipperfürth betrachtete mit leicht vorgebeugtem Oberkörper den Fund, der zu seinen Füßen lag.
Es war eine Stelle in den Siegauen, die relativ schwer zugänglich

war, obwohl sie nicht allzu weit entfernt von der hochfrequentierten L 269 lag. Diese führte nach Niederkassel, Bergheim oder Mondorf – je nachdem, wo man gerade hinfahren wollte. Rechts und links dieser Straße zogen sich die Siegauen dahin und die Sieg plätscherte gemütlich, wenn nicht gerade Hochwasser war, in ihrem Bett.

Der Fundort war mehrere Meter entfernt von einem Trampelpfad zwischen widerspenstigen Kleingehölzen, stacheligen Brombeersträuchern, Disteln und Brennnesseln. Ein dicht bewachsenes Fleckchen der Siegaue. Erlen, Eschen und verschiedenen Hochstauden im Wechsel. Dieses Kleinod schien noch weitestgehend unentdeckt von Freizeitkünstlern, Wochenendtouristen und Wanderern zu sein. Den geteerten Weg, der zu beiden Seiten offen zu den Wiesen und Feldern war, konnte man zwar mit dem Auto befahren, aber die Fundstelle war so nicht zu erreichen. Sie lag etliche Meter abseits und war vom Weg nicht einsehbar, denn man musste durch dichtes Geäst und Gebüsch.

„Und? Wer hat nun diese Knochen gefunden?" Wipperfürth blickte fragend zu Berger.

„Da vorne, der Herr in der dunklen Allwetterjacke und mit dem Labrador an der Leine. Der Hund lief wohl durch das Dickicht, weil er einen Hasen jagte, und fing dann an zu graben. Ungewöhnliches Verhalten, meinte der Besitzer. Sein Hund würde nie graben. Hätte er ihm verboten! Vor allem nicht hier an der Sieg … Na ja, nachdem der Hund also nach mehrmaligem Zurufen nicht zurückkam, suchte er sich einen Weg zu ihm. Hat dann selber mit bloßen Händen, so gut es ging, einige Äste zur Seite geschoben und ist auf Knochen gestoßen, die ihm sehr merkwürdig vorkamen. Er würde sich ständig Kriminalfilme im Fernsehen ansehen und so sähen Menschenknochen aus, sagte er mit voller Überzeugung. Können wir seine Aussage ernst nehmen? Zum Glück hatte er ein Handy dabei und Empfang, was nicht selbstverständlich für diese Gegend hier ist. So

konnte er uns sofort verständigen. Die Sanitäter haben ihm gerade etwas zur Beruhigung verabreicht. War wohl doch etwas zu viel für sein Herz. Hinzu kommt, dass er sich den Knöchel verstaucht hat, als er sich durch das Dickicht kämpfte, und seine Hände sind aufgerissen von den Ästen und Dornen." Berger stand dicht neben Wipperfürth und machte die ersten Fotos mit seinem Handy. „Ich habe die Spurensicherung verständigt. Einfach um sicher zu gehen, um was es sich wirklich handelt. Müssten gleich da sein. Die Sanitäter hatten in Geislar einen Einsatz und waren innerhalb kürzester Zeit hier. Ich gehe jetzt zu dem Herrn und lasse mir seine Personalien geben. Dann kann er mit dem Krankenwagen nach Hause gefahren werden. Oder hättest du noch Fragen an ihn?"
„Nein, mach du das, Berger. Und kümmere dich bitte auch um den Hund. Im Krankenwagen kann er ja nicht mitfahren. Ich verschaffe mir noch ein genaues Bild von dem Fund und der Umgebung hier. Allerdings glaube ich immer noch, dass es sich um Tierknochen handelt. Aber das wird uns die Spurensicherung ja später sagen können. Ich bin nicht oft hier. Gehe lieber im Siebengebirge spazieren, wenn ich mal Zeit habe. Den Petersberg hoch, schön auf der asphaltierten Straße, oben Kaffee und Kuchen, und dann gemütlich wieder zurück. Dickicht, Gebüsch und verwilderte Wege meide ich, wenn es geht …"
Wipperfürth ging vorsichtig um den Knochenfund herum, strauchelte, schob Äste beiseite, die in sein Gesicht schlugen, kämpfte mit Brennnesseln und Disteln sowie mit widerspenstigen Brombeerzweigen. Dazu musste er sich noch mit Händen und Füßen gegen Mücken, Fliegen und Bremsen wehren. An der rechten Wade schien sich gerade eines dieser Insekten besonders wohlzufühlen. Er klatschte mit der flachen Hand gegen das Hosenbein und hoffte, dass es nicht zum Stich gekommen war. Hastig schlug er den Kragen seines Hemdes hoch, damit keine Tierchen hineinfliegen konnten. Tiere am Körper mochte er gar nicht, nur vor seiner Linse. Fotografieren aus der Ferne. Distanz zwischen ihm und den Vierbeinern.

Oje, wenn Monika ihn so gesehen hätte, hätte sie bestimmt einen Lachanfall bekommen, hätte ihren Fotoapparat aus der Tasche gezückt und ein Foto geschossen, mit dem sie ihn monatelang geneckt hätte. Sie hatte die Natur geliebt, genau wie er auch, nur mit dem Unterschied, dass sie wirklich alle Tiere gemocht hatte. Sie hatte mit Spinnen geredet, Wespen hypnotisiert, Käfer gesammelt und versucht, Blindschleichen zu streicheln. Alle Lebewesen der Natur, hatte sie immer gesagt, müssten beschützt und behütet werden – nicht nur die Tiere, die feines Fell hatten oder eine stattliche Größe.
Wipperfürth teilte diese Meinung nicht!
Er liebte den Wald, ja, aber nur unter bestimmten Voraussetzungen: gut ausgebaute Wanderwege und möglichst keine kleinen Waldbiester. Wenn er ganz ehrlich war, dann war ihm das Meer mit seiner Reinheit, seiner Frische und seiner Größe doch ein bisschen lieber. Das Wasser war sein Element und ein Zitat von Thales von Milet hing in seinem Badezimmer direkt über dem Spiegel:
„Das Prinzip aller Dinge ist Wasser:
Aus Wasser ist alles,
und ins Wasser kehrt alles zurück."
Doch jetzt verdrängte Wipperfürth die Gedanken an sein geliebtes Wasser und konzentrierte sich auf die gefundenen Knochen. Vielleicht ein verirrtes Reh, das elendig verstorben war? Ein tollwütiges Wildschwein oder ein einsamer Wolf? Gab es die hier in der Gegend überhaupt? Oder doch ein Mensch? Vielleicht ein Vagabund, ein Naturliebhaber, ein einsamer Siegauen-Camper?
Und überhaupt: Wie lange mochten diese Knochen hier schon liegen? Wochen? Monate? Jahre? Gar Jahrzehnte? Ein Unfallopfer oder jemand, der einen Herzinfarkt bekommen hatte und für den ärztliche Hilfe nicht möglich gewesen war?
Oder war es gar ein Mord?
Nein! Nein! Er schüttelte diese Gedankengänge ab wie ein Pudel,

der unverhofft in einen Regenschauer gekommen war. Wipperfürth fröstelte es, obwohl es August war, die Sonne durch die Baumkronen blinzelte und seinen Körper eigentlich in wohlige Wärme hüllte. Bei merkwürdigen Vorfällen dachte er immer sofort an ein Verbrechen. Immer. Das brachte sein Beruf nun mal mit sich. Es gab Tage, an denen er es regelrecht hasste, Kommissar zu sein. Es widerte ihn an, mit dem Dreck der Welt konfrontiert zu werden, tote, entstellte Körper zu analysieren, Täter zu jagen und zu überführen und gleichsam zu wissen, dass die Verbrechen nie ein Ende haben würden. Nie! Es würde immer Menschen geben, die abartig veranlagt, pervers, sadistisch oder einfach wahnsinnig waren.
Aber er blickte noch einmal zu den verwesten Knochen und zwang sich, keine voreiligen Schlüsse zu ziehen und auf die Untersuchungen seiner Kollegen zu warten.
Vielleicht waren es ja doch nur Tierknochen. Vielleicht ließ sich alles ganz natürlich erklären.

***

„Die Kollegen der Spurensicherung graben gerade jeden Zentimeter des Fundortes an der Sieg um. Bin gespannt, ob die etwas finden." Berger löffelte Kartoffelsalat direkt aus seiner Tupperdose, schob sich ein Stück des hartgekochten Eis, das seine Frau ihm abgepellt, geviertelt und mit einem kleinen Tütchen Salz in die Dose gelegt hatte, in den Mund und schüttelte den Kopf. „Wenn ich so überlege, Willi, was von einem übrig bleibt, wenn man tot ist, dann wird mir ganz mulmig. Vielleicht hat jemand einen Sonntagsspaziergang gemacht, wollte sich an der frischen Luft im Grün der Siegauen entspannen oder Vögel beobachten – hier gibt es sehr seltene Vogelarten, habe ich mir sagen lassen –, ist zusammengebrochen und elendig und verdammt allein gestorben. Ist doch grausam! Und was für mich noch schlimmer ist: Tausende und abertausende Autofahrer rasen

nicht weit entfernt die L 269 entlang. Stunde für Stunde und Tag für Tag. Aber kein einziger hat etwas davon mitbekommen."
„Ja, sehe ich auch so. Als die Nachricht aus der Rechtsmedizin kam, dass es sich tatsächlich um menschliche Knochen handelt, konnte ich die Gedanken nicht aus dem Kopf bekommen, dass das Leben sehr seltsame, oft unberechenbare Wege geht. Eine Person verschwindet plötzlich. Von jetzt auf gleich. Ob gewollt oder nicht, wir wissen es nicht. Was auch immer passiert ist, es wundert mich, dass wir keine weiteren Gegenstände gefunden haben. Tasche, Armbanduhr, Geldbörse, Schlüssel, Schmuck oder sonst etwas. Irgendwas, das uns bei der Identifikation weiterhelfen könnte. Da können wir jetzt nur auf den Anruf von Meier-Rettich hoffen. Wenn es etwas zu finden gibt, dann findet er es ganz bestimmt. Das Team der Spurensicherung wäre ohne ihn aufgeschmissen. Kein Wunder, wo er doch einige Jahre in dem Kantonsspital für Rechtsmedizin und Pathologie in St. Gallen gearbeitet hat. Dort trifft sich die erste Garde der Rechtsmediziner. Vielleicht kann er ja sogar schon etwas Genaueres über die Todesumstände sagen."
„Bestimmt! Der ist doch ein Hundertprozentiger und gibt sich nicht mit halben Sachen zufrieden." Berger nahm das letzte Viertel Ei, bestreute es mit etwas Salz und warf es in seinen Mund. „Möchtest du von dem Kartoffelsalat probieren? Schmeckt klasse. Gabys Kartoffelsalat ist der beste in ganz Deutschland. Macht sie aus frisch gekochten Pellkartoffeln. Die Marinade besteht nur aus Essig und Öl und einem Schuss Weißwein. Plus Salz, Pfeffer und Schnittlauch. Ganz kalorienbewusst."
Wipperfürth schmunzelte. „Bei dem Rezept glaube ich gerne, dass das mundet. Sieht wirklich lecker aus. Aber der Appetit ist mir irgendwie vergangen. Ich bekomme das Bild von den gefundenen Knochen einfach nicht aus meinem Kopf."

***

„Das ist endlich mal wieder eine richtige Aufgabe, so ein Knochenfund. Mensch, da habe ich seit Jahren drauf gewartet!" Meier-Rettich stürmte in Wipperfürths Büro. Seine Wangen waren fast so rot vor Aufregung wie die letzten spärlichen Haare auf seinem Kopf – und wie seine Socken. Meier-Rettich trug, egal wie warm oder kalt es war, stets rote Socken. Angeblich weil sein geliebter Großvater auch immer rote Socken getragen hätte, wie er auf neugierige Fragen antwortete.
„So, so. Verweste Skelette gehören also zu ihrer heimlichen Leidenschaft? Aber mal im Ernst: Was können Sie uns sagen?" Wipperfürth und Berger sahen ihn erwartungsvoll an.
„Hmm, erst einmal nicht viel!" Meier-Rettich holte tief Luft und blies diese aus seinen leicht geöffneten schmalen Lippen wieder heraus. „Die Untersuchungen laufen auf Hochtouren. Was ich definitiv jetzt schon sagen kann, ist, dass dieser Körper mindestens zehn bis fünfzehn, wenn nicht sogar mehr als fünfzehn Jahre an dieser Stelle gelegen haben muss und es sich um einen weiblichen Körper handelt. Das ist absolut sicher. Alles andere kommt in ein paar Tagen."
„Eine Frau also!" Berger schob seinen Unterkiefer nach vorne, setzte seinen Denkerblick auf und starrte intensiv an die Zimmerdecke. „Hmm ... Wenn jemand nicht mehr nach Hause kommt, dann wird er oder sie doch normalerweise als vermisst gemeldet. Von irgendjemandem. Oder?" Die Worte kamen langsam und nachdenklich aus seinem Mund, so als würde er in Zeitlupe sprechen. Mehr zu sich selbst als zu seinen Kollegen. „Sollte man eigentlich annehmen. Familie, Freunde, Leute aus dem nahen Umfeld und so weiter machen sich doch Gedanken über den Verbleib einer Person. Aber die Welt sieht oft anders aus. Hoffen wir mal, dass es in unserem Fall Menschen gab, die die Tote vermisst haben. Wie schaut es mit DNA-Spuren aus? Nach all den Jahren wohl nicht besonders aussichtsreich, oder?"
„Die Frage ist vollkommen berechtigt, Kollege Wipperfürth, aber wir von der Rechtsmedizin sind weder Zauberer noch

Hellseher. Wir sind zwar schnell, keine Frage, aber Übermenschliches ist uns nicht vergönnt. Im Übrigen ist es mit DNA-Spuren so eine Sache. Bei Leichen, die lange Zeit in der freien Natur gelegen haben, sind Faktoren wie Witterung, der natürliche Verfall, Tiere – beispielsweise Wildschweine, Biber, Rehe, Ratten, Würmer, Käfer und so weiter – sowie das sich ständig verändernde Klima, Regen, Sturm, Frost, Hitze, sehr kontraproduktiv für unsere Arbeit. Aber wir machen alles, wirklich alles, was in unserer Macht steht."

„Weiß ich doch!" Wipperfürth nickte ihm zu. „Also, Berger, wir kümmern uns jetzt mal um die ungeklärten Vermisstenfälle der letzten Jahre und Sie, lieber Herr Meier-Rettich, halten weiterhin Ausschau nach noch vorhandenen Spuren. Vielleicht findet Ihr Team ja etwas Brauchbares. Jede noch so winzige Spur ist von enormer Bedeutung, das wissen Sie ja. Und die Hoffnung aufzugeben, ist nicht unsere Devise, oder?"

„Aufgeben? Das Wort besitze ich gar nicht in meinem durchaus großen Wortschatz!" Meier-Rettich verließ genauso stürmisch das Büro, wie er es kurz vorher betreten hatte.

***

„Ich jage jetzt die Namen aller vermissten Frauen und Mädchen der letzten Jahre durch den Computer. Mal sehen, was es an ungeklärten Fällen gibt. Falls sie überhaupt bei uns gemeldet wurden. Die Dunkelziffer bei vermissten Personen ist ja enorm hoch." Wipperfürth bearbeitete mit beiden Zeigefingern, beiden Mittelfingern und ab und zu dem rechten Daumen die Tastatur seines PCs und Berger las den ersten Vorbericht von Meier-Rettich noch einmal Zeile für Zeile durch. Meier-Rettich hielt stets jedes Detail, jede noch so kleine Untersuchung, jeden neuen Wissensstand in Worten fest. Selbst die Säuberung der Instrumente, die Desinfektion seiner Hände und die Entnahme frischer Handschuhe durften in keinem seiner Berichte fehlen. Berger musste beim Lesen grinsen, aber diese Akribie war für die Obduktionen enorm wichtig und etliche Fälle konnten gerade durch diese Genauigkeit erst aufgeklärt werden. Meier-Rettich war einfach unersetzlich. Er war *spitze*, wie Hans Rosenthal vor Jahren in seiner Fernsehsendung gerufen hätte. Berger kannte die Sendung durch Erzählungen seiner Eltern, die begeisterte Rosenthal-Fans gewesen waren.

„Meine Güte, wie viele Fälle es gibt", rief Berger, als er die Liste der Ergebnisse über Wipperfürths Schulter auf dem Bildschirm sah.

„Diese Zahl erschüttert mich stets aufs Neue, obwohl ich so viele Jahre in diesem Beruf bin. Als alter Hase müsste ich eigentlich abgeklärt und abgehärtet sein. Aber das kann ich nicht." Wipperfürth strich sich mit einer flinken Bewegung einen Fussel aus dem Gesicht. „Da Vermisstenanzeigen ja gar nicht in unser Zuständigkeitsgebiet fallen, hatte ich bis jetzt auch keinen genauen Überblick, wie viele Mädchen und Frauen allein hier in Bonn vermisst gemeldet wurden."

„Das sind ja blutjunge Mädchen, gerade mal elf oder zwölf Jahre alt, die spurlos verschwunden sind. Hier, Elena Tschikowa, elf Jahre alt. Ihre Eltern haben sie als vermisst gemeldet. In Thüringen, vor fünfzehn Jahren. Nie wieder aufgetaucht. Babsi Kamenke aus Duisburg, nach dem Sportunterricht vor neun Jahren spurlos verschwunden. Wir müssen alle Fälle prüfen und sehen, ob unsere Tote aus der Siegaue eine der Vermissten sein könnte." Berger schüttelte schockiert den Kopf.

„Erst einmal müssen wir abwarten, ob Meier-Rettich verwertbare Spuren findet", wandte Wipperfürth ein.

„Das wird er! Da bin ich mir ganz sicher." In Bergers Stimme schwebte eine Zuversicht, die Wipperfürth erfreut zur Kenntnis nahm.

Er griff zu seiner Wasserflasche, trank einen Schluck und hörte, wie sein Magen eigenartige Grollgeräusche von sich gab. Es klang wie das Donnern einer Steinlawine.

„Ich glaube, ich springe jetzt mal kurz in die Kantine. Zweiter Versuch, der erste ist ja gehörig misslungen. Ich kippe fast um vor Hunger. Seit heute früh habe ich nichts mehr gegessen."
Ohne einen weiteren Kommentar abzuwarten, verließ er das Büro und lief schnellen Schrittes die Steintreppen zur Kantine hinunter, immer zwei Stufen auf einmal nehmend.

***

„Und? Hat Meier-Rettich sich schon gemeldet?" Wipperfürth stieß die Bürotür mit seinem rechten Ellenbogen auf und biss in sein Käsebrötchen.
„Nee. Ich sehe zurzeit auch keine weitere Handhabe für uns. Solange wir nicht wissen, wie und wann die Tote gestorben ist, sind uns die Hände gebunden."
„Stimmt. Es kann ein ganz gewöhnlicher Unfall gewesen sein oder eine andere natürliche Ursache haben", murmelte Wipperfürth mit vollem Mund. Er kaute, schluckte und holte Luft. „Obwohl, wie gesagt, fast jeder Mensch einen gewissen, wenn auch oft nur kleinen Bekanntenkreis hat. Heute würde man sagen, ein soziales Netzwerk, aber den Begriff gab es zum Zeitpunkt des Verschwindens der Toten natürlich noch nicht so. Aber Vereine gab es. Sportvereine wie Tischtennis-, Handball- und Fußballvereine. Es gab Mädchenchöre oder Kirchenchöre. Oder Karnevalsgruppen, Wandergruppen, Studentengruppen. Ich bin mir hundertprozentig sicher, dass es immer jemanden gibt, der einen vermisst." Er schob sich das letzte Stückchen Brötchen in den Mund.
„Ja, sehe ich eigentlich auch so, selbst wenn es manchmal die größten Erzfeinde sind, die einen suchen. Die sich vielleicht rächen wollen oder einem einen Stein in den Weg legen möchten oder sonst was ... Also, warten wir auf die genauen Ergebnisse der Obduktion."
Wipperfürth nickte. „Ich werde Frau Schröder und die Neue ... Wie heißt die nochmal?"

„Fräulein Kleinschmitt!" Berger grinste. „Die will auch tatsächlich so angeredet werden. Legt auf das ‚Fräulein' größten Wert. War vorher im Bundeskriminalamt Meckenheim tätig. Keine Ahnung, warum sie versetzt wurde. Man tuschelt hinter vorgehaltener Hand über Mobbing. Aber Genaues weiß man nicht. Ich habe sie kurz gesehen. Na ja, etwas gewöhnungsbedürftig, ihr Aussehen. Aber sie muss eine Koryphäe auf ihrem Gebiet sein und technisch geradezu ein Genie."
„Was du alles weißt, Berger! Also gut, dieses Fräulein Kleinschmitt und unsere Frau Schröder sollen ins Archiv gehen und alle Akten von vermissten weiblichen Personen der letzten, sagen wir mal, zwanzig Jahre holen. Nein, besser dreißig. Aber es geht erst morgen weiter. Wir haben ja bereits kurz vor 18 Uhr. Feierabend! Noch ein Bier trinken, Berger? Könnten wir doch mal machen, oder? In Beuel gibt es eine nette, kleine Kneipe, direkt neben dem Brückenforum. ‚Zur Fliege'. Ist nicht groß, aber das Kölsch schmeckt super. Immer die richtige Temperatur."
„Ja, gerne! Ich rufe nur schnell meine Gaby an und sage ihr, dass ich etwas später heimkomme."

***

Wipperfürth prostete Berger zu. „Schön, dass wir uns auch mal außerhalb vom Büro sehen. Prost, Berger! Oder Timm. Oder Timm-Gunnar-Gabriel. Erzähl mir nochmal, wie diese abstruse Namenskombination zu Stande kam."
„Meiner Mutter gefiel Gunnar, weil ihre erste Schulliebe anscheinend so hieß, und Vater war erzkatholisch und ein Junge musste bei ihm einfach Gabriel heißen. Oma Frieda wollte bei der Namensgebung auch mitmischen. Sie beharrte auf Timm, der Name gefiel ihr besonders gut. Sie hatte ihn mal in einem Kitschroman gelesen. Er sei so modern und schnell zu

schreiben. So entstand diese ungewöhnliche Namenskombination."

„Lustige Geschichte. Aber ich weiß schon, warum ich dich am liebsten einfach ‚Berger' nenne. Also, nochmal: Prost, Berger!"

„Hey, Willi." Kurt Schmitz von der Agnesstraße stand plötzlich neben Wipperfürth am Tresen und klopfte ihm freundschaftlich auf die Schulter. „Die erzählen hier in Beuel, dass ihr eine Leiche gefunden habt. In den Siegauen. Soll schon verwest gewesen sein. Stimmt das?" Er schaute über seinen Brillenrand und schnalzte mit der Zunge.

„Wer erzählt denn so etwas?"

„Der Nassens Jupp. Der wohnt Auf der Rötschen. Dort konnte er vom Dachfenster aus die ganzen Polizeiwagen, die die L 269 entlangrasten, sehen. Und einen Leichenwagen konnte er erkennen. Der fuhr hinterher. Und Leichenwagen transportieren keine verletzten Personen, das ist nun mal klar, oder?"

„Oh, unser Kurti haut wieder eine Weisheit nach der anderen heraus. Mensch, du bist ja ein ganz schlaues Kerlchen!" Der dicke Pitter von der Imbissbude bestellte sich ein frisches Kölsch und verzog seinen Mund zu einem schelmischen Grinsen.

Wipperfürth warf Berger einen amüsierten Blick zu. „So ist das hier. Irgendjemand trifft einen beim Einkauf oder im Frisörsalon oder beobachtet etwas vom Fenster aus, was ihm seltsam vorkommt, und erzählt es dann am Kiosk oder beim Metzger und schon brodelt es in der Gerüchteküche."

„Also stimmt es mit dem Toten?" Kurt schob seinen wuchtigen Körper noch näher an Wipperfürth, sodass er ihn fast mit der Nasenspitze berührte.

„Lass den Kommissar in Ruhe, Kurti, sonst kriegste Ärger mit mir!", raunzte ihn Wirtin Trixi an und nippte an ihrem Radler. „Entschuldigung, Willi, aber der Kurti hat schon einige Bierchen getrunken."

„Ist schon gut." Wipperfürth leerte mit einem Zug sein Glas. „Auf deine Frage, Kurti: In jedem Gesagten ist ein Körnchen Wahrheit."

„Also ein Toter an der Sieg? Das Gerede ist also wahr?"
„Hmm …" Wipperfürth schielte in sein leeres Glas. „Genaues weiß nur der Wind."
„Oh, unser Kommissar spricht in Rätseln. Darfst du nichts sagen, Willi, oder willst du nichts sagen?" Kurti ließ nicht locker. „Trixi, mach doch dem Kommissar und seinem Kollegen – wie heißen Sie überhaupt, junger Freund? – noch jeweils ein Kölsch. Rechnung geht auf mich. Und du, Willi, sag schon." Er stupste ihm leicht von der Seite in die Rippen. „Wen hat man nun im Morast gefunden? Mach es nicht so spannend. Mir kannst du ruhig die Wahrheit sagen. Ich verrate nichts. Ehrenwort!" Beschwörend hob er drei Finger und wirbelte mit diesen in der Luft hin und her.
Wipperfürth beugte sich zu Kurti, der ihn erwartungsfroh angrinste, und flüsterte ihm ins Ohr: „Forsche nie nach des Freundes Geheimnis!"
„Hat dich die Lyrikschlange gebissen?", zischte Kurti enttäuscht zurück.
„Nein, es ist ein Zitat von Johann Kaspar Lavater, den kennst du doch bestimmt, oder?"
„Nee, hat sich mir nicht vorgestellt." Damit drehte Kurti den Kommissaren den Rücken zu und Berger hatte alle Mühe, nicht laut loszuprusten.

***

„Hast du ein Aspirin für mich?" Am nächsten Morgen glich Bergers Aussehen dem eines traurigen Bassets. Er warf seine Jeansjacke achtlos an den Garderobenhaken und schaute Wipperfürth verkatert an.
„Hier. Nimm gleich zwei", riet der nicht minder verkaterte Wipperfürth. „Ich habe mir auch welche in Sprudelwasser ausgelassen. Jetzt geht es mir schon besser. Es ist aber gestern auch spät geworden. Ich glaube, um halb zwei war ich endlich im Bett.

Bin dann sofort eingeschlafen und habe mich gewundert, als in der Früh der Wecker rasselte. Was hat denn deine Gaby zu unserem spontanen Männerabend gesagt?"
„Nicht viel!" Berger legte ein gequältes Lächeln auf. „Sie hat mich um kurz vor halb sieben geweckt, so wie immer, und meinte nur, wer saufen kann, kann auch arbeiten. Dann hat sie mir die Bettdecke weggezogen. Aber es war ein gemütlicher Abend. Nette Leute und leckeres Bier. Sollten wir öfter mal machen."
„Ja, das stimmt", erwiderte Wipperfürth und widmete sich seinem Computer. „Hier schau mal. Meier-Rettich hat uns einen Zwischenbericht gemailt. Laut Knochenberechnung und Wachstum – die Technik heute ist ja unendlich fortgeschritten – war die Frau noch keine zwanzig Jahre alt. Eher sogar jünger, meint er. Etwa 1,60 m groß und recht zierlich von Statur. Die machen heute einen Abdruck des verbliebenen Gebisses. Mit dem können wir dann auch die Zahnärzte befragen. Vielleicht haben wir ja Glück und der Zahnarzt, bei dem die Tote in Behandlung war, ist noch tätig. Aber das wäre dann schon wie ein Sechser im Lotto."
Berger schluckte den Rest Wasser mit dem aufgelösten Aspirin hinunter. „Brrrrr, schmeckt widerlich. Aber wie wir gestern bereits sagten, das Ganze ist eine makabere Angelegenheit. Da liegt seit Jahren ein junges Mädchen im Gebüsch, sehr nah an einer befahrenen Straße, und keiner vermisst sie und keiner findet sie. Kann man sich kaum vorstellen. Muss erst der Zufall kommen, beziehungsweise ein neugieriger Labrador und sein Herrchen."
„Kommissar Zufall ist sehr zuverlässig. Wenn wir nicht weiter wissen, tritt er in Erscheinung."
„Oder wenn wir gerade keinen Fall haben und Langeweile droht, dann ..." Berger unterdrückte ein leises Rülpsen. Er hatte das Glas Wasser mit den aufgelösten Brausetabletten sehr schnell in sich hineingekippt. „'tschuldigung."
„Ich will jetzt noch einmal an den Fundort fahren. Ich mache

mir immer gerne ein Bild von der gesamten Gegend. Hast du heute deine Schießübungen oder kommst du mit?", fragte Wipperfürth.
„Muss schießen. Treffe heute wahrscheinlich nicht einmal in die Nähe der Zielscheibe. Mein Kopf brummt noch immer, mein Magen rumort und in meinen Schläfen klopft es total. Geht es in der ‚Fliege' immer so zu, Willi?"
„So oft bin ich nicht dort, aber wenn ich mal ein Bierchen trinken will, dann ist das ein ganz netter Treffpunkt. So eine richtige Kneipe um die Ecke. Eine Veedelskneipe, wie der Kölsche sagen würde. So wie bei den Bläck Fööss, ‚Drink doch ene met'. Gibt es nicht mehr viele in Beuel. Du triffst dort Leute, die du lange nicht gesehen hast, hörst, wer gerade von den alten Urgesteinen in Beuel verstorben ist, wer geschieden oder frisch liiert ist oder wer irgendeinen Unsinn gemacht hat. Oft geht es um Banalitäten – die Leute hier regen sich wirklich wegen jeder Kleinigkeit auf. Zu dicht am Zaun geparkt, einen Kaugummi auf dem Bürgersteig ausgespuckt oder ein benutztes Taschentuch nicht ordentlich im Papierkorb entsorgt ... So, jetzt aber genug mit der Plauderei. Du gehst zum Schießstand und ich fahre an den Fundort. Man sieht sich später im Büro." Damit schnappte Wipperfürth sich seinen Trenchcoat und verließ das Büro.

4

Robin sprang fröhlich die Stufen im Treppenflur hinunter und öffnete mit einem leichten Ruck die Kellertür. Heute Nachmittag gab es Obstkuchen und er sollte eine Dose mit Pfirsichen aus dem Regal im Keller holen. Mit einer Hand knipste er das Licht an und sofort sah er sie. „Mama!"
Seine Stimme hallte wie elektrisiert durch das Treppenhaus hinauf in die kleine Wohnung. Ängstlich und unheimlich laut.

„Mama! Komm schnell! Eine Riesenspinne. Komm! Komm, Mama!“
Jenny wusste zu genau, dass Robin sich keinen Zentimeter bewegen würde, solange er eine Spinne im Keller sah. Er reagierte fast schon phobisch. Sie stellte sofort ihren Handmixer aus. „Ich komme!“ Sie eilte die Kellerstufen hinunter, um dann im ganz ruhigen Ton ihren Sohn zu fragen: „Wo ist denn die Spinne, Robin?“
„Da!“ Robins Zeigefinger deutete an die Kellerdecke und da hockte sie, direkt neben der spärlichen Deckenbeleuchtung: eine vielleicht zwei Zentimeter große, dünnbeinige Spinne.
„Du weißt doch, Robin, Spinnen sind nicht gefährlich. Außerdem sind sie sehr nützlich, das habe ich dir schon mehrmals erklärt. Sie fressen die Mücken, die uns nachts nerven, und anderes Ungeziefer. Die tut dir doch nichts. Das kannst du mir glauben. Ich werde sie jetzt fangen und dann in die Freiheit entlassen.“
Als Kind hatte Jenny nichts gegen Spinnen gehabt, sie sogar ein bisschen interessant gefunden. Inzwischen war ihr beim Anblick mancher Exemplare auch nicht ganz wohl, aber das würde sie Robin nicht sagen. Schließlich war sie Vorbild für ihn und Vorbilder hatten keine Angst vor kleinen Spinnen zu haben, oder diese wenigstens nicht zu zeigen. Sie strich Robin kurz beruhigend über den blonden Haarschopf, nahm ein leeres Einmachglas aus dem Regal, kletterte den Fußtritt hinauf, der zum Glück neben der Waschmaschine stand, und schubste die Spinne mutig mit dem Zeigefinger ins Glas.
„Geschafft“, murmelte sie erleichtert.
„Was hast du gesagt, Mama?“
„Die Spinne ist gerettet. Komm, Robin, die setzen wir jetzt auf dem Bürgersteig aus. Dort kann sie sich ein neues Zuhause suchen. Die ist ganz eingeschüchtert. Die hat genauso viel Angst vor dir wie du vor ihr. Schau, die ist doch so klein.“
„Bah, ich mag keine Spinnen. Die sind ekelig. Und auch gefährlich! Es gibt Giftspinnen und Riesenspinnen und Kreuzspinnen

und ... “ Robin hatte absolut kein Interesse daran, der Spinne beim Aussetzen auf dem Bürgersteig zuzusehen. Er rannte hinauf in die Wohnung und verschwand schnell in seinem Kinderzimmer.
Jenny ließ die Spinne frei und schloss die Wohnungstür.
Robin war ihr einziges Kind. Im Herbst würde er neun Jahre alt. Sie war mächtig stolz auf den Kleinen. Nur vor Spinnen hatte er eine wahnsinnige Angst, genauso wie sie ihre Schwester gehabt hatte. Die war auch so ein Angsthase gewesen.
Nora hatte sogar Angst gehabt, wenn sie beim Versteckspiel nicht binnen kürzester Zeit gefunden worden war oder wenn sie im Wald spazieren gegangen waren und ein Tier im Dickicht geraschelt hatte oder wenn sie aus dem Keller Kartoffeln hatte holen müssen. Jenny hatte diese Angst nie verstehen können. Sie selbst war da ganz anders. Kam wohl auf ihren verstorbenen Onkel Sigmund, der war auch ein ganz Mutiger gewesen. Hatte Muskeln an den Armen gehabt, die so dick wie Melonen waren, und dazu pechschwarzes, nach hinten gekämmtes Haar. Onkel Sigmund war Mamas Bruder gewesen. Großartiger Fußballspieler und leidenschaftlicher Fahrradfahrer. Leider war er recht jung an Lungenkrebs verstorben. Er war zwar ein fanatischer Sportler, aber auch ein besessener Kettenraucher gewesen. Keine gute Kombination für die Gesundheit, aber Jenny hatte ihn gemocht und immer so wie er sein wollen: stark, mutig und abenteuerlustig.

5

Wipperfürth klopfte sich die Regentropfen von seinem Mantel. „Wir haben Anfang August und das Wetter schlägt die merkwürdigsten Kapriolen. Gestern noch über zwanzig Grad und heute gerade mal vierzehn und Dauerregen ... Ich war fast zwei

Stunden am Fundort. Bin die Wanderwege – die meisten sind zum Glück asphaltiert – drumherum abgelaufen, habe mich durch das Dickicht gekämpft und bin sogar die Trampelpfade entlanggegangen. Alles habe ich mir genau angesehen. Die Stelle ist wirklich nur schwer einsehbar und kaum zugänglich. Wir können von Glück sagen, dass dieser Labrador dorthin gelaufen ist. Was ich allerdings nicht verstehen kann, ist, warum diese Knochen nicht viel früher entdeckt worden sind."

„Du hast es doch selber gesagt: ein sehr schwer zugängliches Fleckchen in den Siegauen", entgegnete Berger.

„Ja, schon … Aber der oft monsunartige Regen, das Wasser der Sieg, weißt du, dieses Hochwasser, was immer mal wieder auftritt, das hätte diese Stelle durchaus ausspülen können."

„Hmm." Berger knabberte an seinem Zeigefingernagel. „Du weißt ja nicht, wie gut und wie tief die Knochen versteckt waren."

„Ja, das wird es sein. Tief eingebuddelt, gut verdeckt, vielleicht beschwert mit Steinen oder schweren Ästen, wer weiß." Wipperfürth stapfte durch das Büro hin und her und hinterließ eine schlammige Spur auf dem Fußboden.

„Mensch, Willi, das ganze Büro ist nass! Im Übrigen siehst du aus, als kämst du gerade von einer wochenlangen Flussexpedition zurück." Berger verzog sein Gesicht zu einem breiten Grinsen.

„Ja, ja, du sitzt hier im Warmen und ich als alter Kommissar muss mich durch die Beueler Wildnis kämpfen."

„Alt? Na, na, mit 55 ist man noch nicht alt, Willi. Hast du denn Schuhe zum Wechseln im Büro? Zieh die aus, ehe du dir eine Erkältung holst. Oje, und die Socken sind ja auch nass. Du warst ja mit vollem Körpereinsatz unterwegs. Alle Achtung."

Bergers nicht ironiefreien Worte überhörte Willi geflissentlich und streifte sich die feuchten Schnürschuhe und Socken von den Füßen. Rasch zog er sich seine bequemen, ausgetretenen Turnschuhe an, die er zum Glück im Büroschrank hatte. „Jetzt

brauche ich erst mal einen heißen Tee. Bin kurz in der Kantine. Gab's etwas Besonderes während meiner Abwesenheit?"
„Meier-Rettich schickt uns am späten Nachmittag den Abdruck des Gebisses. Die weiteren Untersuchungen brauchen Zeit. Du kennst ihn ja, ehe er etwas sagt, muss er das Ergebnis erst einmal gegengeprüft haben."
„Hmm. Okay."
Damit zog Wipperfürth die Bürotür zu.

***

„Ah, unsere Frau Schröder. Hat das geklappt mit dem Geburtstagsgeschenk? Haben Sie genug Geld zusammenbekommen?"
„Ja, die Kollegen waren alle sehr großzügig. Fräulein Kleinschmitt besorgt die Opernkarten und den Essensgutschein. Ach ja, wir haben gestern noch alle Akten aus dem Archiv ins Nebenzimmer gestellt. Da liegt ja eine Menge Arbeit vor uns. Außerdem habe ich mir erlaubt, einen Staubwedel zu besorgen. Es ist unglaublich, welch enorme Staubschichten sich da angesammelt haben."
„Das ist eine prima Idee, Frau Schröder. Diese Staubpartikel sind auch gar nicht so ohne. Für Allergiker eine Zumutung. Ich hoffe, Sie sind nicht allergisch, oder?"
„Nein, nein. Alles gut, Herr Wipperfürth. Ich fange gleich mit dem Durcharbeiten an und werde Ihnen dann die ersten Ergebnisse auf den Schreibtisch legen. Ist das so in Ordnung, Herr Wipperfürth?"
„Klar doch, ich weiß, dass ich mich auf Sie verlassen kann. Schließlich arbeiten wir schon fast sechs Jahre zusammen, oder?"
„Sie haben aber ein gutes Gedächtnis. Stimmt, am 15. November diesen Jahres. Das müssen wir feiern."
„Bin ich dabei. Ich sorge für Getränke."
„Und ich backe eine Schwarzwälder Kirschtorte. Nur für Sie."

„Aber, aber, Frau Schröder, ist doch nicht nötig. Obwohl diese Torte ein Traum ist … Aber bis dahin müssen wir noch etwas arbeiten.“
Er lachte sie froh gelaunt an, ging zu seinem Schreibtisch und stellte die Tasse mit dem heißen Tee ab. „Berger, kannst du den Bericht von dem Selbstmord letzte Woche im Landgrabenweg schreiben? Das habe ich total vergessen. Und dann versuche bitte, dich mit Meier-Rettich in Verbindung zu setzen. Mich interessiert sehr, was die in der Rechtsmedizin so alles herausbekommen. Ich nehme mir jetzt einen Stapel Akten und fange an sie durchzuarbeiten. Frau Schröder und dieses Fräulein Kleinschmitt helfen uns beim Durchforsten.“
„Okay, nach dem Bericht unterstütze ich euch.“
„Wie hat es eigentlich am Schießstand geklappt?“
„So lala! Aber ich weiß ja woran es lag“, schmunzelte er.
Frau Schröder warf ihm einen fragenden Blick zu. „Kopfschmerzen?“ Sie schaute ihn an.
„Jau, kann man so sagen.“
„Oh, eine Grippe im Anflug? Frau Petri-Becker hüstelte auch, als wir die Akten aus dem Archiv holten. Die sitzt aber auch den ganzen Tag zwischen den staubigen Ordnern, die Arme …“
Frau Schröders besorgter Blick sprach Bände.
„Miau-miau, meine Katze ist schlau, miau-miau und sie kennt mich genau ...“ Wipperfürths sonore Tenorstimme erfüllte plötzlich das Büro.
„Oh, der Herr Kommissar kann ja richtig toll singen!“ Frau Schröder schaute ihn mit ihren grünen Augen schmunzelnd an. „Also keine Grippe bei Ihnen, wenn ich Ihre Minnegesänge richtig deute.“
„Ja, ein passendes Katerlied fiel mir gerade nicht ein.“ Wipperfürth verzog seinen Mund zu einem Grinsen, nahm sich die erste Akte und setzte seine Brille auf die große, aber durchaus aristokratisch wirkende Nase. „An die Arbeit, Kollegen!“
Mit Monika hatte er oft gemeinsam gesungen. Abends, nach der

Arbeit. Sie hatte dabei Gitarre gespielt. „Knockin' on Heaven's Door", „I Want You" oder „Just Like a Woman" hatten sie geträllert sowie Songs von den Beatles. „Yesterday" hatte dazugehört und „Paperback Writer", „Yellow Submarine" oder „Help". Unvergessliche Abende, die mit feinem Rotwein, kleinen Knabbereien und einer wunderschönen Nacht geendet hatten.
Wipperfürth schüttelte die Erinnerungen ab, befeuchtete seinen Zeigefinger an der Zunge und blätterte die erste Seite auf.

***

„So viele ungeklärte Fälle. Wahrscheinlich sind viele dieser jungen Mädchen nach Russland oder Thailand verkauft worden oder irgendwo hier im Land als Zwangsprostituierte tätig. Ist man erst einmal in dieser Mühle, hat man kaum eine Chance, herauszukommen. Die Freier passen auf wie Schießhunde."
„Ja, sobald man in dieser Scheiße ist, ist das Leben verpfuscht. Ich lese gerade die Akte von Anja Schulze, 19 Jahre. Seit 2004 ist sie verschwunden. Kam nach dem Sportunterricht einfach nicht mehr nach Hause. Die Eltern haben damals alle Hebel in Bewegung gesetzt – Geld war für sie kein Problem, der Vater arbeitete als Chirurg und die Mutter als Leiterin einer Sparkassenfiliale. Die besten Detektive wurden engagiert. Nichts. Absolut keine Spur von Anja. Bei allen Vermissten müssen wir auf jeden Fall das Gebiss vergleichen. DNA-Spuren konnten bisher keine mehr gefunden werden. Wäre auch zu schön gewesen. Habe vorhin mit Meier-Rettich telefoniert", sagte Berger und nahm die nächste Akte.
„Hmm, wenn ich mir vorstelle, ich hätte eine Tochter und die würde nicht nach Hause kommen … Ich würde alles machen, wirklich alles, um sie zu finden."
„Weißt du, Willi, ich glaube, manche dieser Teenager sind anfangs freiwillig nicht mehr heimgekehrt und irgendwann war es dann zu spät. Wahrscheinlich leben sie auf der Straße, sind

drogenabhängig, haben sich einen neuen Namen zugelegt oder sind bereits im Ausland oder sonst wo …“

„Oh nein!“ Frau Schröders Stimme drang durch die Zwischentür, die nur leicht angelehnt war. „Hier sind sogar Zwillingsschwestern verschwunden. Vor fast dreizehn Jahren. Melanie und Manuela. Was macht man da nur als Mutter? Diese Arbeit geht mir ganz schön an die Nieren. Da schreibe ich lieber Ihre Berichte oder sortiere Akten im staubigen Archiv. Ich brauche jetzt erst einmal ein Stückchen Schokolade. Für die Nerven. Ich bin selber Mutter von zwei Mädels. Die sind zwar jetzt schon über zwanzig, aber ich würde verrückt – nein, wahnsinnig – werden, wenn einer von ihnen etwas passieren würde oder sie einfach spurlos verschwindet.“

„Machen Sie ruhig mal eine Pause, Frau Schröder. Ungeklärte Vermisstenfälle sind wirklich schwer zu ertragen. Die Schicksale, die dahinter stecken, sind furchtbar. Aber sie zeigen uns, wie wichtig unsere Arbeit ist.“ Wipperfürth öffnete die unterste Schreibtischschublade. „Hier, Frau Schröder. Ich habe immer für besondere Gelegenheiten eine kleine Tüte mit Schokoladenbonbons. Bitte, greifen Sie zu.“

Er hielt ihr die Tüte hin und strich sich mit der linken Hand über seinen Stoppelbart. Morgen würde er sich wieder rasieren. *Vier Tage Wildwuchs reichen*, dachte er, auch wenn das morgendliche Rasieren eine lästige Tätigkeit war, so lästig wie Fußnägel schneiden, Hemden bügeln, Knöpfe annähen oder Fenster putzen.

„Du darfst natürlich auch von den Bonbons probieren, Berger. Die schmecken eins a!“, sagte Wipperfürth und steckte sich noch während er sprach selbst eine der Köstlichkeiten in den Mund.

***

Wipperfürth schaute auf seine Armbanduhr. Kurz vor 18 Uhr. „Feierabend für heute!“ Er streckte seine langen Beine unter dem Schreibtisch aus und reckte beide Arme in die Luft.
„Ich bin total müde und mein Rücken schmerzt.“ Berger fuhr seinen Computer runter und packte seine Aktentasche. „Heute geht es sofort nach Hause. Gaby wollte Reibekuchen backen. Dazu gibt es selbstgemachtes Apfelkompott und frischen Lachs. Sabine und Stefan, die Nachbarn von gegenüber, kommen. Bin weg. Tschüss, Frau Schröder, tschüss, Willi!“
Berger klemmte sich die Tasche unter den Arm und hastete aus dem Büro. Tage wie dieser, an denen man fast nur am Schreibtisch saß und recherchierte, waren ihm ein Graus. Ihm fehlten die Gespräche mit den anderen Kollegen, die Fahrten zu Tatorten sowie der Austausch über Verbrechen und Verbrecher.
„Wenn es recht ist, mache ich auch für heute Feierabend, Herr Wipperfürth. Dann schaffe ich es noch, in der Reinigung mein Kostüm abzuholen und beim Metzger etwas frischen Aufschnitt zu kaufen. Bis morgen!“ Frau Schröders trippelnde Schritte hallten auf dem Flur, wurden leiser und fort war sie.
Wipperfürth zog seinen Trenchcoat an, sprang jeweils zwei Stufen nehmend die Treppen hinunter, lief im Galopp den langen Gang entlang, winkte dem Pförtner kurz zu, rannte hinaus in Richtung der nahegelegenen kleinen Parkbuchten vor dem Präsidium und stoppte an seinem Wagen. Etwas Bewegung tat ihm gut und die frische Luft nach dem langen Arbeitstag auch. Kaum war er am Auto angekommen, griff er in die linke Hosentasche, zog den Autoschlüssel heraus und spürte einen dumpfen Schlag an seinem Kopf. Er sackte neben der noch geschlossenen Fahrertür zusammen und schlug mit dem Hinterkopf auf den harten Asphalt.
Ihm wurde schwarz vor Augen.

6

„Hallo, meine Liebe, es tut mir leid, aber ich habe einen neuen Auftrag. Muss bis Ende der kommenden Woche nach Flensburg. Riesensache, das Ganze. Neue Staubsauger extra für ältere Personen, die es im Rücken haben. Teleskopstangen mit auswechselbaren Griffen, je nachdem, wie die Hände die Griffe umklammern können; Staubsaugerbeutel mit Lemonfilter und Mikrovlies, die man im Handumdrehen wechseln kann; kein Stromkabel, alles mit Batterie. Man braucht sich nicht mehr bücken und alles ist im Nu sauber. Hinzu kommt, dass sie für Allergiker ein wahrer Traum sind. Eine spezielle Substanz verhindert, dass auch nur ein einziges Staubkörnchen heraustreten kann. Fast alles geschieht wie von Zauberhand … Hörst du mir zu?“, knisterte es Jenny aus dem Handyhörer entgegen.
„Ja – klar doch, Wolle“, entgegnete sie, ohne einen gereizten Unterton unterdrücken zu können.
„Du bist böse auf mich, oder?“
„Nein … Ja … Vielleicht ein bisschen. Wir wollten doch am Wochenende gemeinsam mit Robin in den Zoo gehen. Du weißt doch, er mag Elefanten und Giraffen so gerne. Und dich mag er auch.“
„Ja, ich weiß. Ich mag deinen Sohn auch sehr gerne. Aber du musst auch verstehen, dass ich Geld verdienen muss. Und so ein Auftrag bringt richtig Schotter. Es öffnen sich ganz neue Kundenkreise für uns und denen muss ich dieses Gerät vorführen. Viele alte Menschen, die allein leben und froh sind, wenn ein neues elektrisches Gerät ihnen bei der Hausarbeit hilft. Verstehst du das denn nicht?“ Seine Stimme wurde schneidend und ungeduldig.
„Geld, Geld ... Immer nur Geld. Seit Bernhards Tod bedeutet mir Geld nicht mehr viel. Das Leben kann so schnell zu Ende gehen …“ Kurzes Schweigen. „Ich liebe dich, Wolli!“

So nannte Jenny ihren Freund, wenn ihr Herz vor Sehnsucht nach ihm schmerzte. Und es schmerzte oft, denn Wolle hatte häufig unerwartete berufliche Termine.
„Ich dich doch auch, meine Liebe. Du, da kommt mein Chef. Ich mache mal Schluss. Bis nächste Woche. Tschüss!"
Jenny starrte auf ihr Handy. Wolle hatte das Gespräch einfach beendet. So wie immer, wenn er nicht zu ihr kam.
Sie kannten sich jetzt fast drei Jahre. Im Supermarkt hatte er neben ihr gestanden und ihr eine Dose aus dem obersten Regal gereicht. Sie hatten sich in die Augen gesehen und waren schnell in ein Gespräch über Meteorologie gekommen. Das graue Wetter war förmlich eine Vorlage gewesen, um sich über Wolken, Regen und plötzliche Unwetter zu unterhalten. Dann hatten sie sich zu einem Kaffee beim Bäcker gegenüber verabredet. Wolfgang Heimann, den seine Freunde „Wolle" nannten, war gerade auf der Durchreise. Wohnte in Essen-Steele, wie er erzählte, und hätte beruflich mit Staubsaugern zu tun. In Bonn wäre er wegen einer Fortbildung. Nur das Essen in der Pension wäre nicht nach seinem Geschmack gewesen und so war er im Supermarkt gelandet und hatte drei Tafeln Nussschokolade, eine Tüte Chips, eine Dose Ravioli und sechs Dosen Bier gekauft. *Gesundes Essen sieht anders aus*, hatte Jenny gedacht und unwillkürlich gelacht.
Von diesem Tag an besuchte Wolle Jenny und Robin regelmäßig. Sie gingen gemeinsam ins Kino, machten ausgiebige Fahrradtouren am Rhein entlang, besuchten das Spaßbad in Siegburg oder sammelten in der Waldau Kastanien und Eicheln, die sie dann an die Wildschweine verfütterten. Ebenso gehörten Besuche im Jungen Theater in Beuel zu ihren gemeinsamen Unternehmungen sowie Führungen im Museum Alexander Koenig, im Kunstmuseum oder im Arithmeum.
Jenny mochte ihn. Ihr Verhältnis war ohne feste Bindung, ohne Verpflichtungen, ohne Kontrollen und ohne Eifersüchteleien. Man sah sich, wenn die Zeit gerade da war oder die Gelegenheit sich bot. Wolle war beruflich häufig im Rheinland unterwegs und kehrte, so oft es ging, auf seinen Touren bei Jenny ein.

Aus einer losen Freundschaft hatte sich nach einigen Monaten eine ebenso lockere Beziehung entwickelt. Jennys Herz pochte, wenn sie an Wolle dachte, und ihm ging es genauso, wie er ihr beteuerte. Und Robin hatte nach dem Tod seines Vaters endlich wieder einen väterlichen Freund. Das Leben konnte wirklich schön sein.
Doch dass Wolle immer öfter verabredete Besuche absagte, nervte Jenny gewaltig. Aber was blieb ihr anderes übrig, als dies zu akzeptieren? Schließlich war sie 42 Jahre alt und alleinerziehend nach dem Tod von Bernhard. Einen Mann in diesem Alter zu treffen, der nicht einen ganzen Schwanz von Beziehungen, traumatischen Erlebnissen oder Enttäuschungen hinter sich herzog, war verdammt schwierig. Ein verheirateter Mann kam für sie überhaupt nicht in Betracht, das stand für Jenny fest. Nie würde sie sich in die Beziehung zweier Menschen einmischen. Nie! Das hatte ihr vor vielen Jahren Tante Klara, die Frau von Onkel Sigmund, eingetrichtert, immer wenn Jenny bei ihr zu Besuch gewesen war. Und das war sie oft gewesen, denn Mama ging es schon damals häufig nicht gut. Und Tante Klara war nach dem viel zu frühen Tod ihres Mannes für jeden Besuch dankbar. Sie war eine intelligente Frau. Hatte Theologie und Mathematik studiert und als Lehrerin an einer katholischen Grundschule in Gelsenkirchen gearbeitet. Mama hatte immer gesagt, Jenny solle auf Tante Klara hören, schließlich würde sie Religion, Sachkunde und Mathematik unterrichten und wäre sehr belesen und gebildet. Und so hörte Jenny auf Tante Klara. Sie war ein wichtiger, unvergessener Teil in Jennys Leben.
Und Bernhard, der leider viel zu früh verstorbene Ehemann, natürlich nicht minder. Bernhard hatte sie bereits aus der Grundschule gekannt. Es war keine Liebe auf den ersten Blick, eher eine neu aufgewärmte Sandkastenliebe, aber er war eine treue Seele gewesen. Sie hatte sich hundertprozentig auf ihn verlassen können. Er war ein liebevoller Vater und ein Seelentröster in traurigen Stunden. Er konnte unheimlich lustig sein und einen

Witz nach dem anderen erzählen. Jenny hatte Tränen gelacht und sein lockeres Wesen geliebt. Bewundert hatte sie ihn für seine Unbekümmertheit, seine Art, auch im Schlechten etwas Gutes zu sehen. Von seinem grenzenlosen Optimismus hatte sie sich anstecken lassen und so die Welt in bunteren Farben sehen können. Nicht immer, aber sehr häufig.

Auch Mama hatte ihn gemocht. „Pass gut auf meine Kleine auf", hatte sie ihm bei der Hochzeit mit tränenerstickter Stimme ins Ohr geflüstert. „Pass auf sie auf! Bitte, Bernhard! Versprich es mir."

Als Jenny und Bernhard einige Tage später gemeinsam am Rheinufer spazieren gegangen waren, hatte er ihr von diesem Gespräch erzählt und Jenny heftig zu weinen angefangen.

Sie verstand Mamas Worte, verstand ihre Sorge und ihre Ängste.

Mama und Bernhard, die beiden Menschen, die sie so sehr brauchte, so sehr liebte.

7

Nora lauschte Jennys Schritten. Dem lauten Klackern ihrer Absätze auf dem Kopfsteinpflaster. Klack-klack ... klack-klack ... klack-klack ...

Die Geräusche wurden leiser und leiser. Sie sah in der Ferne die gelbe Jacke – nur noch ein winziger Punkt, der allmählich ganz in der Dunkelheit verschwand. Sie sah die Mondsichel am Himmel, die spärlich Licht spendete, und setzte sich auf den schmalen Mauervorsprung des alten Backsteingebäudes.

Der schmale Bau, fast schon eine Ruine, war der verbliebene Rest einer alten Bäckerei, die bereits vor Jahren abgerissen werden sollte, bevor dem Besitzer das Geld ausgegangen war.

Risse im Mauerwerk ließen den Putz bröckeln. Staub rieselte auf

Noras rote Lackschuhe. Sie wischte ihn mit den Händen ab und wartete.
„Ich bin kein Angsthase. Ich bin mutig. Ich bin stark." Sie murmelte die Worte vor sich hin wie jemand, der einen Rosenkranz herunterbetete. Dabei zitterten ihre Knie, ihr Nacken war steif vor Kälte und die Zähne klapperten aufeinander. Sie war allein. Und der Bus kam erst in dreißig Minuten.
Die alte Laterne auf der gegenüberliegenden Straßenseite spendete schwaches Licht. Ein Schwarm Mücken schwirrte im Lichtschein wild durcheinander. Die Beleuchtung reichte gerade aus, um den Fahrplan, der an einem verrosteten, gelb gestrichenen Pfosten befestigt war, zu lesen. Aber sie wusste ja, wann der Bus kommen würde. Dreißig Minuten. So lange würde sie hier verharren und sich keinen Millimeter bewegen. Nicht einen einzigen Millimeter. Und wenn sie vor Kälte und Angst erstarren würde – nein! Durch das Wäldchen würden sie keine zehn Pferde bekommen.
Ihre Augen kreisten in der Dunkelheit und tasteten die Umgebung ab. Nicht einmal ein streunender Hund oder eine vorbeihuschende Katze waren zu sehen. Kein Käuzchen zu hören. Nichts!
Wäre sie vielleicht doch besser mit Jenny gelaufen? Zu zweit durch das kleine Wäldchen? Auch wenn es verboten war? Zusammen wären sie stark gewesen. Hätten alle Dämonen und Waldgeister verjagt, hätten dem Bösen getrotzt, dem Dunkel der Nacht die Stirn geboten. Aber alleine …
Ihr fiel das Märchen der Gebrüder Grimm ein. Hänsel und Gretel liefen gemeinsam durch den Wald. Hand in Hand. „Zu zweit ist alles anders. Zu zweit ist man stark", hatte Mama immer gesagt, wenn sie das Märchen vorgelesen hatte, abends vor dem Einschlafen. Und dann wurde gemeinsam gebetet. „Herr beschütze unser Haus und alle, die da gehen ein und aus. Jenny und Nora und Papa und Mama. Amen!"
Zittrig strich sie sich mit der rechten Hand eine Strähne aus dem Auge und blickte gleichzeitig auf die Armbanduhr. Gerade einmal drei Minuten vergangen.

Plötzlich hörte sie neben sich ein Geräusch. Nicht laut, aber unheimlich nah, wie es schien. Sofort wurde ihr Rücken noch steifer, als er schon war. Sie bewegte nur ihre Augen, blieb ansonsten regungslos sitzen. Auf dem Mauervorsprung fühlte sie sich sicher, denn von hinten konnte keiner kommen. Sie drückte ihren steifen, kalten Rücken gegen die raue Mauer und krallte ihre eisigen Hände in den Putz, sodass sich der Dreck unter ihre Fingernägel bohrte und dann – wie von Geisterhand – stand er vor ihr.
„Na, wartest du auch auf den Bus?"
Auf was sonst, dachte Nora, wisperte aber ein leises „Ja".
Dabei blickte sie auf den Boden, direkt auf seine Schuhe. Sie waren aus schwarzem Leder, mit Schnürsenkeln, so wie sie sie von Onkel Gerhard kannte. Ihr Blick wanderte langsam hoch. Sie sah seine blau-weiße Bomberjacke, die absolut nicht zu dem altmodischen Schuhwerk passte, und dann sein Gesicht. Er war ein paar Jahre älter als sie, vielleicht 22 oder 23 oder so, vermutete Nora. Seine Haare waren wellig und lang, reichten fast bis auf die Schultern. Das war modern, richtig „trendy", wie ihr Cousin immer sagte. Auch der trug so eine Matte und sah einfach toll damit aus. Freundlich wurde sie angelächelt. „Der Bus kommt erst in zwanzig Minuten!"
„26 Minuten!"
Nora mochte keine ungenauen Angaben, da war sie eigen. Jenny warf ihr immer vor, sie sei viel zu kleinlich mit Aussagen, die sowieso keine Bedeutung hätten, schließlich sei es egal, ob man fünf Gummibärchen in den Mund steckte oder sieben. Aber Nora war es nie egal. Sie zählte alles, sogar die Luftmaschen beim Häkeln und die Schritte, die sie bis zur Schule brauchte. Ebenso wusste sie ganz genau, in wie vielen Tagen Mama Geburtstag hatte oder wie lange es noch dauern würde, bis die nächsten Ferien begannen.
„Gut! Jetzt in 25 Minuten." Er grinste. „Genug Zeit für einen kleinen Spaziergang, oder? Komm, lass uns bis zum Wäldchen gehen und uns unterhalten. Dann vergeht die Zeit schneller."
„Nein! Ich warte hier." Nora drückte sich noch fester an die Mauer.

„Komm schon, ist doch langweilig, hier auf der Stelle zu stehen und auf den Bus zu warten."

„Ich sitze!"

„Hmm ... Wie heißt du?"

Nora schwieg. Sie nagte mit den Schneidezähnen unsicher auf ihrer Unterlippe.

„Sag schon!"

„Nora", kam es schüchtern, fast flüsternd aus ihrem Mund. Sie wusste selbst nicht, warum sie ihm ihren Namen gesagt hatte.

„N-o-r-a!" Er wiederholte den Namen, langsam, ließ jeden Buchstaben auf der Zunge zergehen. „Nora ... Ein schöner Name. Meine Eltern haben mir einen Allerweltsnamen gegeben, den jeder Zweite hat. Deiner ist selten."

Darüber hatte Nora noch gar nicht nachgedacht. Sie fand es schön, dass jemand ihren Namen für etwas Besonderes hielt.

Langsam rutschte sie von dem Mauervorsprung hinunter und stand nun direkt vor ihm. Er war mindestens eineinhalb Köpfe größer als sie.

„Lass uns dort ein Stückchen entlanggehen und dann drehen wir um und spazieren auf der anderen Straßenseite wieder zurück. Wir gehen nicht in den Wald, dort ist es zu dunkel und zu unheimlich." Er beobachtete sie genau, schien jede Reaktion in ihrem Gesicht zu bemerken. „Ist das in Ordnung, Nora?"

Nora hatte ihre Unsicherheit tatsächlich vergessen. Er war nett und freundlich, seine Stimme klang angenehm und er wollte ja nur mit ihr die Zeit totschlagen. Diese unendlichen Minuten, bis der Bus kam.

„Ja, können wir machen. Mir ist kalt und sehr bequem ist es wirklich nicht, dort zu sitzen. Aber nur ein kleines Stückchen! Nicht weiter, erst recht nicht durch das Wäldchen."

Schon gingen sie nebeneinander über das ungepflegte Kopfsteinpflaster.

Als sie sich den Bäumen und Sträuchern, dem Dunkel des Wäldchens, näherten, wurde Nora jedoch rasch wieder unsicher. „Und

nun zurück!", sagte sie, drehte sich auf dem Absatz um, rutschte leicht auf dem Pflasterboden aus. Fast wäre sie gestürzt.
„Hoppla!" Seine Hand ergriff schnell ihr schmales Armgelenk, aber Nora riss sich sofort los.
„Lass mich. Ich mag das nicht!" Sie hatte ihre Fassung schnell wiedergefunden. „Hier beginnt der Weg in den Wald. Den gehe ich nicht."
Sie ging zurück in Richtung Bushaltestelle.
Mit einem Mal war er wieder dicht neben ihr. „Hmm", kam aus seinen zusammengekniffenen Lippen. Mehr nicht. Dann zupfte er mit spitzen Fingern eine zerknitterte Packung Marlboro aus seiner Hosentasche und zündete sich eine Zigarette an. Unruhig zog er an ihr, sodass die Zigarettenspitze immer wieder kurz und hell aufglühte.
Er atmete tief ein, warf die brennende Zigarette auf den Boden, zertrat sie kurz mit der Fußspitze, drehte sich ganz plötzlich zu Nora, ergriff ihren Arm und zog sie zu seinem Wagen. Den hatte Nora bisher nicht gesehen.
„Hey, lass das. Lass mich sofort los!", schrie sie, wandte ihren zierlichen Körper, versuchte sich loszureißen, trat mit den Füßen, gab sich alle Mühe zu schreien, aber es kam lediglich ein weinerliches Gekreische aus ihrem Mund. „Lass mich sofort los! Loslassen!"
Doch er war nicht nur größer, sondern auch bedeutend stärker, hatte den Kofferraum von seinem alten Opel mit der freien Hand geöffnet und packte Nora nun brutal mit beiden Händen um die Taille. Er hob sie hoch, bekam dabei Noras wild schlagende Hand ins Gesicht, was ihn jedoch nicht weiter zu irritieren schien. Er schmiss sie mit Wucht in den leeren Kofferraum.
„Jetzt gehörst du mir, Nora!"
Das waren die letzten Worte, die Nora hören konnte. Die Klappe wurde mit Gewalt zugeschlagen. Ihre verzweifelten Fußtritte gegen den Kofferraumdeckel, ihre kreischenden Hilfeschreie verhallten im Nichts.
Die Geräusche des aufbrausenden Motors drangen in Noras Ohren, sie nahm den widerlichen Mief nach Mottenkugeln,

Zigarettenqualm und billigem Putzmittel wahr und spürte das harte Aufschlagen des Wagens, wenn er über Unebenheiten oder durch Schlaglöcher raste und sie gegen die harten Innenraumwände gedrückt wurde.
Nun hatte Nora wirklich Angst. Fürchterliche Angst. Angst, die ihr Herz schmerzen ließ und ihr fast die Luft zum Atmen nahm. Angst, die sich schwer wie Metall auf ihre Zunge legte und nach Ekel, Wut und Hilflosigkeit schmeckte.
Nora drückte mit beiden Händen gegen den Kofferraumdeckel, kratzte solange mit den Fingernägeln an der Gummidichtung, dass ihre Nägel abbrachen und sie vor Schmerz aufschrie. Sie biss sich auf die Unterlippen. So feste, dass ihr das Blut in den Mund lief, der metallische Geschmack sich auf der Zunge und im Rachen verteilte und sie sich fast übergeben musste. Nora spuckte den Speichel neben sich und wischte mit dem Jackenärmel und dem Handrücken über ihre Lippen. Sie zitterte. Der ganze Körper schmerzte.
Und nun brüllte sie wirklich. So laut, so intensiv, so verzweifelt, dass nach einiger Zeit ihre Stimme endgültig versagte und Nora entkräftet in sich zusammensackte. Ein Häufchen Elend.
Sie wollte nur raus. Raus aus dem Wagen. Weg von diesem ekelhaften Kerl.

8

„Mensch, Willi, was machst du denn für Sachen?“ Berger hockte neben Wipperfürth auf dem Asphalt und tätschelte seine blassen Wangen. „Gut, dass ich mein Handy im Büro vergessen hatte und noch im Eingangsbereich des Präsidiums war. Mannomann, ich hab den Ball kommen sehen, auf deinen Kopf geguckt – und schon lagst du auf dem Boden. Ein Glück, dass es dich nicht schwerer erwischt hat! Der Ball wurde mit Wucht geschossen und hatte auch noch seitliches Effet. Ein Wahnsinnsschuss. Dieser Bursche wird mal ein ganz großer Fußballspieler. Ronaldo lässt grüßen. Er hat tatsächlich quer über die Königswinterer Straße geschossen und genau deinen Hinterkopf getroffen." Berger half dem noch etwas benommenen Kollegen auf die Füße. „Lass mich mal deinen Kopf abtasten." Doch Wipperfürth schüttelte Bergers Hand zur Seite. „Schon gut, es ist nichts. Ich habe mich einfach erschreckt und bin dann in die Knie gegangen. Passiert schon mal. Bin nicht mehr der Jüngste." Er lachte laut auf, obwohl ein gewisser Ernst in der Stimme mitschwang.

„Hast du wirklich nichts, Willi? Kopfschmerzen, Schwindel oder so ...?"

„Nein!" Wipperfürth schüttelte vorsichtig seinen Kopf. Ein Pochen sowie ein stechender Schmerz ließen sich nicht verleugnen, doch das wollte er um keinen Preis zugeben. Er klopfte sich den Staub von der Hose und betastete ganz sachte seinen Kopf. So etwas war ihm ja noch nie passiert. Und dann direkt vor dem Präsidium, wo ihn alle kannten. Peinlich!

Noch vollkommen in Gedanken über diesen Fauxpas setzte er sich in seinen Wagen und fuhr nach Hause. Nur nicht umdrehen. Er spürte förmlich das hämische Grinsen der Kollegen, die hinter den Fensterscheiben standen und sich wahrscheinlich köstlich amüsierten. Morgen wäre noch früh genug, um sich ihrer Schadenfreude auszusetzen.

Es ärgerte ihn, dass er wirklich nichts gesehen hatte. Weder den jungen Fußballspieler auf der anderen Straßenseite, noch den Ball. Aber der hatte ihn ja auch von hinten getroffen, und das mit voller Wucht. Und im Nu war ihm auch schon schwarz vor Augen geworden. So etwas kannte er eigentlich nur aus Filmen, den „Kleinen Strolchen" zum Beispiel. Diese amerikanische Kurzfilmserie über rotzfreche Nachbarskinder, die den Erwachsenen mit Begeisterung kleine Streiche spielten und in haarsträubende Situationen gerieten, hatte er früher mit Freude immer am frühen Sonntagnachmittag im Fernsehen gesehen. Wipperfürth lächelte amüsiert und hatte den Vorfall für einen Augenblick schon wieder vergessen.

***

Am nächsten Morgen spürte er die kleine Beule an seinem Hinterkopf nur noch, wenn er mit den Fingerspitzen über die Haut fuhr. Dusel gehabt. Kämmen allerdings war nicht so angenehm, bei seinem sportlichen Kurzhaarschnitt aber auch kaum nötig. Er tropfte sich etwas Rasierwasser in die Handflächen und tätschelte damit sein Gesicht, so wie jeden Morgen. Und immer das gleiche Duftwässerchen. Der fein-herbe, maskuline Duft von „Yves Saint Laurent".

Der Mensch ist ein Gewohnheitstier, dachte er, grinste sich im Spiegel an und warf sich den Trenchcoat über den Arm. Das Wetter war heute sehr angenehm, zwar noch immer zu kühl für August, aber immerhin wärmer als gestern. Er schlüpfte in seine bequemen Slipper, kontrollierte noch einmal in Windeseile, ob er alles gut am Körper verteilt hatte – sein Handy, seine Dienstwaffe, seinen Ausweis, Handschellen und Plastiktütchen sowie Einmalhandschuhe und diverse Visitenkarten. Das ging routinemäßig, wie im Schlaf. Dann zog er die Zeitung aus dem Briefkasten, klemmte sie unter den Arm, schloss noch ordentlich die Haustür zweimal ab und raste ins Polizeipräsidium.

Dort angekommen, hatte er sein kleines Missgeschick von gestern völlig aus dem Gedächtnis verbannt. Aber auf seine Kollegen war natürlich Verlass. Er schob die Glastür auf und im gleichen Moment hallte ihm aus dem Empfangsbereich bereits entgegen: „Na, Kollege Wipperfürth! Der Kopfball gestern ging wohl leicht daneben, was?" Kollege Schulz verzog sein Gesicht zu einem schadenfrohen Grinsen.

Lachen oder beleidigt sein?, fragte sich Wipperfürth blitzschnell. *Lachen*, sagten sein Bauch und sein Hirn im Einklang. „Wollte

mal wieder etwas Leben in diesen müden Verein hier bringen! Ihr seid mir viel zu ernst, Jungs! Ist mir doch gelungen, oder?"
„Aber volle Kanne!" Schulzes lachende Stimme trug Wipperfürth die Stufen hinauf bis in sein Büro, wo er tief durchatmete und sich auf seinen Stuhl plumpsen ließ. Er schraubte den Deckel seiner Thermoskanne auf, schüttete sich seinen geliebten Holundertee in den Porzellanbecher mit den vielen kleinen Luftballons, den er von Monika vor einigen Jahren zum Geburtstag bekommen hatte, und schlug die Tageszeitung auf. *The same procedure as every day ...*
„Morgen, Willi!" Die Tür flog schwungvoll auf und Berger stürmte hinein. „Was macht dein Hinterhirn? Schmerzen? Oder konnte da eh nicht mehr viel kaputtgehen?"
„Ja, ja, wer den Schaden hat, braucht für den Spott nicht zu sorgen. ‚Das Beste im Leben wartet immer hinter der nächsten Ecke'. Ein Zitat eines uruguayischen Schriftstellers, das ich mal vor einiger Zeit im *Spiegel* gelesen hab. Gefiel mir gut, der Satz. Aber ja, mir geht es gut, aber hat jemand dem kleinen Fußballspieler wenigstens die Leviten gelesen? Schließlich ist so ein Schuss nicht ungefährlich. Überleg mal, es hätte auch eine alte Dame treffen können oder ein Kleinkind."
„Der Bursche war leider zu schnell weg." Berger warf seine Jacke an den Wandhaken und verschwand in sein Büro. Er ließ aber die Zwischentür auf und konnte so weiter Wipperfürths Stimme hören.
„Irgendetwas Neues aus der Rechtsmedizin?", fragte der schließlich.
„Nein! Meier-Rettich ist ja morgens eher wortkarg. Der wird sich melden, sobald er etwas entdeckt hat, was uns weiterbringen könnte."
„Hmm! Gut!"
Das Telefon klingelte. Wipperfürth griff gedankenverloren zum Hörer des Dienstapparates und brummte ein mürrisches „Kommissar Wipperfürth" hinein. Kurz danach klang er deutlich

freundlicher: „Wer ist da? Nein! Ist es wahr? Bist du's wirklich? Heidrun? Du hast ja seit Monikas Tod nichts von dir hören lassen. Wie geht es dir? Hat es dich nach Bonn verschlagen? Oder von wo rufst du an?"
Er gab Berger ein kurzes Zeichen mit der Hand und formte mit den Lippen ein lautloses ‚Privat', wobei ein kleines Strahlen in seinen Augen blitzte.
„Ja, Willi, ich weiß, ich hätte mich früher melden sollen", entgegnete die freundliche Stimme am anderen Ende von Wipperfürths Leitung. „Hatte aber eine Menge um die Ohren. Du hast doch sicher von diesem Perversen gehört, der nachts in die Wohnungen von alten alleinstehenden Damen gestiegen ist und diese dann vergewaltigt hat, ehe er ihnen die Kehle durchschnitt. Wir waren lange auf der falschen Fährte, aber nun ist Gott sei Dank der Stress vorbei. Wir haben den Kerl dingfest gemacht und er hat auch alles gestanden. Ich arbeite ja seit einigen Jahren im Hintergrund. Analysiere, recherchiere und versuche, mir ein Bild von der Psychologie des Täters zu machen. Weißt du, ich wollte dich nicht mit meinen Fällen belasten, du hattest ja genug mit Monika zu tun. Aber nun bin ich für ein paar Tage in Königswinter. Also ganz in deiner Nähe. Habe ein Hotel mit Blick auf den Rhein. Sehr idyllisch. Vielleicht hast du ja Zeit auf ein gemeinsames Glas Wein oder einen Kaffee? So wie in alten Zeiten?"
„Ja, dafür bin ich immer zu haben. Schließlich kennen wir uns seit ... Mensch, lass mal überlegen ... Seit der achten Klasse, oder? Friedrich-Ebert-Gymnasium. Oh, das war eine schöne Zeit."
„Na ja, ‚schön' war es nicht immer. Wenn ich nur an den Deutschunterricht bei Frau Dr. Ungewitter denke, wird mir jetzt noch ganz anders. Die war ziemlich anstrengend, obwohl meine Noten nicht schlecht waren. Im Gegensatz zu deinen, Willi, deine Aufsätze waren doch immer ein Graus. Selbst in der Oberstufe hast du es kaum geschafft, einen Satz zu schreiben,

der länger als eine Zeile war.“ Heidrun lachte laut auf. „Deine Lieblingswörter waren ‚und‘, ‚dann‘ und ‚ich meine‘. Zum Glück hast du mir deine Texte meistens vor der Unterrichtstunde zur Verbesserung gegeben. Ich hab damals die Arbeit an Texten geliebt. Wollte sogar mal Literaturwissenschaften studieren, aber dann fand ich das Gebiet der Polizeiarbeit doch spannender.“
„Ich sage immer, man kann nicht alles perfekt!“, lachte Wipperfürth. „Dafür warst du in Mathe eine absolute Niete. Herr Michels hatte mich damals gebeten, dir zu helfen. Was ich ja gerne getan habe – keine Frage.“
„Also, Willi, genug erstmal mit den Schulerinnerungen. Heute Abend um 20 Uhr im Hotel Maritim? Auf der Terrasse?“
Nachdem Heidrun das Gespräch beendet hatte, war Wipperfürth aber doch fürs Erste voll und ganz gedanklich mit der Vergangenheit beschäftigt. Auf der sogenannten Retrowelle.
Mit Heidrun hatte er als 16-jähriger seine erste gemeinsame Nacht verbracht. Diese Erinnerung gehörte nicht gerade zu den Highlights in seinem Leben. Wahrlich nicht! Aber Heidrun hatte Stillschweigen behalten. Es war in der Garage von Werners Bruder geschehen. Werner war im gleichen Handballverein und immer ein dufter Kumpel gewesen. Für Heidrun war es nicht das erste Mal, sie war vor ihm mit Klaus-Peter aus der Bachstraße gegangen. Wipperfürth hatte sein Bestes gegeben, was zu viel war und viel zu schnell, und Heidrun hatte taktvoll geschwiegen. Sie war schon damals ganz Dame gewesen.
Es waren noch ein paar gemeinsame Nächte gefolgt, die dann etwas besser verliefen, aber Heidrun war kein Mauerblümchen und kurze Zeit später hatte sie mit Hubert, dem Sohn des Rennstallbesitzers aus dem Nachbarort, angebandelt. Dafür hatte sich zwischen Heidrun und Willi eine wunderbare Freundschaft entwickelt, die sogar dann noch hielt, als er viele Jahre später Monika geheiratet hatte.
Lange hatten sie sich nicht gesehen – und nun dieser Anruf! So unerwartet. So erfreulich.

Er strich sich mit der rechten Hand über sein frisch rasiertes Kinn und nippte gerade an dem mittlerweile kalten Tee, als Berger ins Büro stürmte.
„Mensch, Willi, wir haben eine zweite Tote. Es kam gerade der Anruf rein. Auf dem katholischen Friedhof. Mitten in Beuel. Komm!"
„Was? Etwa wieder ein Knochenfund?" Wipperfürth und Berger verließen im Laufschritt das Büro und eilten zum Dienstwagen.
„Nein! Aber es ist doch glatter Wahnsinn. Wir haben noch keinerlei Erkenntnisse über unseren ersten Todesfall und dann schon die nächste Tote in Beuel. Was geht denn hier auf einmal ab?" Berger sprang auf den Fahrersitz und startete, sobald die Beifahrertür zu war.
„Vielleicht war es ja ein Unglücksfall auf dem Friedhof. Manche brechen zusammen, wenn sie am Grab stehen und an ihre Lieben denken", sagte Wipperfürth und dachte an seine Monika. Jedes Mal, wenn er vor ihrem Grab stand, hatte er das Gefühl, die Erde unter seinen Füßen würde wanken und er im nächsten Moment ohnmächtig werden. Selbst jetzt, nach fast drei Jahren, ließ dieses Empfinden bei seinen Friedhofsbesuchen nicht nach.
„Also, Willi! Die rufen uns doch nicht an einen Ort, wenn nicht riesige Zweifel an einem natürlichen Tod bestehen würden."
Berger raste die Königswinterer Straße hinunter. Das aufblinkende Blaulicht erlaubte eine sehr rasante Fahrweise.
Wipperfürths Gurt schnitt sich in seinen Brustkorb. „Langsamer, bitte!"
Mit quietschenden Reifen bremste Berger direkt vor dem Friedhofseingang auf der Kreuzstraße. „Da vorne, Willi." Er zeigte mit dem Zeigefinger in Richtung Friedhofsmitte.
„Hmm." Wipperfürth sprang behände aus dem Wagen und schob sich an den Schaulustigen vorbei, die von Polizeikollegen daran gehindert wurden, den Friedhof zu betreten. Er hob mit einer Hand das rot-weiße Absperrband hoch, huschte hindurch

und hätte fast Meier-Rettich umgestoßen, der noch etwas schlaftrunken seine Plastikhandschuhe überstreifte.
„Morgen, Kollege Wipperfürth", murmelte der.
Wipperfürth nickte grüßend zurück und schob sich bis zu der am Boden liegenden Person durch. Zu seinen Füßen sah er eine Dame mittleren Alters. Sie hatte beide Beine unförmig verdreht, lag auf dem Rücken, den Faltenrock unnatürlich weit hochgezogen, einen Schuh am Fuß, den anderen hatte sie wohl einige Meter weiter entfernt verloren. Ihr Gesicht war verzerrt und dreckig von der Erde des Friedhofbodens. Ihre Hände wiesen Spuren eines Kampfes auf.
Wipperfürth speicherte das Bild in seinem Kopf und fragte Meier-Rettich: „Und, können Sie schon etwas sagen?"
Er bekam die zu erwartenden Worte entgegengeschleudert: „Nach der Obduktion!"
„Berger, das sieht mir sehr nach einer Vergewaltigung aus, was meinst du? So auf den ersten Blick?", fragte Wipperfürth seinen Kollegen.
„Da gebe ich dir absolut recht. Obwohl ..."
„Was – obwohl?"
„Obwohl es fast zu eindeutig ist. So wirkt es auf mich, als sei es ..." Er suchte nach einer passenden Formulierung.
„Du meinst, dass es inszeniert sein könnte?"
„Hmm. Ja, vielleicht. Oder?"
„Ich weiß nicht." Wipperfürth kniete sich neben die Leiche. „Warten wir auf den Bericht von unserem Rechtsmediziner. Was ist das?"
Wipperfürth sprang auf seine Füße, schaute irritiert in die Richtung, aus der verstörende Geräusche kamen. Ein durchdringendes Reifenquietschen, ein dumpfer Knall, laute, hysterische Schreie und heilloses Gekreische. „Was ...? Verdammt! Komm!"
Er stürmte quer über den Friedhof, nahm den kürzesten Weg, lief über Gräber und durch Blumenrabatte und rannte durch die alte Eisenpforte hindurch auf die Sankt Augustiner Straße hinaus.

Dort glaubte er für einen Augenblick, seinen Augen nicht zu trauen. Es sah aus wie nach einer verheerenden Explosion.
Auf dem Asphalt mitten auf der Kreuzung, da, wo die Combahnstraße und die Sankt Augustiner Straße zusammentrafen, lag halb unter dem Lieferwagen der Firma ‚Baustoffe Knut' aus Köln eine Person in einer riesigen Blutlache.
Daneben stand der Fahrer des Wagens. Er starrte wie von Sinnen auf die Straße. Blut lief ihm aus einer klaffenden Kopfwunde und verteilte sich in seinem Gesicht. Zwischendurch schrie er unverständliche, wirre Worte und schüttelte seinen Kopf hin und her, sodass das frische Blut nun auch auf seine Kleidung tropfte.
Berger hatte die Situation schnell erkannt und begann sofort, den am Boden Liegenden von Mund zu Mund zu beatmen.
Wipperfürth verständigte den Notarzt, kümmerte sich um den schreienden und verletzten Fahrer und orderte weitere Kollegen aus dem Revier an, denn die Situation mitten auf der Kreuzung schien unübersichtlich und extrem chaotisch. Schaulustige versperrten die Zugangswege und eilige Autofahrer fuhren rücksichtslos auf den Bürgersteigen hupend an der Unfallstelle vorbei. Jugendliche und einige Anwohner aus den umliegenden Häusern machten Fotos mit ihren Handys. Wahnsinn!
Trotz schnellstem Einsatz blieben Bergers Wiederbelebungsversuche vergebens. Der heraneilende Notarzt konnte nur noch den Tod feststellen. Welch grausiger Tag.
„Mensch, Willi." Berger stand schweißgebadet neben ihm. „Erst der mysteriöse Knochenfund, dann eine tote Frau auf dem Friedhof und kurze Zeit später ein überfahrener Mann hier mitten auf der Kreuzung. Mitten in Beuel!"
„Schicksal, würde ich mal sagen, oder?"
„Willi!"
„Ja, mein Gott. Ich habe auch keine Ahnung. Meier-Rettich muss heute Nachtschicht einlegen und erst dann kann ich etwas sagen."

„Ich habe ja schon viel gesehen, aber das hier ist schon die Härte. Ich brauche einen Kaffee."
„Komm, Berger. Die Spurensicherung ist voll im Gange. Wir können hier nichts mehr tun. Dort auf der Friedrich-Breuer-Straße gibt es einen kleinen Kaffeeshop. Ich gebe einen aus."
Berger und Wipperfürth gaben noch diverse Anweisungen an die Kollegen der Spurensicherung und verließen dann den Ort des Geschehens.
Schweigend, jeder in seiner eigenen Gedankenwelt versunken, gingen sie die Hans-Böckler-Straße hinauf, die am Ende in die Friedrich-Breuer-Straße mündete. Sie bogen rechts ab und hatten nach einigen Metern den Laden erreicht, aus dem es nach frischem Kaffee duftete.
„Einen großen Pott Kaffee bitte." Berger lächelte die hübsche Bedienung, deren Kleidung die Farbe von Kaffeebohnen hatte, an. „Du auch, Willi?"
„Ja. Einen Milchkaffee, bitte." Wipperfürth ließ sich auf einen schmalen Hocker fallen, der dicht an der Fensterscheibe stand. „Könnten auch mal geputzt werden …", murmelte er nach einigen Sekunden vor sich hin, ohne zu sehen, dass die Bedienung schon wieder neben ihm stand.
„Hier!" Sie gab ihm ein Mikrofasertuch, das sie zufällig in der Hand hatte. „Putzen erlaubt."
„Ich?"
„Ja, wer sonst?"
„Ich habe es nicht so gemeint."
„Ja, ja, nur gesagt. Was man sagt, das meint man auch." Sie drehte sich abrupt um. „Ihr Kaffee steht auf der Theke. Vielleicht wollen Sie den Kaffeelöffel noch polieren, ehe Sie ihn benutzen?"
Wipperfürth schluckte und Berger verkniff sich ein lautes Lachen.
„Nicht auf den Mund gefallen, die Bedienung. Tut mir leid. Aber die Scheiben sind wirklich sehr schmierig und das darf

man als Kunde ja wohl mal sagen, oder?", rechtfertigte sich Wipperfürth.
„Lass gut sein, Willi." Berger stellte ihm seinen Milchkaffee auf den Tisch. „Die können nichts dafür, wenn wir im Stress sind."
„Hmm. Hast ja recht, mein Lieber! Trotzdem ... Unter gutem Service stelle ich mir unter anderem auch saubere Fensterscheiben vor. Aber der Kaffee schmeckt wirklich klasse ..."

***

„Du, Berger, ich mach für heute Feierabend. Habe noch etwas vor. Unser Meier-Rettich hat sich bis jetzt nicht gemeldet. Also, bis morgen in gewohnter Frische", rief Wipperfürth. Er schnappte sich seinen Mantel und hörte im Hinausgehen noch ein „Viel Spaß, Willi!", ehe die Tür hinter ihm ins Schloss fiel.
Der Heimweg war voller Gedanken an Heidrun, dabei hätte er sich eigentlich mal Gedanken über seine Fälle machen müssen. Zwei Tote mitten in Beuel. Ein Szenario, wie es kaum schlimmer hätte sein können. Aber Heidrun hatte mit ihrem überraschenden Anruf alles durcheinandergebracht und ließ ihn irgendwie schweben und alles andere vergessen. Wenigstens für diesen Moment.
Früher, als er noch jung und adrett war und Heidrun anhimmelte, legte sie gesteigerten Wert auf akkurate Kleidung. Das Aussehen stand bei ihr an erster Stelle. Gebügeltes Hemd und dazu eine farblich passende Krawatte waren für Wipperfürth Pflicht, die Frisur musste sitzen und die Schuhe gewienert sein. Ihm huschte ein Lächeln über das Gesicht. Stundenlang hatte er damals seine schwarzen Lackschuhe eingecremt, mit einer weichen Bürste poliert und die Schnürsenkel fein ordentlich zu einer Schleife gebunden. Nur, um ihr zu gefallen.
Früher ... Ach, wie lange war das her ... Ein tiefes Seufzen drang aus seinem Mund. Die Zeit mit Heidrun war wunderschön gewesen. Doch wie war Heidrun heute? Auf was legte sie jetzt

gesteigerten Wert? War immer noch die polierte Oberfläche eines Mannes ausschlaggebend? Waren es immer noch all die vielen Kleinigkeiten, die so gar nichts über den Charakter sagten?
Kaum war er in seiner Wohnung, öffnete er den Kleiderschrank, der zwar gut bestückt war, aber im Grunde nur wenig Abwechslung bot. Neben sechs weißen Hemden hingen drei schwarze und vier hellblau gestreifte sowie ein mattgelbes Hemd, das er bis jetzt nur einmal getragen hatte. Es nervte ihn irgendwie. Der Kragen und die breiten Manschetten. Er hatte es bereits als Fehlkauf abgehakt.
Sein durchaus großes Sortiment an Polohemden variierte dagegen auf der – immer noch eingeschränkten – Farbskala zwischen weiß, hellblau, zartgelb und einigen blauen und grauen Tönen.
Er seufzte. Bei Monika war das nie ein Problem gewesen. Sie hatte Grau- mit Weißtönen kombiniert, mal ein zartes Grün dazwischen geschoben und schon hatte es anders gewirkt. Sie hatte ihn geliebt mit seiner recht eintönigen Kleidung, seinen oft langweiligen Farben und seiner Hilflosigkeit in Sachen Kleidungswahl. Ohne Monika war das Anziehen für ein besonderes Ereignis ein mittelschweres Drama.
Nach fast zwanzig Minuten entschied er sich für ein schlichtes weißes Hemd mit hellgelber Krawatte, auf der allerdings kleine jeansblaue Punkte tanzten. Dazu eine noch nicht verwaschene Jeans und dunkelbraune Slipper. Ende mit der Verkleidung. Das musste reichen, schließlich wollte er lediglich einen netten Abend mit Heidrun verbringen. Ein bisschen über alte Zeiten plaudern, ein bisschen lachen und die Gedanken in die Vergangenheit schweifen lassen – und nur vielleicht auch ein bisschen flirten.

***

Die gepflegte, langgestreckte Rheinterrasse des Maritim Hotels Königswinter war an diesem warmen Abend gut besucht. Die

Tische standen unmittelbar am Geländer und jeder Gast konnte so den wunderbaren Blick auf den Fluss und die romantische Rheinpromenade mit den alten Linden genießen.
Wipperfürths geübter Blick wanderte schnell die Tischreihen ab, um Heidrun zu entdecken. Ja! Da saß sie. Im hinteren Teil der Terrasse. Er näherte ihr sich ganz langsam von der Seite. So konnte er sehen, dass sie ihre Beine lasziv übereinander geschlagen hatte, so ähnlich wie es Erika Berger bei ihren Sendungen stets praktiziert hatte. Sie hielt ein Glas Rotwein in der Hand und blickte verklärt auf den Rhein. Dessen sanfte Wellen boten einen bezaubernden Anblick und strömten eine wohltuende Ruhe aus.
Wipperfürth atmete noch einmal tief ein, schlängelte sich an den Tischen vorbei und erreichte Heidruns Tisch, ehe sie ihn bemerkt hatte.
„Oh, Willi!“ Sichtlich erfreut streckte sie ihm ihre freie Hand entgegen, die Wipperfürth gerne ergriff, sich vorbeugte und ihr zärtlich zwei Begrüßungsküsschen auf die Wangen hauchte.
„Heidrun! Mensch, du siehst ja klasse aus. Lass dich mal anschauen. Ganz die Alte! Oh nein, ich meinte natürlich: immer noch so jung und so erfrischend schön.“
„Alte? Willi! Immer noch nicht gelernt, wie ein Kompliment auszusehen hat, damit es auch so verstanden wird? Aber du hast ja schnell deinen Fauxpas bemerkt und dich gut aus der Affäre gezogen.“
Sie lachte laut auf, denn Willi hatte es nicht böse gemeint. Das wusste sie. Einen etwas plumpen Charme hatte er auch früher schon gehabt. Sie musterte ihn von oben bis unten. Schnell, mit einem geübten Blick.
„Ja, du siehst, Heidrun, ich alter Bock habe nicht viel dazugelernt in all den Jahren. Du dagegen siehst aus wie ein ... Hmm, wie ein Engel!“
„Engel?“ Heidrun schmunzelte. „Lass mal, Willi. Komm, setz dich bitte. Was möchtest du trinken? Ich habe mir eine Flasche

Rotwein bestellt, schmeckt echt gut. Vom hiesigen Winzer. Direkt um die Ecke. Ich mag diesen Dornfelder. Trocken und edel. Ein Muss, wenn man hier in Königswinter ist und den lauen Sommerabend genießen will. Oder möchtest du etwas anderes trinken?"
„Nein, ich kenne das Weingut ganz gut. Bin öfter dort. Weinlese vom Feinsten. Und immer freundlich, die Winzer."
Heidrun füllte sein Glas und beide stießen die Gläser sacht aneinander. „Auf uns!"
Heidrun lächelte.
„Auf unsere lang währende Freundschaft, auch wenn man sich nicht ständig sieht. Und auf dich, Heidrun." Wipperfürth schaute in zwei dunkelblaue Augen, in denen immer noch, ganz wie in der Jugend, kleine Sternchen der Iris einen besonderen Charme verliehen.
Die Zeit damals mit Heidrun war schön und aufregend gewesen, aber erst seit Monika in sein Leben getreten war, wusste er, was Liebe hieß. Und nun? Monika lebte in seinem Herzen, würde sie ewig – und Heidrun saß an seinem Tisch. *Willi, reiß dich zusammen*, ermahnte er sich und nahm einen weiteren Schluck Dornfelder.
„Und, Heidrun? Wie waren die letzten Jahre? Beruflich, meine ich. Und privat natürlich auch."
„Beruflich lief alles bestens. Ich arbeite immer noch, aber in sogenannter zweiter Reihe und nur stundenweise. Bin nicht unmittelbar an der Aufklärung von Verbrechen beteiligt. Sitze verstärkt am Schreibtisch, recherchiere und gebe, wenn man es dann will, Tipps und meine Erfahrungen weiter. Beratende Funktion, Unterstützung bei jungen und neuen Kollegen, die es, weiß Gott, nicht leicht haben in der heutigen Zeit. Privat allerdings war es ziemlich chaotisch. Edwin, mit dem ich viele Jahre liiert war, ist irgendwann an Demenz erkrankt. Ein Drama, kann ich dir sagen! Seine Exfrau wollte ihn nach Hannover holen, dabei hatte sie ja nun gar keinen Anspruch mehr auf ihn.

Ich wollte ihn in meiner Nähe wissen. In Essen gab es ein Pflegeheim nur zwei Straßen von meiner Wohnung entfernt. Dort hatte ich ihn angemeldet und die Aussichten auf einen Pflegeplatz waren gut. Aber während dieses ganzen Hickhacks verstarb Edwin plötzlich. Gehirnschlag. Jede Hilfe kam zu spät. Ja, so bin ich nun zwar nicht Witwe, aber allein lebend."
Ein tiefer Seufzer entwich ihren leicht geschminkten Lippen.
„Das Leben ist hart. Da müssen wir Überlebenden durch! Aber dass es leicht ist, hat ja auch keiner gesagt, oder?" Wipperfürth streichelte kurz mit dem Zeigefinger über Heidruns Handrücken. „Kopf hoch, Heidrun. Ich freue mich auf jeden Fall, dass wir uns heute treffen."
„Ich mich auch." Heidrun naschte ein Stück Käse, den sie sich zwischendurch bestellt hatte, und schob sich eine schwarze Olive zwischen die Lippen.
Bei anregender Unterhaltung schien der Abend wie im Flug zu vergehen.
Die beiden hatten bereits zwei Stunden zusammengesessen, als Heidrun mit einem Mal meinte: „Weißt du ... "
„Was?"
„Weißt du eigentlich, Willi, dass ich dich nie so ganz vergessen konnte. Als Mann, meine ich. Nicht nur als Freund. Du verstehst?"
„Klar. Ich bin ein alter Frauenversteher, wie er im Buche steht."
„Ach, ein Frauenversteher? So, so." Heidrun kicherte. „Na, da hat mir Monika aber etwas ganz anderes erzählt."
„Monika? Ihr habt über mich gesprochen?"
„Worüber, wenn nicht über Männer, Mode und Sex, sollen sich Frauen denn unterhalten? Klar drehten sich unsere Gespräche auch häufig um dich."
„Was hat Moni denn so gesagt?"
„Och, ich will ja nichts ausplaudern, aber ... "
„Aber was? Sag schon!" Er schaute Heidrun auffordernd an.
„Also, ganz schlimm fand sie es immer, wenn du im gerippten

Unterhemd am Frühstückstisch erschienen bist. Oder wenn du dich beim Rasieren verletzt hast und dann kleine Stückchen Toilettenpapier zum Trocknen auf die Wunde gedrückt hast und das Papier dann die rötliche Farbe des Blutes angenommen hat ..."

Wipperfürth glaubte kaum, was er hörte. „Aber Monika hat mir immer gesagt, das würde sie nicht stören!"

„Frauen sagen viel, was sie nicht meinen. Man muss es an den Zwischentönen erkennen, du Frauenversteher."

Heidrun lachte laut auf und ein Herr am Nachbartisch, der mit dem Rücken zu ihr saß, drehte sich um und warf ihr einen missbilligenden Blick zu, den Heidrun leicht hochnäsig ignorierte.

Wipperfürth kraulte sich nachdenklich das Kinn mit den Fingern seiner rechten Hand. Morgen müsste er sich wieder rasieren und diesmal daran denken, ja kein Toilettenpapier zum Bluttrocknen zu benutzen. Dabei hatte es sein Vater schon so praktiziert.

„Alles gut bei dir, Willi?"

„Klar doch. Obwohl mich die Geschichte mit dem Toilettenpapier im Gesicht schon etwas nachdenklich stimmt ..." Wipperfürth warf einen Blick auf seine Armbanduhr. „Oh, ist ja schon richtig spät geworden! Mein Gott, geht die Zeit schnell vorbei! Heidrun, sei mir nicht böse, wir haben momentan einige ungeklärte Fälle auf dem Schreibtisch. Ich werde mich jetzt mal aufmachen. Aber so einen netten Abend müssen wir unbedingt wiederholen."

Er bestellte die Rechnung, überreichte dem Ober den Betrag mit entsprechendem Trinkgeld, gab Heidrun ein Küsschen auf die Stirn und streichelte ihr ungewöhnlich zärtlich über den Rücken. „Mach es gut, Heidrun. Du hast es ja nicht weit, wohnst quasi neben der Terrasse."

„Genau. Zweite Etage. Zimmer mit Blick auf den Rhein. Ich bleibe noch fünf Tage hier und spiele mit dem Gedanken, wieder ganz zurück ins Rheinland zu ziehen. Eventuell in den nächsten

Monaten schon. Dann können wir uns auch öfter treffen. Mach du es auch gut, Willi. Du kannst dich jederzeit melden. Das weißt du. Meine Nummer hast du ja. Träum schön, du Frauenversteher.“ Sie zwinkerte ihm zu und steckte sich die letzte auf dem Teller liegende Olive in den Mund.
Wipperfürth warf Heidrun noch schnell eine Kusshand zu, ehe er sich zwischen den Tischen zum Ausgang schlängelte.

9

Nora presste beide Hände gegen den Kofferraumdeckel, stemmte mit aller Gewalt ihre Füße dagegen und trat verzweifelt um sich. Immer und immer wieder.
Es war so unheimlich eng und stickig!
Nora schrie aus Leibeskräften um Hilfe. So lange, bis kein Ton mehr aus ihrer wunden Kehle kam.
Sie schien nun schon ewig in diesem Kofferraum gefangen zu sein. Ihre Beine fühlten sich steif an, schmerzten bei jeder noch so kleinen Bewegung und kribbelten unangenehm, so als ob sie gleich absterben würden. Ihre Hände waren wund vom Hämmern und Schlagen, die Knöchel auf ihren blutigen Handrücken brannten, als ob sie sie in Brennnesseln gehalten hätte, und ihre Augenlider waren dick geschwollen vor lauter Weinen.
Es war stockdunkel. Mit der rechten Hand ertastete sie einen harten Gegenstand. Vielleicht aus Metall oder Eisen? Ein Schraubenzieher oder ein Inbusschlüssel? Ein Funken Hoffnung keimte in Nora auf. Sie umklammerte das Werkzeug und schlug damit gegen den Kofferraum. Schreiend, voller Verzweiflung.
Plötzlich wurde der Deckel geöffnet. Sie blinzelte in das Licht, hoffte für einen Moment, dass man sie befreien würde.
Aber dann spürte sie zwei Hände, die ihren schmalen Körper umfassten und sie brutal packten. Panisch trat sie mit beiden Beinen

um sich. Dann nahm sie nur noch wahr, dass ein feuchtes, übel riechendes Tuch in ihr Gesicht gedrückt wurde. Auf ihre Nase und ihren Mund. Sie schmeckte den metallischen Geschmack von Angst, von Panik.

Ich ersticke! Hilfe ... Mama ... Jenny! *Ihre Gedanken wirbelten durcheinander.*

Dann wurde es noch dunkler. Nora fiel in ein schwarzes Loch.

***

Irgendwann – die Zeit war ausgelöscht, die Gefühle und Gedanken auch – öffnete Nora die Augenlider. Langsam. Ganz behutsam. Sie schmerzten und schienen schwer wie Blei.

Ihr Kopf drohte zu platzen. Unerträgliche Schmerzen bohrten sich durch ihren ganzen Körper. Ihr linker Arm baumelte wie abgestorben von ihrer Schulter. Die Finger ließen sich nur mit Mühe bewegen.

Aber sie lebte und es war hell. Taghell. Durch die schmierige kleine Fensterscheibe an der gegenüberliegenden Wand erblickte sie ein Stückchen Himmel. Hoffnung keimte in ihr auf. Würde jemand sie sehen, sie hören? Hätte der Alptraum nun endlich ein Ende?

Nora lag auf dem Rücken. Sie starrte gegen das dreckige Grau der Zimmerdecke. Die Farbe bröckelte an vielen Stellen und Nora hatte das Gefühl, dass die dunklen Farbflecken an den Wänden sie anstarren würden. Sie drehte ihren Kopf zur Seite, so gut es ging, und wanderte mit den Augen die kahlen Wände entlang, an denen bereits Schimmel Einzug gehalten hatte. Sie sah Zigarettenkippen, die verstreut auf dem Boden lagen, ausgespuckte Kaugummis, mehrere leere Bierflaschen und einen widerlichen Käfer, der schnell in einer Ecke verschwand, sowie eine schwarze Spinne. Diese hing in ihrem Netz direkt über der Tür. Sie hasste Spinnen. Sie ekelte sich vor ihnen und schluckte einen aufkommenden Würgereiz mit Mühe hinunter. Schon als kleines Kind hatte sie Angst vor diesen Viechern gehabt und nie verstehen können,

warum Jenny mit ihnen redete, sie auf der Handinnenfläche krabbeln ließ und ihnen sogar Namen gab.
Ihren rechten Arm konnte Nora nicht bewegen. Er war taub, brannte vor Schmerz – und nun sah sie auch, warum: Er war mit einem grauen Kabelbinder an einem Haken direkt über ihrem Körper festgebunden. So sehr sie auch zog und zerrte, sie kam nicht frei. Stattdessen fraß sich der Kabelbinder tiefer in die dünne Hautschicht ihres Armgelenks und verursachte teuflische Schnitte. Es tat höllisch weh. Das helle Blut lief wie ein Rinnsal an ihrem Armgelenk hinunter, fast bis zur Ellenbeuge.
„HILFE! … HILFE!"
Ihre Stimme war rau, trocken, gebrochen und versagte nach mehrmaligem Schreien erneut.
Verdammt nochmal, wo war sie?
Was war geschehen?
Warum war sie gefesselt?
„HIIILFEEE!" Nora versuchte erneut zu schreien, zerrte und zog an dem gefesselten Handgelenk. Das Blut tropfte unaufhörlich. Die Schnitte im Fleisch wurden immer tiefer.
Warum hört mich keiner?
Sie blickte sich panisch um, sah aber nur eine trostlose Glühbirne, die verloren von der Decke baumelte und nur spärliches Licht gab. Sie schaute zu dem kleinen Fenster, durch das sie den Himmel sehen konnte, und hoffte, jemand draußen würde ihre Schreie hören. Sie sah die schmale, grau gestrichene Eisentür am anderen Ende des Raumes. Wo war sie? Sie konnte keinen klaren Gedanken fassen. Langsam versuchte sie, sich aufzusetzen, doch das schien kaum möglich mit der festgebundenen Hand.
Sie ließ sich wieder mit dem Kopf auf die harte Unterlage fallen – eine Pritsche, bedeckt mit einer ekeligen grün-karierten Wolldecke. Sie zitterte am ganzen Körper.
„Ich muss mal!" Ihre kreischende Stimme hallte durch den kleinen Raum, prallte an den Wänden ab – ohne Antwort. Sie wischte die nicht enden wollenden Tränen mit der freien Hand fort und fuhr

mit der Zungenspitze über ihre Lippen. Sie waren trocken und aufgerissen.
Im Kopf dämmerten die ersten Erinnerungen. Langsam. Wie durch einen Nebelschleier. Es war spät und dunkel gewesen. Sie hatten auf den Bus gewartet, sie und Jenny. Sich gestritten, denn ihre Schwester hatte nicht länger warten und allein durch das Stückchen Wald laufen wollen. „Ich laufe ganz schnell, da passiert mir schon nichts", waren ihre Worte gewesen. Jennys letzten Worte, an die sich Nora erinnern konnte. Mama hatte es ihnen ausdrücklich verboten gehabt. Hatte es immer wieder gesagt: „Nie alleine durch das Wäldchen gehen. Nie! Habt ihr beide das verstanden?"
Doch Jenny hatte nicht hören wollen. Sie war gelaufen. Alleine ins Dunkel des Wäldchens.
Und nun?
Nora erinnerte sich an den schmalen Mauervorsprung, auf den sie sich gesetzt hatte. Plötzlich hatte er vor ihr gestanden. Wie aus dem Nichts.
Hatte er sie in diesen Raum geschleppt?
Nora schrie in die Leere des Raumes: „HALLO! HAAALLO!"
Die Eisentür öffnete sich. Ein Mann huschte in den Raum und knallte die Tür wieder hinter sich zu. Das Spinnennetz über der Tür bewegte sich im Luftzug. Die Spinne hing nun an einem seidenen Faden und krabbelte in Windeseile wieder in ihr Netz.
Der Mann war der Mann von der Bushaltestelle.
„Du hast mich in dein Auto gezerrt! Ich erkenne dich wieder! Warum? Was soll das hier? Mach mich los. Bitte! Ich muss mal." Noras verzweifelte Worte hallten durch den kahlen Raum.
„Sei still."
„Ich muss mal!" Ihre Stimme war flehend, ängstlich und gebrochen.
Der Mann ließ sich neben Nora auf die Pritsche fallen. Sie rutschte von ihm weg, so weit, wie es ihr möglich war, machte sich steif und drückte ihren schlotternden Körper gegen die kühle Wand.

Dann spürte sie seine rauen Hände auf ihrem Körper, sah widerlich abgeknabberte Fingernägel, sah die rissigen, schmierigen Finger. Sie zogen an ihrem Pulli, zerrten ihn hoch und begrapschten ihre zarten Mädchenbrüste. Dann wanderten sie gierig über ihre Hüften zwischen ihre Oberschenkel und pressten diese hart auseinander.
Nora spürte den heißen Atem des Mannes auf ihrem Gesicht. Sein Speichel tropfte ihr in die Augen. Ein Keuchen drang in ihre Ohren.
„NEIN! NEINNNN!"
Sie wand ihre Beine hin und her, drehte ihren Körper weg, so gut es ging, und trat mit beiden Füßen wild in seinen Genitalbereich. Er schrie kurz auf, ließ aber nicht von ihr ab.
Mit der freien Hand schlug sie ihm ins Gesicht, kratzte ihn am Hals.
Fluchend ließ er sie los. „Du Miststück! Du verdammtes Miststück!" Er griff mit einer Hand nach ihrem freien Arm, der wild um sich schlug, und drückte mit seinem Ellenbogen auf ihren Brustkorb.
Nora stöhnte laut. Sie bekam kaum noch Luft. Noch einmal bäumte sie sich mit aller Kraft auf, starrte ihn mit weit herausquellenden Augäpfeln an.
„Neinnnn!", schrie sie.
Er ließ nicht von ihr ab, zog mit einer Hand eine Spritze aus seiner Hosentasche und rammte ihr die Nadel in eine Vene, die sich durch Noras weiße Haut drückte .
„AUAAAAA ... !" Nora sah das Blut an seinem Hals, wo sie ihn gekratzt hatte, sah in die weit aufgerissenen Augen, sah in das Schwarze seiner Seele ... Sah in ein Loch und dann sah sie nichts mehr.
Stille!

10

Wipperfürth hatte sich noch immer nicht rasiert. Sein Kinn, die Wangen und der Halsbereich trugen nun einen Fünftagebart. Sein Aussehen erinnerte an Kurt Russell in seinen schlimmsten Zeiten. Er hockte auf seinem Stuhl etwas seitwärts vom Schreibtisch und rührte mit der rechten Hand den heißen Tee kalt.
„So ein unrasiertes Gesicht sieht bestimmt äußerst männlich aus", murmelte er vor sich hin und strich sich wohlwollend mit der freien Hand über die Bartstoppeln.
Der gestrige Abend mit Heidrun war lang und gemütlich gewesen und hatte ihn im Bett nicht gleich einschlafen lassen. Überhaupt war es schade, dass er allein einschlafen musste. Er hatte sich im Bett noch nach dem wohlriechenden Körper von Heidrun gesehnt, nach ihren straffen Brüsten und ihrer schmalen Taille. Aber Heidrun hatte noch nie etwas von schnellen Bettgeschichten gehalten. Sie war zwar lebensfroh, amüsant und für ihr Alter äußerst sexy, aber trotzdem nicht leichtlebig. Sie war korrekt und intelligent. Warmherzig und humorvoll. Keine Frau für eine Nacht. Ein schnelles Abenteuer, das Wipperfürth sich im Geheimen so ab und an durchaus mal wünschte, konnte er mit ihr wohl vergessen.
Vor seinem inneren Auge sah er jetzt Heidrun vor sich, wie sie mit lässiger Eleganz das Weinglas an ihre Lippen führte, sah ihre sauber rasierten Beine, ihre fein lackierten dunkelroten Fußnägel – und dann seine Monika, die gerne an einem heißen Kräutertee geschlürft und ihren müden Füßen Gesundheitssandalen gegönnt hatte.
Monika war ganz anders gewesen. Ernster. Obwohl sie durchaus herzlich über Kleinigkeiten hatte lachen können. Doch im Ganzen hatte sie nachdenklicher gewirkt, zurückhaltender, fast ein bisschen wie ein „Kräutchen Rührmichnichtan". Ihr Aussehen war bei allem Wohlwollen eher etwas bieder gewesen,

unauffällig, einfach. Sie hatte nicht provozieren, nicht sexy aussehen wollen, so wie Heidrun, die mit ihrem Äußeren spielte. Monika war immer ehrlich, immer treu, immer verständnisvoll gewesen. Und im Bett sehr zärtlich. Fast feenhaft zärtlich. Sie hatte nichts von modischen Klamotten gehalten und Lippenstift und Rouge geradezu verflucht. Einen Frisörbesuch hatte es maximal zweimal im Jahr gegeben. Und Maniküre und Pediküre waren Fremdwörter für sie gewesen. Für Wipperfürth war Monika immer schön gewesen, auch ohne Tamtam. Sie hatte eine herbe, knabenhafte Schönheit gehabt. Er liebte sie. So sehr. Und er vermisste sie, so sehr ...

Und doch ... Er begehrte Heidrun. Heidruns Körper, ihre Lenden, ihre Brüste. Verdammt!

„Ja! Ja! Ja! Behalte einen kühlen Kopf, Willi!", murmelte er leise, kaum hörbar, vor sich hin und nahm einen Schluck von dem immer noch heißen Holundertee, der seine inneren Gedankenstürme wieder besänftigen sollte.

„Morgen, Willi. Boah, dein Kräutertee duftet ja ganz schön", begrüßte ihn Berger.

„Guten Morgen, möchtest du auch einen Becher haben?"

„Nein, nein, zu gesund. Ich koche mir jetzt mal einen starken Kaffee. Hat sich Meier-Rettich schon gemeldet?"

„So früh? Der ist morgens doch immer noch verschlafen und braucht Zeit, bis er mal seine Gehirnzellen in Gang hat. Ich rufe ihn gegen elf an, wenn wir bis dahin nichts von ihm gehört haben."

„Hmm, ja. Obwohl es mich ja schon sehr interessiert, was da gestern los war? Die Tote vom Friedhof! Der Tote auf der Kreuzung! Und was das alles ... Willi?"

„Ja."

„Du siehst so abwesend aus. Alles gut bei dir?"

„Klar doch."

„Wie war der gestrige Abend? Hattest du nicht ein Rendezvous?"

„Ach, Quatsch!"

„Wie? Hat sie dich versetzt?"
„Wer?"
„Willi! Du hörst mir ja gar nicht zu! Wie heißt sie denn? Komm, sag schon."
„Heidrun!"
„Heidrun ... Ein hübscher Name. Ein seltener Name. Heidi, Heidra, Heidrun ..."
„Schlicht und ergreifend ‚Heidrun'" unterbrach ihn Wipperfürth leicht genervt. „Jetzt ist es aber gut, Berger. Themenwechsel."
„Okay." Berger grinste und hantierte an dem Tresterbehälter der Kaffeemaschine. „Heidrun! Heidruuuu-huun …"
„Mensch, jetzt hör doch mal auf!" Wipperfürth nahm die vor ihm liegende Akte und schlug sie auf den Tisch. Dann warf er einen Blick auf den Bildschirm seines Computers und bemerkte eine neue Mail in seinem Postfach. Er öffnete sie mit einem schnellen Klick.
„Oh, der Bericht aus der Rechtsmedizin. Sieh mal an, unser Meier-Rettich ist doch schon an seinem Arbeitsplatz." Er las langsam und Wort für Wort. Hin und wieder schüttelte er den Kopf.
„Und?" Berger drückte auf den On-Knopf der Kaffeemaschine. „Sag schon! Was schreibt er?"
„Die Tote vom Friedhof heißt Marie-Luise Knechelsberg und ist mit einem Brieföffner erstochen worden. Acht Stiche, einer davon fast direkt ins Herz. Hat wohl wie im Rausch zugestoßen, der Täter. Die Spurensicherung hat den Öffner in einer Buchsbaumkugel gefunden, ganz in der Nähe der Leiche. Wurde wohl in Panik dort weggeworfen, vermute ich mal. Sie ist jedenfalls nicht vergewaltigt worden, steht hier. Hatten wir am Anfang aufgrund ihrer Körperlage ja vermutetet." Wipperfürth scrollte ein wenig nach unten. „Und der Tote auf der Sankt Augustiner Straße heißt – aber das ist ja nicht zu glauben! Fast wie im Film ..."

„Was? Was gibt es nicht? Spann mich doch nicht so auf die Folter, Willi!“
„Der heißt doch tatsächlich auch Knechelsberg. Und zwar Hans-Dieter Knechelsberg. Er ist der Ehemann der Toten … Und offenbar auch ihr Mörder! Laut Bericht muss er sich vorsätzlich vor den Lieferwagen geworfen haben. Kurze Zeit nach der Tat. Ich nehme mal an, dass er mit seinem Gewaltausbruch gegenüber seiner Frau nicht klar kam und das ganze Horrorszenario ihn total ausrasten ließ. Zwei Zeugen haben das Geschehen vom Fenster aus beobachtet. Eine junge Studentin und ihr Freund standen am offenen Fenster, um eine Zigarette zu rauchen, und dachten im ersten Moment, dass das Fernsehen dort eine Szene drehen würde. RTL produziert ja häufig Actionfilme hier in der Gegend. Allerdings ist das Drama der Knechelbergs so makaber … Das muss ich als erfahrener Kommissar schon sagen. Das hätte ja kaum ein Regisseur so entwerfen können. Das Ganze ist einfach nur absurd. Unglaublich ...“ Wipperfürth schüttelte erneut den Kopf.
„Ja, ich kann es auch kaum glauben!“ Berger starrte ihn an wie ein Chamäleon, das sich nicht entscheiden kann, in welcher Farbe es sich tarnen soll.
„So wie es bis jetzt aussieht, war das Ganze ein Familiendrama vom Feinsten. Ehemann ersticht seine Ehefrau mitten auf dem Friedhof und bringt sich dann selber um. Junge, Junge, und das alles in Beuel! Das muss man sich mal vorstellen.“
„Fall geklärt. Klappe zu.“ Berger verrührte den Zucker in seinem Kaffee, immer noch perplex über den Tathergang.
„Nix da, Berger. Klappe nicht zu. Bericht schreiben, sobald alle erforderlichen Unterlagen aus der Rechtsmedizin und der KTU eingetroffen sind. Ich kümmere mich derweil weiter um den Knochenfund aus den Siegauen. Einige Aktenberge wollen noch durchforstet werden. Da sind wir bis jetzt noch keinen Schritt weitergekommen.“

***

„Berichte schreiben ist ätzend!“ Bergers Stimme klang mächtig genervt. „Gleich kommt Meier-Rettich, er hat mir eine kurze SMS geschrieben. Er sei auf dem Weg! Der ist wohl wirklich vor elf Uhr nicht ansprechbar. Spätaktivist.“
„Vielleicht hat er ja ein paar Neuigkeiten.“ Wipperfürth saß vor einem Aktenberg, den er fast vollständig durchgearbeitet hatte. Die Tür öffnete sich und Meier-Rettich betrat den Raum.
„Ach, wie schön, da sind Sie ja schon. Grüße Sie, Kollege. Setzen Sie sich.“
„Nein, nein, ich bleibe nicht lange und kann stehen.“ Meier-Rettich blieb direkt neben der Bürotür stehen.
„Also gut.“ Wipperfürth scharrte unter seinem Schreibtisch unruhig mit den Füßen. „Wenn wir jetzt mal einen Strich unter unsere Aktenberge ziehen, dann haben wir bisher drei Vermisstenfälle gefunden, die in Verbindung zu unserem Leichenfund an der Sieg stehen könnten. Richtig? Aber nur, weil wir Ihr bisheriges Ergebnis, Kollege Meier-Rettich, hinzuziehen und von einem zurückliegenden Todesfall vor etwa zwanzig Jahren sprechen. DNA-Spuren haben wir wirklich keine?“
Meier-Rettich schüttelte bedauernd den Kopf.
„Mensch, Leute, da ist die Technik schon so weit und trotzdem sind wir nicht in der Lage, eine noch so kleine DNA-Spur zu finden. Unglaublich.“
„Vielleicht sollte man aber mal überlegen, ob die tote Person, wer immer es auch ist, schon damals im Straßenmilieu oder Obdachlosenumfeld gelebt hat und einfach von niemandem vermisst wurde. Dann gäbe es auch keine Vermisstenakte“, warf der schräg gegenübersitzende Berger ein.
Meier-Rettich lehnte lässig mit seinem knorrig wirkenden Rücken an der Bürotür. Auf seinem hellblauen T-Shirt prangte ein rotes Ausrufezeichen, welches sich bei jedem Atemzug etwas aufblähte und kurz danach zu einem schmalen roten Strich zurückverwandelte. „Ich kann nur wiederholen, was ich bereits gesagt habe: Es sind absolut keine Spuren zu finden. Der Lauf

der Zeit ist stets ein gewichtiger Gegenspieler von uns Rechtsmedizinern. Verwesung, Verwitterung, Tiere, Hochwasser und dergleichen sind Spurenbeseitiger, gegen die wir nichts machen können. Da lässt sich nichts ändern, Kollegen." Er zuckte bedauernd mit den Achseln. „Die Leiche liegt noch bei uns in der Rechtsmedizin. Wir werden in den nächsten Stunden weiterhin einige Tests durchführen, aber wenn sich in den nächsten Tagen nichts finden lässt, dann wird der magere Rest dieses menschlichen Körpers für Forschungszwecke an die Studenten freigegeben. Die spielen gerne mit verbliebenem Material. So ist das nun einmal. Nur an realen Forschungsobjekten lassen sich intensive und nachhaltige Untersuchungen durchführen."
„Meier-Rettich! Das sind makabere Worte. Wir sprechen hier immer noch von menschlichen Überresten. Wo ist denn da Ihr Sinn für Pietät? Menschliche Reste als Spielball für neugierige Studenten … Wenn Sie jetzt noch von unabdingbarem Studentenfutter reden, dann spreche ich kein Wort mehr mit Ihnen." Wipperfürth verzog sein Gesicht wie nach dem Biss in eine Zitrone.
„Ich weiß, Herr Kommissar, aber es ist nun einmal so. Keine Spuren, keine Suchenden. Nichts dergleichen. Heißt im Klartext, dass eine anonyme Beerdigung anstehen wird. Die Knochen kommen in eine Holzkiste, etwas Musik am Grab, getragene Worte eines Geistlichen und ab die Post. Anatomieleichen sind heißbegehrte Objekte in der Forschung. Studentenfutter, wie Sie gerade schon sagten.
„Haben Sie eigentlich eine Freundin?" Bergers Frage kam für Meier-Rettich ein wenig überraschend.
„Wieso?"
„Ihre Bemerkungen hören sich so gefühlsarm an. So abgestumpft. Schließlich handelt es sich hier um eine Person, die auf fragwürdigem Wege ums Leben gekommen ist."
„Was heißt ‚fragwürdig'? Sie kann gestürzt sein, einen Herzinfarkt bekommen haben oder von einem herabfallenden Ast

erschlagen worden sein. Oder sie hat ihrem Leben selbst ein Ende gesetzt. Hat sich die Pulsadern aufgeschnitten oder irgendwelche Barbiturate geschluckt. Wer weiß das schon?"
Meier-Rettichs leicht säuerliche Antwort ließ Berger seine Frage wiederholen. „Und? Was erzählen Sie abends so Ihrer Freundin? Oder haben Sie keine? Was mich nicht wundern würde."
„Ruhe jetzt, meine Herren. Und nicht persönlich werden. Wir reden hier von Recherche und wenn die Recherche keine Ergebnisse bringt, dann ist es so." Wipperfürth beendete das Gezänke mit einer kurzen, aber eindeutigen Handbewegung. „Wenn sich noch etwas Wichtiges ergibt, Meier-Rettich, dann melden Sie sich bitte sofort bei mir."
Er betonte das „mir", um Berger möglichst aus den Untersuchungsergebnissen herauszuhalten. Das ganze Gespräch eben war ihm doch zu süffisant gewesen. Zwar konnte er Bergers Bemerkungen nachvollziehen, aber als Chef musste eine gewisse Sachlichkeit oberste Priorität haben. „Ach ja, die Kollegen Wülfrath und Bramscheid sind noch einmal am Fundort. Sie sollen weiträumig alles unter die Lupe nehmen, den Waldboden im Umkreis des Fundortes umgraben und nach Schlüsseln, Ketten, Ringen, Anhängern, Gürtelschnallen, was weiß ich noch alles suchen. Wir werden alles versuchen, um den Fall aufzuklären. Ungeklärte Todesfälle braucht Beuel nicht. Nicht unter meiner Leitung. Und ich brauche auch keine ungeklärten Fälle. Kratzt an meinem Ego! So, jetzt an die Arbeit, Kollegen."
„Mensch, Willi, du alter Alligator, du bist ja heute gut drauf. Wenig Schlaf und schon zirpen deine Gehirnzellen." Berger schmunzelte. „Oder hat Heidrun deinen Adrenalinspiegel aktiviert?"
„Raus! Arbeiten, Berger!" Wipperfürth lachte kurz auf, obwohl er seine Worte durchaus ernst meinte.

***

Wipperfürth hatte die drei Aktenordner mit den Vermisstenfällen, die für die gefundene Leiche in Frage kamen, auf einen separaten Stapel neben seinem PC abgelegt. Drei Fälle, die alle rund zwanzig Jahre oder mehr zurücklagen und im weiteren Umkreis von Bonn passiert waren. Aufgeklärt worden waren sie nicht.

Im ersten Fall ging es um ein vermisstes Mädchen aus Bornheim-Walberberg: Renate Klumbiss, die zum Zeitpunkt ihres Verschwindens 13 Jahre alt war. Sie hatte zum Sportunterricht gewollt. Auf Anweisung ihrer Mutter hatte sie mit dem Fahrrad fahren sollen, da der Weg zur Sporthalle am Hexenturm vorbeiführte. Ein 21 Meter hoher Turm umgeben von vielen Bäumen, Sträuchern und verwildertem Dickicht. Ein einsamer Ort, an dem sich schon damals Obdachlose herumgetrieben oder Jugendgruppen heimlich ihr Saufgelage abgehalten hatten. Es war aber ohne Frage der schnellste Weg zur Halle. Doch Renate war nie im Sportunterricht angekommen. Lediglich ihr Fahrrad war einige Kilometer weiter im Gebüsch gefunden worden – und ihr Sportbeutel, in dem die Turnschuhe fehlten. Die hatte die Polizei ein paar Tage später versteckt im Turmgeschoss des Hexenturms gefunden. Mehr nicht. Der Fall hatte damals riesige Wellen geschlagen, weil die Eltern der Polizei heftige Vorwürfe machten. Unterlassene ausgiebige Suche, Ungenauigkeit in der Aktenführung und zu lässiger Umgang mit den gefundenen Gegenständen. Wipperfürth konnte sich ganz vage an den Fall erinnern – er ging damals durch die gesamte Presse und auch im Ruhrgebiet, wo er zu dieser Zeit gelebt hatte, hatte man nach dieser Renate Klumbiss gesucht. Bis jetzt ohne Ergebnis. Die Eltern waren an ihrem Leid zerbrochen, die Mutter hatte Selbstmord begangen, genau fünf Jahre nach dem Verschwinden ihrer Tochter, und der Vater war dem Alkohol verfallen und elendig in der Gosse geendet. Tragisch!

Wipperfürth schüttelte den Kopf. Ob eventuell die gefundene Leiche dem Mädchen zuzuordnen war? Aber ohne DNA-Spuren keine Chance, das jetzt schon zu sagen.

In der zweiten Akte ging es um eine 21-jährige Frau: Claudia Morell. Auch spurlos verschwunden. Sie hatte in Hennef-Weingartsgasse gelebt, einem Ort, der per Fußgängerbrücke mit dem Stadtkern von Hennef verbunden war. Die Weingartsgasse lag direkt an der Sieg und man vermutete damals, dass Claudia Morell ertrunken war und dann abgetrieben wurde. Man hatte gewusst, dass Claudia keine gute Schwimmerin gewesen war. Da die Sieg bei Troisdorf in den Rhein floss, hatte diese Vermutung durchaus nahegelegen. Jedenfalls war nie intensiv nach ihr weitergesucht worden.
Claudia stammte aus einem zerrütteten Elternhaus. Acht Kinder. Sie war das Jüngste gewesen und schnell in den Ruf gekommen, die Männer zu wechseln wie ihre Hemden. In der Lokalpresse hatte es sogar geheißen, dass die jüngste Nutte von Hennef endlich ihr verdientes Ende gefunden hätte.
„Die jüngste Nutte von Hennef", murmelte Wipperfürth vor sich hin. Die Presse war manchmal unglaublich. Dank dieser negativen Schlagzeile war der Fall damals schnell zu den Akten gelegt worden. Bei Nutten brauchte man nicht viel Energie einsetzen, so offenbar die einhellige Meinung. Die Bevölkerung war anscheinend heilfroh gewesen, dass dieses Gewerbe im heilen Hennef ausgerottet worden war.
„Ha, wie lächerlich! Berger? Hast du dir mal diese Akte hier angesehen? Unglaublich! Diese verbohrte Haltung der Polizei und erst recht der Bevölkerung. Heute wäre so etwas unmöglich."
„Der Fall aus Hennef?"
„Genau!"
„Ja, den habe ich auch durchgelesen. Ja, ja, die heile Welt. Wehe, wenn sie zerstört wird. Die Menschen leben am liebsten neben sogenannten Gutmenschen, den kleinen Biedermännern der Straße, und dabei übersehen sie die ganzen Brandstifter."
„Oh, Kollege Berger, Max Frisch gelesen?"
„Ja, zwar nicht freiwillig, da es Pflichtlektüre in der Oberstufe war, aber ich mochte den Schreibstil und der Inhalt passt einfach in die heutige Zeit wie die Faust aufs Auge."

„Stimmt vollkommen. Auf jeden Fall hat man diese Claudia nie gefunden. Genauso wenig wie diese Renate aus Bornheim-Walberberg. Ich springe jetzt kurz in die Kantine, hole mir einen Happen zu essen und nehme mir dann den dritten Fall vor. Ein zwölfjähriges Mädchen aus Quadrath-Ichendorf."
„Hmm ... Okay. Ich brauche noch etwa eine Stunde, um den Bericht von dem Knechelsberg-Friedhofsmord und dem Knechelsberg-Suizid zu schreiben."

***

Mit solider Grundlage im Magen arbeitete sich Wipperfürth durch die dritte Akte. Obwohl er seit Jahren im Dienst war, gingen ihm die Fälle, bei denen Kinder im Fokus standen, immer besonders unter die Haut. Dieser dritte Fall hatte sich in Quadrath-Ichendorf ereignet, im Rhein-Erft-Kreis, und lag 22 Jahre zurück.
Jessika Lange, gerade mal zwölf Jahre alt, war vom Beichtgang nicht nach Hause zurückgekommen. Das Elternhaus hatte keine zweihundert Meter entfernt von der kleinen Kirche St. Laurentius gelegen. Samstagnachmittags waren die katholischen Kinder der Gemeinde zum Beichtgang gebeten worden, aufgefordert vom damaligen Pastor Lutz Hümmerich. Jessika hatte ihrer Mutter noch im Gehen zugewinkt. „Bis später", soll sie fröhlich gerufen haben, „dann spielen wir Mensch-ärgere-dich-nicht! Ich werde gewinnen!"
Doch dazu war es nicht mehr gekommen. Jessika war nicht wieder heimgekehrt. Die Eltern, erzkatholisch, hatten sich in gewisser Weise mitschuldig gefühlt, da sie ihre Tochter zum Beichtgang gedrängt hatten. Sie hatten tausende Deutsche Mark an die Kirche gespendet, immer und immer wieder. Waren in diversen Lokalsendungen des Fernsehens zu sehen gewesen und hatten darum gebeten und gebettelt, ihre Tochter – sollte sie entführt worden sein – lebendig wiederzubekommen. Sie hatten

in Radiosendungen ihren Suchruf kundgetan, waren in allen Zeitungen gestanden. Aber Jessika war spurlos verschwunden geblieben. Kein Lebenszeichen. Nichts.
Der Pastor hatte sich versetzen lassen. Die Anwohner von Quadrath-Ichendorf gingen von da an jeden Samstag gemeinsam in die Kirche und beteten für Jessika. Sie hatten einen Lebensbaum direkt auf dem Kirchplatz gepflanzt und entzündeten dort Kerzen. Bis zum heutigen Tag. Die Eltern lebten noch immer in Quadtrath-Ichendorf – verbittert, einsam und mit gebrochenen Herzen. Hofften, bangten und beteten. Tagaus, tagein. Bis heute gab es keine Spur von dem Kind.
„Ich hab's neulich schon mal gesagt. Aber wenn mein Kind nicht nach Hause käme, würde ich verrückt werden. Ich würde die ganze Welt in Bewegung setzen. Ich würde ..." Wipperfürth schleuderte die Akte auf den Schreibtisch. „Echt! Ich würde in der Klapse landen, wenn es spurlos verschwunden wäre."
„Ich auch!" Berger nickte. „Hoffentlich lässt sich wenigstens eine klitzekleine Spur bei unserer Leiche finden, um wenigstens einen dieser Fälle aufzuklären. Die Technik ist heute doch bedeutend weiter als damals."
„Ja, die finden heute oft nach Jahren noch Spuren und können einen genetischen Fingerabdruck erstellen. Die Kollegen Wülfrath und Bramscheid sind schlaue Füchse. Die werden kein Blatt, keinen Zweig, keinen Stein ungesehen am Fundort liegen lassen. Die werden jeden Zentimeter, jeden *Millimeter* im Siegauengebiet im Umkreis der Toten untersuchen. Und wenn sie etwas finden, muss Meier-Rettich sein Bestes geben. Egal wie, ich will den Fall aufklären."
„So verbissen, Willi?"
„Nein – nicht verbissen. Ich denke nur immer, es könnte auch mein Kind sein, meine Enkeltochter oder meine Nichte, und dann ... Also, Berger, ran an die Arbeit. Dein Bericht ist fertig, oder? Dann kannst du die letzten Akten durchforsten."
„Wird gemacht, Chef! Oh, dein Telefon. Soll ich abheben, oder …?"

„Ja, bitte, ich habe gerade die Hände voller Akten."
„Berger, guten Tag … Ja! Ist hier. Neben mir … Moment!" Berger hielt Wipperfürth den Hörer entgegen. „Eine Dame, Willi. Musst schon die Akten mal aus den Händen legen. Hört sich nett an. Eine Frau Haverkamp." Er schaute Wipperfürth an und sah das kleine Lächeln, das dessen Lippen plötzlich umspielte.
„Okay, Berger, danke! – Privat!", rief er, was soviel hieß wie „komme alleine zurecht".
Berger verstand und verließ das Büro mit einem fröhlichen „Täräää!"
„Hallo, Heidrun! Sehnsucht nach mir? Oder was verschafft mir das Vergnügen, deine aparte Stimme zu hören?"
„Willi, du Charmeur! Warum ich anrufe … Es fällt mir gar nicht so leicht, das zu sagen. Ich wollte eigentlich gestern Abend schon darüber sprechen, aber der Abend … Es war so ... So nett mit dir."
„Nett? Falsches Wort, meine Liebe. Ich fand ihn ganz bezaubernd! Sensationell. Du sahst entzückend aus und wir haben pausenlos geredet. Wir hatten uns so viel zu erzählen. Sollten wir wiederholen. Oder?"
„Ja, stimmt, Willi. Aber … Also, weshalb ich dich anrufe ..."
„Möchtest du heute Abend wieder meine Anwesenheit genießen?"
„Ja, möchte ich auch, aber ich möchte dich auch etwas fragen."
„Ob ich dich begehre?" Wipperfürth wunderte sich in diesem Moment über sich selbst. So forsch war er seit Monikas Tod nicht mehr gewesen.
„Ach, Willi!" Ein tiefes Ausatmen und dann die Worte: „Kann man einen Menschen beobachten lassen?"
„Äh … Ja, klar, weißt du doch! Gibt es doch in jedem besseren *Tatort*. Musst nur sonntagabends mal fernsehen. Im Übrigen hast du doch selber in dem Bereich gearbeitet und kennst die Observation im Detail, Heidrun! Was ist los?" Wipperfürths Stimme hatte ihre Lockerheit verloren. Kein Geplänkel mehr.

„Sag schon, Heidrun! Deine Stimme klingt so ernst. So besorgt."
„Willi ... Ich habe das Gefühl ... Weißt du, er ist immer so komisch ... Ach Quatsch, alles nur Einbildung. Wann hast du nochmal Zeit zum Essen?"
„Heidrun?"
„Hmm ... ?"
„Du verschweigst mir doch etwas. Das spüre ich. Komm, erzähl schon, dann fühlst du dich gleich besser. Ich spreche aus Erfahrung. Ach, warte mal kurz ..." Wipperfürth legte die Hand aufs Telefon. „Berger, was gibt es?"
„Zwei weitere Fälle, die irgendwie eigenartig sind. Nie gelöst und auch hier im Umkreis passiert."
„Okay." Wipperfürth nickte ihm zu und sagte zu Heidrun: „Es tut mir leid, aber die Arbeit ruft. Ich melde mich heute Abend bei dir, versprochen, und dann erzählst du mir, was dir auf der Seele brennt, in Ordnung?"
Wipperfürth hörte noch ein leises „Ja" und dann den penetranten Wählton.

***

„War das deine neue Perle? Wird auch Zeit, dass du mal wieder gefühlsmäßig unterwegs bist, mein Lieber." Berger grinste. „Aber nun zu den Akten, die ich durchforstet habe. Zwei ungelöste Fälle, obwohl der eine Fall wohl kurz vor der Aufklärung steht. Es geht um das Verschwinden der kleinen Dörte Wecker vor sechzehn Jahren. Ich habe eben mit den Kollegen aus Remscheid telefoniert. Die haben einen Mann festgenommen. Vor drei Wochen. Bei ihm wurde das Fahrrad des vermissten Mädchens gefunden. Die Kollegen glauben nicht an einen Zufall. Dörte Wecker war mitsamt ihres Fahrrades gekidnappt worden, Lösegeld wurde gezahlt, aber das Mädchen nie freigelassen beziehungsweise gefunden worden. Keine Spur von ihr. Bis vor drei Wochen Kommissar Zufall ins Spiel kam. Ein gewisser

Werner Halm kam in eine ganz normale Polizeikontrolle. Sein Atem ließ einen höheren Alkoholkonsum vermuten. Der Test ergab 2,1 Promille, er kam in eine Ausnüchterungszelle und dort stellten die Kollegen fest, dass er kein unbeschriebenes Blatt war. Wegen kleiner Diebstähle und Betrügereien war er bereits aktenkundig. Ein sogenannter Kleinkrimineller. Die Kollegen durchsuchten seine Wohnung, nachdem er Widersprüchliches von sich gegeben und jegliche Auskünfte verweigert hatte. Dabei hat er sogar einen Kollegen niedergeschlagen. Einfach so. Die Durchsuchung wurde daraufhin natürlich besonders intensiv fortgesetzt und was, glaubst du, hat man dort gefunden? Na? Hinter einer Schrankwand im Keller, gut versteckt, stand das verschwundene Fahrrad. Nach so vielen Jahren. Wahnsinn, oder? Da kam uns der Zufall ganz schön zur Hilfe. Vom Mädchen fehlt allerdings noch jede Spur."
„Und der andere Fall?"
„Da geht es um ein 14-jähriges Mädchen namens Nora Peterson, das im Kreis Mayen verschwunden ist. Sie war mit ihrer ein Jahr älteren Schwester unterwegs. Abends. Beide verpassten den letzten Nachtbus und eine der Schwestern lief durch ein nahe gelegenes kleines Waldstück nach Hause. Die Dorfbewohner nennen dieses Waldstück das ‚Wäldchen'. Es ist wohl klein, sehr dicht zugewuchert und total finster. Manche Leute sprechen wohl sogar von einem verwunschenen Waldstück, in dem bei Vollmond irgendwelche Geschöpfe ihr Unwesen treiben. Na ja, alles Gerede." Berger kratzte sich am linken Ohr und sprach weiter. „Für die Schwester war es auf jeden Fall ein kurzer Weg. Sie lief schnell und brauchte nur ein paar Minuten, wie sie später in den Befragungen erzählte. Wie gesagt, das Waldstück war natürlich unbeleuchtet und stockdunkel. Das Mädchen aber ist durch dieses Wäldchen gerannt, obwohl es das ausgesprochene Verbot der Mutter gab, dieses Waldgebiet nicht zu durchqueren. So steht es hier in der Akte. Die Mutter hatte die Mädchen wohl eindringlichst gewarnt. Das Ganze ist fast 27 Jahre her.

Hier steht noch, dass man damals nach einem sogenannten ‚Maskenmann' gesucht hat, der dort sein Unwesen im größeren Umkreis getrieben haben soll. Ich habe bis heute nichts darüber gehört oder gelesen."

„*Maskenmann?* Ich kann mich erinnern. Ganz schwach. Der hat sich von einem dieser tristen Hochhäuser in Köln-Chorweiler gestürzt, so viel ich weiß. Drei Mädchenmorde gingen auf sein Konto. Er hatte alles haargenau aufgeschrieben. Hat die Mädchen auf dem Schulweg angesprochen, ihnen angeblich einen Besuch im Freilichtmuseum Kommern versprochen, sie zu seinem Wagen gelockt, um ihnen Freikarten zu geben, und dann hat er sie ins Wageninnere gezerrt, betäubt und in seine Wohnung gefahren. Dort wurden die Mädchen missbraucht und dann auf Feldern weggeworfen. Wie Müll. War eine ganz furchtbare Geschichte. Ging damals durch die gesamte Presse. Aber für unsere Leiche kommt dieser Maskenmann nicht in Frage. Den können wir wohl vernachlässigen."

„Warum?"

„Soweit ich mich erinnern kann, hat der einen Abschiedsbrief an seinen Vater geschrieben. Was heißt geschrieben? Er hat ein paar Sätze auf einen Pappkarton gekritzelt und ihn auf den Küchentisch gelegt. In diesem gestand er die drei bekannten Mädchenmorde – für andere wurde er nie verdächtigt. So steht es in seiner Akte, ich habe sie vor Jahren gelesen. Bin mir ziemlich sicher. Vielleicht sollten wir sie uns aber trotzdem noch einmal genau ansehen. Einfach zur Sicherheit. Dann können wir den Maskenmann beruhigt aus dem Kreis der Verdächtigen ausschließen. Aber nun noch einmal zu dem Mädchen aus Mayen. Das Mädchen ist also in diesem Waldstück verschwunden?"

„Eben nicht, Willi. Eben nicht! Das ist ja das Fatale an diesem Fall. Dieses Mädchen, das durch den Wald gerannt ist, kam heil zu Hause an. Das andere Mädchen, das auf den Nachtbus warten wollte, ist verschwunden."

„Kam der Bus denn nicht?"

„Keine Ahnung … Doch, warte mal, hier steht es! Der Busfahrer hatte pünktlich die Haltestelle angefahren, aber dort sind keine Wartenden zugestiegen. Also stoppte er nur kurz, trank einen Schluck Kaffee und fuhr dann nach Fahrplan weiter."
„Hmm. Vielleicht ist sie getrampt? War in der Zeit damals doch cool. Und ist dann dabei tragischerweise an den Falschen geraten … Aber gut. Das heißt für uns erst einmal, vier Fälle, die wir genauer unter die Lupe nehmen müssten, wenn der fünfte Fall tatsächlich von den Kollegen in Remscheid verfolgt wird."
„Genau. So sehe ich es auch, Willi!"
„Hat unser Meier-Rettich eigentlich schon etwas über den möglichen Todeshergang sagen können? Schusswunde, Genickbruch, Schläge auf den Körper und so weiter? Dies lässt sich doch häufig auch nach Jahren noch sagen." Wipperfürth kaute an dem oberen Ende seines Kugelschreibers.
„Nein, bis jetzt nicht. Der meldet sich schon", antwortete Berger.
„Fragt sich nur wann ... Also gut. Dann lass uns mal die alten Fälle genauer überprüfen, Berger. Ach, bevor ich's vergesse: Ich habe von den Kollegen gehört, dass es zwischen diesem makaber gestorbenen Ehepaar Knechelsberg in letzter Zeit anscheinend häufig zu Auseinandersetzungen gekommen war. Ging wohl ums Erbe. Herr Knechelsberg wollte auf seine alten Tage alles verprassen. Er plante Reisen in ferne Kontinente und hatte vor, sich auf den Fidschi-Inseln eine Bleibe zu kaufen, wo er dann seinen Lebensabend verbringen wollte. Hatte anscheinend schon Kontakte auf einer dieser Südsee-Inseln. Zu einer gewissen Laila oder so. Seine Frau war absolut dagegen. Trat auf die Sparbremse. Hielt ihn für senil und drohte ihm mit der Unterbringung in einem Heim. Sie hatte vor, das Geld an das Tierheim in Troisdorf zu spenden. Hinzu kam, dass Herr Knechelsberg ein hochgradiger Choleriker war, obwohl dies natürlich seine Tat auf dem Friedhof nicht entschuldigen kann. Um Gottes Willen. Mord mit dem Brieföffner! Ob im Affekt oder geplant, das ist auch in diesem Alter kein Kavaliersdelikt ... Da

soll mal einer die Menschen verstehen. Und dann ist der Alte auch noch zu feige, sich zu verantworten, sondern schmeißt sich vor den erstbesten Lieferwagen."
„Na ja, Willi. Der hatte doch nichts mehr zu verlieren. Die Tat war dilettantisch und obendrein wurde er dabei gesehen. Es gibt ein älteres Ehepaar, das ihn vom Fenster der gegenüberliegenden Wohnung beobachtet hat. Damit hätten wir ihn schnell gefasst. So wäre für ihn das Erbe dann auch wertlos."
„Junge, Junge ... Da bringen sich vormals friedliche Bürger einfach um und auf der anderen Seite verschwinden Kinder und tauchen nie mehr wieder auf. Und all die anderen Verbrechen, die es noch gibt. Menschen sind ... Ja … Wie soll ich sagen ...?"
„Menschen können Ungeheuer sein?"
„Ungeheuer würde ich sie nicht unbedingt nennen. Aber ihre Hormone können weiß Gott verrückt spielen. Die Übertragung der Synapsen wird dann total gestört. Oder es sind Genmutationen, die zu solchen Taten führen. Furchtbare Anomalien im Gehirn. Dies führt zu Perversionen, Verrücktheiten oder was auch immer. Aber herauszufinden, warum diese Menschen so sind und zu Tätern werden, ist nicht unsere Aufgabe. Wir müssen sie ‚nur' überführen, sie finden, sie dingfest machen, damit sie nicht noch mehr Unheil anrichten." Wipperfürth schüttelte den Kopf. „Da dürfen wir einfach nicht so viel drüber nachdenken. Sonst werden wir selber depressiv und können nicht mehr vernünftig handeln. Unser Job fordert von uns nicht nur körperlichen Höchsteinsatz, er fordert, wenn wir ganz ehrlich sind, manchmal auch unsere Seele. Aber das ist nicht gut für uns. Wir müssen alles immer mit einer gewissen Distanz sehen, sonst gehören wir, du und ich auch, zu den traumatisierten Polizisten, von denen es leider schon viel zu viele gibt. Immer mehr Stress, viel zu wenig Ruhepausen und dann die ganzen Erlebnisse, die verarbeitet werden müssen ... Deshalb sollten wir uns bemühen, uns immer auf die konkreten Fälle zu konzentrieren. Also, ab an die Arbeit, aber vorher gebe ich noch eine Runde Schokobons aus. Hier, Berger, greif zu!"

Berger nestelte sich drei Schokobons aus der offenen Tüte, die ihm sein Kollege entgegenhielt.
„Meine Monika hat immer gesagt: ‚Schokolade streichelt die Seele!'" Wipperfürth lächelte und schob sich ein weiteres Bonbon in den Mund.

***

„Mensch, Willi, ich sehe vor lauter Bäumen den Wald nicht mehr. Ich bin fix und fertig. Einfach platt und am Ende", stöhnte Berger ein paar Stunden später.
„Ich finde, wir haben heute eine ganze Menge geschafft. Fälle aussortiert, die übrigen Akten gewälzt und durchgeackert, ein Portfolio erstellt. Das wird uns bei den Recherchen unterstützen. Jetzt können wir nur hoffen, dass unser Rechtsmediziner etwas findet."
„Was ist, Willi, sollen wir noch kurz ein Feierabend-Bierchen trinken? In der kleinen Kneipe, wo wir kürzlich waren?"
„Und deine Frau? Wartet die nicht mit dem Essen auf dich?"
„Heute nicht. Sie ist bei ihrer Freundin Elisabeth eingeladen, die feiert heute ihren Namenstag und die Kids sind bei der Oma."
„Also los, gehen wir auf ein Bier in die ‚Fliege'."
Wipperfürth schnappte sich seinen Mantel, kontrollierte im Vorbeigehen, ob die Bürofenster geschlossen und die Kaffeemaschine ausgeschaltet waren, knipste die Deckenbeleuchtung aus und verließ mit Berger das Büro.
„Weißt du, Berger, ich denke, unser Beruf ist kein Beruf, sondern eine Berufung. Wer da nicht mit Leib und Seele dabei ist, wer keinen inneren Ruf verspürt, den Verbrechern auf die Schliche zu kommen, und nicht bereit ist, sein Privatleben dem Beruf unterzuordnen, der ist hier total falsch."
„Ja, stimmt. Trotzdem möchte ich auch ein Privatleben haben. Ich möchte mich nach einem gestressten Arbeitstag auch mal in die Arme meiner Frau fallen lassen können und wissen, dass

sie mich versteht, möchte mit den Kindern herumtoben, ohne an irgendwelche Toten zu denken, und möchte die Zeit, die ich habe, genießen können."
„Du hast das große Glück, dass du so eine tolle Frau gefunden hast. Gaby klingt echt, als sei sie eine große Stütze. Sie hält dir stets den Rücken frei. So sollte es in einer guten Beziehung sein. Ich hatte auch mal eine. Meine Monika wusste immer, wenn mich ein Fall besonders bedrückte. Da hatte sie einen fast kriminalistischen Spürsinn. Wahnsinn. Sie war eine gute Seele. Ein feiner Mensch, eine wunderbare Frau. Ich vermisse sie so sehr. Das tut verdammt weh, immer noch, nach all den Jahren."
„Ich weiß, Willi." Berger legte kurz seine Hand auf Wipperfürths Schulter. „Ich weiß."

***

Das vierte Kölsch.
„Genug für heute, Willi. Ich bin total ausgelaugt. Die letzte Runde geht auf mich. Ich rufe mir jetzt ein Taxi und dann bin ich froh, wenn ich daheim bin."
„Ich auch." Wipperfürth beglich seinen Deckel, winkte der blonden Elli kurz zu, klopfte den Zahnlosen, wie er Horst und seine Frau Gretchen heimlich nannte, zum Abschied auf die Schulter, lächelte Henriette an, die er seit Ewigkeiten kannte, rief dem blinden Toni ein „Mach's gut" zu und verließ mit Berger die Kneipe.
„Hier trifft sich ja wirklich Gott und die Welt", grinste Berger und blieb stehen, um auf sein Taxi zu warten.
„Ja, die erste Garde von Beuel, Berger. Die Thekengarde. Menschen, die in diesem Viertel leben, lieben, streiten, miteinander Spaß haben und aufeinander angewiesen sind." Wipperfürth stand nun neben ihm. „Weißt du, die Menschen, die hier täglich an der Theke stehen – und es sind ja fast immer die Gleichen – das sind eigentlich ganz arme Schweine. Haben keine Familie

oder leben von Harz IV, schlafen unter der Brücke oder hausen am Rhein. Oft sind sie in ein Loch gefallen, aus dem sie allein nicht wieder rauskommen. Zum Beispiel Horst und Gretchen. Haben kein Geld, um sich neue Zähne machen zu lassen. Leben am Existenzminimum. Gehen aber jeden Abend in die Kneipe, rauchen, trinken und spielen am Automaten. Haben ihren Spaß. Oder der tierliebe Jupp. Hat kein Geld, um sich etwas zu Essen zu kaufen, geschweige denn ordentliche Klamotten und Schuhe, hat aber offenbar genug, um sich tätowieren zu lassen. Der hat am ganzen Körper Bilder von kleinen Tieren, Spinnen, Käfern, Schlangen oder Schmetterlingen. Wirklich am ganzen Körper. Und dann gibt es noch den schimmeligen Kalle. Den nennen die Leute so, weil er stets graue oder grüne Klamotten trägt und seine Fingernägel immer schwarz lackiert hat. Halt ein bisschen schimmelig aussieht. Der ist vor vielen Jahren mit seiner Firma pleitegegangen. Hat alles verloren. Seine Frau hat ihn mit seinem Geschäftspartner betrogen und seine Kinder haben ihn ausgenutzt. Der kam nicht mehr auf die Füße, der Arme. Steht jetzt häufig an der Theke und bettelt um ein Bier. All denen fehlt einfach der richtige Weg und jemand, der sie an die Hand nimmt!"

„Ja, so wird es sein. Denen fehlt vor allem auch die nötige Kraft und der nötige Wille, den Weg dann zu gehen. Da braucht man Ausdauer, Mut, Beständigkeit, Fleiß und Ehrgeiz und ... Ja, und vermutlich auch einen Menschen, der mit einem geht. Alleine ist alles noch viel schwerer. Ah, da vorne kommt mein Taxi. Bis morgen, Willi!"

***

Zuhause angekommen hatte Wipperfürth sich die Schuhe von den Füßen gestreift, den Mantel an die Garderobe geschmissen, noch schnell ein paar Scheiben Fleischwurst vom Ring geschnitten und diese auf eine drei Tage alte Scheibe Körnerbrot

gelegt und wählte nun die Nummer von Heidrun. Schließlich hatte er ihr versprochen, sich zu melden.
Es war kurz vor den Tagesthemen, Jan Hofer bereits im Bild.
Hoffentlich schläft sie noch nicht.
Nach viermaligem Ertönen des Freizeichens sprang die Mailbox an. Mist.
„Bin nicht zu erreichen. Sprechen Sie bitte Ihre Nachricht nach dem Piepton. Ich rufe zurück!"
Piepton.
„Hallo, Heidrun, es tut mir leid, dass ich so spät erst anrufe. Bestimmt schläfst du schon und siehst dabei ganz zauberhaft aus. Wie ein Engel! Ich melde mich morgen bei dir. Morgen. Ganz bestimmt. Schlaf gut und träume von mir."

11

Jenny streichelte über die faltige Hand ihrer Mutter. Die Haut war dünn, fast durchsichtig. Wie Pergamentpapier. Die vielen kleinen Adern schimmerten bläulich und braune Altersflecken hatten sich auf der Handoberfläche ausgebreitet. Sie sahen aus wie Tintenkleckse auf Löschpapier.
Jenny atmete tief durch. Mama war neben Robin die Person, die ihr am nächsten stand. Die sie unendlich liebte, so sehr, dass es ihr fast die Kehle zuschnürte.
„Alles ist gut." Jenny lächelte ihre Mutter an. „Schau mal, ich habe dir ein Bild mitgebracht. Von Robin, deinem Enkel. Hat er ganz alleine gemalt, mit Wachskreide. Nur für dich." Sie ließ Mamas Hand los und holte ein gefaltetes Stück Papier aus ihrer Tasche. „Schau, eine Wiese mit ganz vielen Elefanten. Tiere liebst du doch so sehr. Und eine Sonne, die dich anstrahlt. Robin ist ganz vernarrt in Elefanten. Am Wochenende war ich mit ihm im Kölner Zoo. Robin konnte nicht genug von dem

jüngsten Elefantenbaby Moma bekommen. Moma ist das Baby von Marlar, die auch im Kölner Zoo geboren wurde. Kannst du dich erinnern? Wir haben zusammen den Bericht im WDR gesehen. Vor einigen Jahren."

Damals war Mama noch recht fit und interessierte sich noch für alles in ihrem Umkreis, schoss es Jenny wehmütig durch den Kopf. Sie legte das Bild in den Schoß ihrer Mutter, die wie immer in den letzten Wochen in ihrem geliebten Sessel saß. Ihr Blick war fast unverdrossen auf die Bäume vor ihrem Fenster gerichtet.

Sie nahm das Bild, hielt es hoch und flüsterte ganz leise: „Schön! Sehr schön. Nora konnte auch so schön malen!"

Dann ließ sie es aus ihren Händen fallen und verharrte wieder in ihrem monotonen Fensterblick.

„Ja, Mama. Nora konnte ganz bezaubernd malen. Diese Fähigkeit hat Robin bestimmt von ihr geerbt. Ich kann noch nicht einmal ein Haus aufs Papier bringen, geschweige denn Elefanten auf einer Wiese malen."

Jenny lachte Mama an, hoffte, diese würde zurücklachen, nur ein einziges Mal, nur ein kleines bisschen. Doch Mama schaute durch sie hindurch. Wie in all den letzten Jahren.

„Hast du schon zu Mittag gegessen, Mama?"

„Ja! Es gab Blumenkohl. Den mag ich nicht. Und versalzene Nudeln. Die habe ich ausgespuckt."

„Mama! Gestern ging es dir schon nicht gut und du hast überhaupt nichts gegessen, hat mir Schwester Gisela vorhin auf dem Gang erzählt. Hast du denn heute schon irgendetwas gegessen?"

„Nein, ich brauche heute nichts essen."

„Mama! Alle Menschen müssen essen. Du auch. Sollen wir zusammen in den Speisesaal gehen? Komm, ich gehe mit dir und dann isst du etwas. Es gibt Salzkartoffeln und Bratwurst. Dazu frischen Salat. Ich habe es auf der Speisekarte gelesen. Das magst du doch."

„Nein! Ich mag nur Elefanten – und Nora."

Jenny schluckte. Das tat weh. Auch wenn sie genau wusste, dass Mama es nicht so meinte. Aber schließlich war auch Jenny ihre Tochter. Und sie lebte. Und Mama brauchte sie. Aber nach Noras plötzlichem Verschwinden hatte sich fast alles nur um dieses Ereignis gedreht. Egal was Jenny auch machte, nie hatte Mama sie in die Arme genommen, ihr einen Kuss gegeben oder sie gestreichelt. Nie hatte sie ihr Aussehen gelobt, ihre Kleidung oder ihre schulischen Leistungen. Als Robin auf die Welt gekommen war, hatte Jenny inbrünstig gehofft, Mama würde sich ändern. Würde wieder so sein wie vor dem Verschwinden von Nora. Aber mitnichten. Robin wurde akzeptiert, wirklich geliebt wurde aber auch er nicht.

Jenny schluckte das aufkommende Gefühl, weinen zu müssen, hinunter. Hatte sich schnell wieder unter Kontrolle. Sie sprach leise und mit leicht gebrochener Stimme. „Ich weiß, Mama. Ich weiß, dass du Nora liebst. Ich komme in zwei Tagen wieder vorbei. Tschüss, Mama."

Sie beugte sich zu ihr hinunter und hauchte ihr einen Kuss auf die faltige Wange. Ihre Mutter ließ es regungslos geschehen. Dann verließ Jenny den Raum.

Seit 27 Jahren lebte sie nun mit dem Phantom ihrer Schwester. Warum? Verdammt nochmal! Warum war Nora in jener Nacht nicht mit ihr zusammen durch das kleine Waldstück gelaufen? Warum war sie so ein Angsthase gewesen? Warum? Warum? Warum?

Jenny verharrte einen Moment und lehnte sich mit dem Rücken an die Tür zum Treppenhaus. Sie schlug ihre Hände vor das Gesicht und weinte bitterlich.

Sie hatte alle verloren. Alle! Ihre Schwester, ihre Mutter – und auch ihr Vater hatte sich bereits vor mehreren Jahren aus dem Staub gemacht. Er hatte Mutters wehleidiges Verhalten nicht mehr ertragen können, war aggressiv geworden, wenn sie über Nora gesprochen hatte, wenn ein verschwundenes Mädchen im Umkreis gefunden worden war und sich nur wieder

herausgestellt hatte, dass es nicht Nora war. Ihr Vater hatte diese unterschwelligen Schuldgefühle nicht mehr ertragen können, hatte seine Arbeitsstelle gewechselt, war nach Garmisch-Partenkirchen gezogen und hatte dort bis zu seinem Tod mit einer Bäuerin zusammengelebt. Er hatte einen Schlaganfall erlitten und die notwendige ärztliche Hilfe war viel zu spät gekommen. Jenny hatte nur sporadisch Kontakt zu ihm gehabt. Sie hatte ihm schwere Vorwürfe gemacht, ihre Mutter verlassen zu haben. Hinzu kam, dass sie seine neue Lebenspartnerin nicht gemocht hatte. Sich auch in keiner Weise bemüht hatte, sie zu mögen. Auf seine Beerdigung war sie alleine gekommen. Ohne ihre Mutter. Diese hatte es überhaupt nicht ertragen können, dass er mit einer anderen Frau zusammengelebt hatte.
Seit diesem Tag war Jenny nicht wieder an seinem Grab gewesen. Zu schwer drückte die Last auf ihren Schultern, ihre Schuldgefühle, die sie immer wieder einzuholen versuchten. So wie ein Schatten, den man einfach nicht loswurde.
Sie hatte ihren geliebten Onkel Sigmund verloren und ihren Mann Bernhard, den sie wirklich gebraucht hatte. Bernhard war bei einem Arbeitsunfall gestorben. Fast fünf Jahre war das her. Eine Eisenstange war von einem vier Meter hohen Baugerüst auf ihn gefallen. Er war sofort tot gewesen. Für Jenny war eine Welt zusammengebrochen und auf Anraten ihrer Ärztin hatte sie sich fachmännische Hilfe geholt. Einmal in der Woche fuhr sie nun zu Frau Dr. Schätzer in Meckenheim und lernte so, langsam wieder das Leben zu lieben, ihre Schicksalsschläge zu akzeptieren und mit ihnen umzugehen. Sie nicht zu verdrängen, ihnen Zeit und Raum zu geben, sich aber nicht von ihnen ins Dunkel ziehen zu lassen – schließlich hatte sie noch Robin. Und der brauchte sie.
Robin ... Und Wolle.
„Kann ich Ihnen helfen?“, hörte sie eine freundliche Stimme direkt neben sich. Vor dem Eingang des Pflegeheims stand ein Mann, der Jenny mit listig funkelnden grünen Augen anlächelte. „Haben Sie sich verletzt?“

„Alles gut!“, stotterte sie und schluckte einen aufsteigenden Kloß, der ihr die Kehle zuzuschnüren drohte, hinunter.
„Wirklich?“ Der Fremde schien nicht überzeugt. „Kommen Sie, ich lade Sie zu einer Tasse Kaffee ein. Da vorne, da ist die ‚Klosterstube‘. Sie sehen aus, als ob Sie einen gebrauchen könnten.“
Willenlos nickte Jenny.
„Ich heiße übrigens Thomas Brenner. Mein Vater wohnt hier im Kloster Heisterbach. Schon zweieinhalb Jahre. Kommen Sie, dort die Stufen hinunter, dann sind wir da.“
Jenny wischte sich mit dem Ärmel über ihre tränennassen Wangen, warf schnell einen Blick in den kleinen Taschenspiegel, den sie in ihrer Jackentasche hatte und zupfte sich die Haare etwas zurecht. „Ich sehe furchtbar aus.“
„Nein! Ganz und gar nicht. Im Übrigen tut es dem Körper mal ganz gut, wenn er seinen Gefühlen freien Lauf lassen kann. Weinen ist wie eine Befreiung. Das können Sie mir glauben.“
„Sind Sie Arzt? Oder Lehrer?“
„Nein. Ich bin Sozialpädagoge und habe viel mit Menschen zu tun. Sie sind mir schon auf dem Parkplatz aufgefallen. Aber da haben Sie mich keines Blickes gewürdigt.“
„Oh, das tut mir leid.“ Jenny dachte kurz nach. Auf dem Parkplatz hatte sie mit Wolle telefoniert. Er hatte mal wieder eine Verabredung abgesagt und sie hatten sich gestritten. „Ich war wohl in Gedanken.“ Sie lächelte ihn an.
„Schauen Sie mal, dort vorne, der kleine Tisch direkt am Fenster mit Blick auf die Klosterruine ist frei. Was bekommen Sie? Ein Stück Eierlikörtorte? Die ist superlecker. Oder lieber eine Cappuccino-Sahnetorte? Die mag mein Vater sehr gerne.“
„Ich habe keinen Appetit. Bitte nur eine Tasse Kaffee.“
„Oh, keinen Kuchen? Ich kann Süßem einfach nicht widerstehen. Ich nehme ein Stück von dem gedeckten Apfelkuchen mit Zimtsahne. Die gehört einfach dazu. Sie dürfen gerne davon naschen.“ Herr Brenner gab die Bestellung auf und schaute Jenny von der Seite an. „Sie müssen mir nichts sagen, aber wenn Sie

Hilfe brauchen, sagen Sie es einfach. Bitte. Ich höre Ihnen gerne zu."
„Wir kennen uns doch gar nicht."
„Das ist gar nicht so schlecht, denn so sehe ich Ihre Probleme vielleicht ganz neutral, aus einem anderen Blickwinkel. Sie verstehen? Und ich kann Ihnen vielleicht so aus einer neuen Perspektive Tipps geben. Aber Sie müssen mir nichts erzählen. Da kommt unser Kaffee und der Kuchen. Sieht lecker aus."
Thomas Brenner begann den Kuchen zu essen: zuerst den Kuchenrand und dann arbeitete er sich zu den Äpfeln vor.
„Ha, ich glaube es nicht! Sie essen den Kuchen auch immer von hinten? Beginnen immer am hinteren Teil so wie ich? Das finde ich ja lustig!" Jenny lachte laut auf. Die kleinen Fältchen an ihrer Nase kringelten sich und zwei kleine Grübchen tanzten auf ihren Wangen.
Thomas sah sie an und schien entzückt. „Ja, habe ich mir so angewöhnt. Dann hat man am Schluss noch den leckersten Teil auf dem Teller." Er lachte auch und hielt Jenny die Kuchengabel hin. „Hier, probieren Sie doch einmal. Total lecker."
Jenny nahm die Gabel und stach sich ein kleines Stück von dem Apfelkuchen ab. „Gut! Wirklich gut, der Kuchen", nuschelte sie mit vollem Mund und vergaß für einen Moment, dass sie eben noch so bitterlich geweint hatte.
„Sehen Sie, jetzt haben Sie gelacht, ich durfte Ihre Lachfältchen sehen und Sie haben auch etwas gegessen. So gefallen Sie mir viel besser. Wirklich." Er lächelte und seine grünen Augen schauten sie freundlich an.
„So ..." Jenny kramte in ihrer Tasche nach dem Autoschlüssel. „Ich muss jetzt gehen. Vielen Dank für den Kaffee und den Kuchen ... Und für Ihre Gesellschaft."
Jenny stand auf, ergriff ihre Umhängetasche und wollte den Tisch verlassen, doch Thomas Brenner hielt sie am Arm zurück. „Warten Sie. Noch einen Moment. Bitte. Ich muss gestehen, ich habe Sie schon öfter hier im Kloster gesehen und wollte Sie

immer ansprechen. Traute mich nur nicht so recht. Sie wirkten immer sehr beschäftigt und waren so schnell verschwunden. Verraten Sie mir noch Ihren Namen?" Er lächelte.
Jenny schaute ihm in die Augen. „Eigentlich mag ich es gar nicht, wenn man mich so einfach anspricht. Und Kaffee trinke ich auch nicht mit jedem x-Beliebigen."
Thomas unterbrach sie. „Ich bin aber doch kein x-Beliebiger. Wie schon gesagt, ich bin Thomas Brenner, Sternzeichen Waage, bin 1,85 m groß, habe Schuhgröße 44, wiege 87,6 Kilo, bekomme von Tag zu Tag mehr graue Haare, liebe jede Art von Torten – je süßer, desto besser –, mag keinen Sport, der einem die Schweißperlen ins Gesicht treibt, lese unheimlich gerne und bin ein absolut guter Zuhörer."
„So, so ... Was Sie nicht alles sind und mögen." Sie grinste. „Ich komme regelmäßig, um meine Mutter zu besuchen. Die wartet immer auf mich. Oder auch nicht." Jennys Blick wurde für einen winzigen Moment wieder traurig. Sie hüstelte und zog den Arm weg, den Thomas immer noch sanft festhielt, was ihr nicht wirklich unangenehm war. „Vielen Dank noch einmal. Ich heiße übrigens Jenny. Jenny Böker. Sternzeichen Schütze, mein Gewicht verrate ich allerdings nicht."
Sie warf ihm ein kleines Lächeln zu und verließ schnell die ‚Klosterstube' durch die Seitentür, die direkt zum Parkplatz führte.
Thomas blickte ihr hinterher. Er sah ihr dunkles, flatterndes Haar, ihren aufrechten Gang und die schmalen Schultern. Dann war sie zwischen den Ziersträuchern des Klostergeländers verschwunden.

12

„Ich fürchte fast, unsere Knochen, die wir in den Siegauen gefunden haben, werden als ungeklärter Fund in die Annalen eingehen", verkündete Wipperfürth. „Meier-Rettich und die Kollegen, die das Gebiet um den Fundort unter die Lupe genommen haben, konnten absolut nichts finden. Sie haben selbst die nahegelegene L 269 bis hin zur Nordbrücke, also ein weites Stück der B 565, unter die Lupe genommen, aber nach so vielen Jahren ... Was will man da noch finden? Tja, so ist das Leben. Da wirst du geboren, stirbst wie auch immer und liegst dann irgendwo im Morast unter Sträuchern und Geäst. Und die Tiere knabbern deine Knochen ab wie eine Hähnchenkeule."

„Oh, Willi, heute auf Deprikurs? Na, na, du sagst doch immer, man soll die Hoffnung nie aufgeben. Deine Worte!" Berger saß an seinem Schreibtisch und überarbeitete seinen Bericht über den Fall Knechelsberg.

„Aber so ist es doch. Allein dieses Ehepaar Knechelsberg. Was ist denn das für ein Lebensende? Da bringt der cholerische Ehemann seine Gattin, die wahrscheinlich all die Jahre seine dreckigen Socken und muffigen Unterhosen gewaschen, neue Zahnbürsten gekauft und ihm täglich frisches Essen gekocht hat, auf dem Friedhof auf brutalste Weise um – und lässt sich dann von einem Lieferwagen überfahren. Ist das wirklich das Leben, das für uns Menschen erschaffen wurde? War das der Plan vom lieben Gott? Ein Plan, der Unfriede, Neid und Boshaftigkeit bis hin zum Mord enthält?"

„Willi! Jetzt werde mal nicht melancholisch. Mit dem ‚Erschaffen' und dem ‚Plan' ist das doch eh so eine Sache. Wir Menschen kommen mit einem freien Willen auf diese Welt. Egal wohin. Ob in die Slums von Kalkutta, ins englische Königshaus oder an den Nordpol. Was wir nun daraus machen, ist allein unsere Sache. Und dieser Knechelsberg wollte eben seine Frau loswerden und sich dann selber von seiner Schuld befreien. Selbstjustiz. Er hätte bestimmt auch einen anderen Weg wählen können, aber nein, er selbst hat sich entschieden, seine Frau zu erstechen. Wir sind keine Richter, Willi. Wir sind Kriminalbeamte und klären nur Fälle auf. Mehr nicht. Zu urteilen, ist nicht unsere Aufgabe – und die Sinnfragen des Lebens zu lösen, erst recht nicht."

„Ja, ja, ich sage ja: C'est la vie!"
„Kaffee, Willi?"
„Nein, ich koche mir einen Holundertee. Der bringt mich auf andere Gedanken", grinste Wipperfürth schief.
„Was macht denn deine Heidrun?"
„Alles gut."
„Alles gut?"
„Ja!"
„Mehr nicht, Willi?"
„Wie?"
„Na ja, geht es voran zwischen euch?"
„Also, Berger! Jetzt ist es aber genug mit dem Geschwätz. Heidrun und ich kennen uns schon ewig."
„Das heißt doch nichts", schmunzelte Berger.
Wipperfürth warf ihm einen genervten Blick zu.
„Ist schon gut, Willi. Ich sage nichts mehr." Berger grinste amüsiert und widmete sich weiter seinem Bericht.
Wipperfürths Gedanken dagegen schweiften zu Heidrun. Warum hatte sie sich nicht auf seinen Anruf gemeldet? War sie am Ende sauer, dass er so spät am Abend angerufen hatte? Eigentlich hatte er sie nicht als zickig oder nachtragend in Erinnerung. Er schlürfte an seinem heißen Tee. „Das tut gut!", murmelte er.

***

Am späten Nachmittag hatte Heidrun dann doch in Wipperfürths Büro angerufen und um ein Treffen gebeten. „Aber nur, wenn ich dich nicht nerve" waren ihre Worte.
„Du nervst doch nie, Heidrun."
Als Wipperfürth das Telefonat beendet hatte, bemerkte er Bergers Grinsen. „Lach du nur. Heidrun und ich sind gute Freunde, mehr nicht."
„Klar!"

„Ich mache jetzt Feierabend. Liegt noch etwas an für heute?"
„Vielleicht die Ablage durcharbeiten! Die sieht ja aus wie Kraut und Rüben." Berger setzte einen ernsten Blick auf und schaute Wipperfürth über seinen Brillenrand hinweg an. „Und den Papierkorb leeren und die Blumen gießen und ..."
„Sonst alles klar bei dir?" Wipperfürth tippte sich kurz an die Stirn, zerknitterte übermütig einen kleinen Notizzettel zwischen den Fingern und schnipste ihn Berger zu. „ Aufräumen, Kollege!", grinste er und winkte. „Okay, dann bis morgen."
Eilig hastete er aus dem Büro. Er wollte noch in die Reinigung, ein Rezept in der Apotheke abgeben und zum Schuster um die Ecke, bevor er Heidrun wieder in Königswinter treffen würde. „Gleicher Ort, gleicher Tisch", hatte sie gesagt.
Sie klang irgendwie ernst, fand Wipperfürth. Nachdenklich, fast sorgenvoll.

***

„Guten Abend, meine Liebe." Wipperfürth gab Heidrun einen Kuss auf die Stirn. „Wartest du schon lange?"
„Alles gut, Willi. Ich habe uns wieder eine Flasche von dem leckeren Rotwein bestellt. Ist das okay? Du kannst gerne auch etwas anderes trinken. Ein kühles Bier oder einen Whisky?"
Heidruns schlanke Finger umklammerten ihren Weinkelch, so als ob sie sich daran festhalten müsste.
„Der Rotwein ist genau richtig." Wipperfürth nahm einen Schluck. „Er schmeckt genauso köstlich wie bei unserem ersten Treffen und passt wunderbar zur Stimmung hier draußen auf der Terrasse, mit dem herrlichen Blick auf die vorbeifahrenden Schiffe und die andere Rheinseite." Er schaute Heidrun an, die gedankenversunken auf ihren Weinkelch blickte.
„Geht es dir gut, Heidrun?"
„Ja!"
„Wirklich? Du wirkst sehr angespannt."

„Es ist alles in Ordnung, Willi. Schön, dass du gekommen bist. Prost!“
„Prost! Auf unsere Freundschaft.“
Sie genehmigten sich beide einen weiteren Schluck.
„Willi?“
„Ja?“
„Kann ich dich etwas fragen?“
„Klar doch. Immer.“
„Weißt du, es geht um eine Bekannte von mir. Die hat einen Cousin. Und ...“ Heidrun stockte.
„Ja?“
„Ja, der ist vielleicht nicht ganz astrein. Wie soll ich sagen, der hat vermutlich Dreck am Stecken, du verstehst?“
„Ich denke ja. Angesichts deiner Erfahrung bei der Polizei solltest du aber wissen, dass du es melden musst, wenn da jemand das Gesetz übertreten hat.“
„Ja, ich weiß! Aber man weiß halt nichts Genaues. Verstehst du? Ich bin mir auch nicht sicher und ehe ich etwas Falsches sage und jemandem die Schuld für etwas gebe, mit dem er vielleicht gar nichts zu tun hat, wollte ich mit dir reden. Vielleicht weißt du ja etwas.“
„Wovon soll ich etwas wissen, Heidrun?“
„Von einem Fall, der viele Jahre zurückliegt.“
„Hmm … Du kennst mich und weißt auch, dass ich über Fälle nicht sprechen darf. Auch mit dir nicht. Aber erzähle doch mal etwas mehr darüber, vielleicht kann ich ja einen Tipp geben. So unter Freunden, meine ich.“
„Es ist ewig her. Ich wohnte damals in der Nähe von Köln und der Cousin von ... meiner Bekannten wohnte auch dort.“
„Und?“
„Ich weiß nicht, aber ...“ Weiter kam sie vorerst nicht.
„Nee, det is’n Ding. Kieck ma an, der Willi. Immer noch bei der Kripo Bonn?“
Wipperfürth schaute hoch und erblickte Ede Konopka, wie er leibte und lebte, nur noch einige Kilos schwerer, als er ihn in

Erinnerung hatte. Auch die Haare waren nicht mehr in derselben Fülle vorhanden wie vor Jahren. Aber sein Hemdengeschmack schien sich nicht geändert zu haben: groß-kariert, in knalligen Farben und stets eine Nummer zu klein. Der Stoff spannte dermaßen um seine Leibesfülle, dass Wipperfürth befürchtete, jeden Moment würde ein Knopf abspringen und ihn im Auge treffen. Seine Plauze hatte die Ausmaße eines Medizinballs und löste bei Wipperfürth ein unübersehbares Stirnrunzeln aus.

„Ede, altes Haus? Was machst du in der Provinz? Bonn gehörte für dich doch immer zu den kleinen, verschlafenen Dörfern dieser Welt. Nach dem Kaffeetrinken würden hier die Bürgersteige hochgeklappt, hast du jedem erzählt. Stimmt's? Und jetzt bist du sogar hier draußen in Königswinter?"

„Willi, du olla Bock. Ick bin uff de Durchreise. Will nach Frankreich. Wollte uff de Schnelle en kühlet Blondet. Det is wat Feinet. Doch det Kölsch hier schmeckt ja wie eenjeschlaf'ne Füße. Bei dir allet in Butta, Willi? Flotten Feger hast'e da. Oder is det deine Braut? Icke bin der Ede us Pankow." Ede deutete eine kleine Verbeugung an und gab Heidrun seine speckige und sehr behaarte Hand.

„Freut mich." Heidrun erwiderte den Händedruck ganz kurz und ganz leicht, schenkte Ede ein gezwungenes Lächeln, nippte weiter an ihrem Rotwein und schaute demonstrativ zum Nachbartisch, wo die Bedienung gerade eine Flasche Orangensaft umgekippt hatte.

„Icke muss ma hinne machen. Will zum Griechen. Dit Essen hier war für'n hohlen Zahn. Machet jut, Willi. Wat muss ich blech'n, Fräulein?"

Ede verschwand so schnell, wie er gekommen war.

„Das ist typisch Ede. Ich kenne ihn schon ewig. Hatte mal Dienst mit ihm. Feiner Kerl, ein bisschen gewöhnungsbedürftig, aber immer hundert Prozent Verlass auf ihn. Ein echtes Berliner Original, in Kreuzberg geboren. Kennt dort alle Typen, jede Kiezkneipe, jeden Kriminellen. Hatte immer gute Beziehungen zu den Leuten aus dem Milieu und kam so an Informationen, die sehr hilfreich für unsere Arbeit waren. Nun aber noch einmal zu dir, meine Liebe. Du wolltest mir etwas erzählen. Also, der Cousin deiner Bekannten kommt dir komisch vor?"

„Nein, nicht komisch. Ach, ich weiß nicht. Er war noch jung und junge Leute machen ja oft Unsinn. Da spielen die Hormone verrückt. Vielleicht war es das ... Weißt du was, Willi? Lass uns anstoßen und auf den schönen Abend hier trinken. Was macht eigentlich die Traudel? Das war doch die beste Freundin von deiner Monika. Hast du noch Kontakt zu ihr?"

„Schon lange nicht mehr. Zur Beerdigung von Moni ist sie auch nicht gekommen. Hätte beruflich viel zu tun, schrieb sie auf der Beileidskarte, aber so weit ich weiß, hat sie Probleme mit ihrem Mann. Der ist wohl dem Alkohol verfallen und ziemlich gewalttätig. Aber Traudel wollte schon damals keine Hilfe annehmen. Monika hat sie ihr oft genug angeboten, stundenlang mit ihr telefoniert. Nach den Gesprächen war Moni immer total fertig und ich musste sie wieder aufbauen. Irgendwann ist der Kontakt dann wohl ganz eingeschlafen. Und seit der Beileidskarte hab ich nichts mehr von ihr gehört."

„Das Leben ist schon manchmal merkwürdig. Kontakte brechen ab, Menschen ändern sich. So ist es halt, Willi ... Weißt du, ein Spruch von Marie von Ebner-Eschenbach begleitet mich seit Jahren. Möchtest du ihn hören, Willi?"

„Klar, mich interessiert alles, was dich angeht. Wer ist die Dame nochmal?"

„Marie von Ebner-Eschenbach war eine österreichische Schriftstellerin aus dem 19. Jahrhundert, für ihre psychologischen Erzählungen berühmt. Sie hat geschrieben: ‚Wirkliche gute Freunde sind Menschen, die uns ganz genau kennen, und trotzdem zu uns halten'." Heidrun lächelte Wipperfürth an und ihm wurde ganz warm ums Herz. „Weißt du, Willi, ich bin unheimlich dankbar und froh, dass wir zwei es geschafft haben, Freunde

zu bleiben. Schließlich hatten wir auch mal ein Techtelmechtel miteinander. Erinnerst du dich? Wir haben uns gestritten wie die Kesselflicker, als du mir sagtest, dass du dich in Monika verguckt hast."
„Oh ja. Ich erinnere mich ungern an unsere Streitigkeiten. Viel schöner ist die Erinnerung an unsere junge Liebe. Ich war bis über beide Ohren in dich verknallt. Du warst so aufregend, so wunderschön. Kannst du dich noch erinnern, wie wir nachts über den Zaun ins Freibad geklettert sind? Splitterfasernackt sind wir durch das Becken geschwommen. Es war wirklich wie im Märchen. Der Mond schien, die Grillen zirpten, die Luft war voller kleiner Glühwürmchen."
„Und danach erst ... Auf der Wiese unter den alten Eichen. Ich habe diese Nacht nie vergessen. Es war eine schöne Zeit. Wir waren so jung, so unbekümmert, so frei. Was interessierte uns die Welt? Wir hatten uns." Heidrun kicherte. „Und dann die Massen von Brausestäbchen, die wir gelutscht haben. Ich kann bis heute keine Brause mehr sehen."
„Ich auch nicht. Du mochtest am liebsten die Stäbchen mit Orangengeschmack. Ich die mit Waldmeister. Danach hatte ich immer so froschgrüne Lippen. Fand ich damals total abgefahren. Aber es hat Spaß gemacht. Mensch, Heidrun, wir zwei hatten richtig Glück, dass wir uns kennengelernt haben. Und nun wiedergetroffen haben."
Heidrun nickte, schaute Wipperfürth in die Augen. Liebevoll und viel zu lange. Ihre Fingerspitzen tanzten sanft auf seinem Handrücken. Er formte seine Lippen zu einem Kuss und strahlte sie an.
„Komm, Heidrun, lass uns auf dein Zimmer gehen. Die Nacht liegt vor uns."
Eilig bezahlte er und beide verließen Hand in Hand die Terrasse.

***

Wipperfürth streichelte mit den Fingerspitzen ganz sacht über die weißen Brüste. So wie damals als junger Bursche. Sie waren noch genauso schön, genauso anziehend. Er begehrte Heidrun und diese gemeinsame Nacht mit ihr war die erste Nacht, die er seit Monikas Tod mit einer Frau verbracht hatte.
„Es war so schön, Willi." Heidrun schob ihren nackten Körper noch dichter an Willis Schenkel. Er spürte ihren heißen Atem an seinem Hals, ihre Haarspitzen kitzelten seine Brust. Er wanderte mit den Fingerspitzen über ihren Bauchnabel ganz langsam immer weiter hinunter bis zum Venushügel und sofort drang ein zartes Stöhnen an sein Ohr. „Mach weiter, Willi. Bitte!".
Auch bei ihm wuchs der Wunsch, noch einmal mit Heidrun zu schlafen.
„Langsam", wisperte Heidrun. „Langsam, Willi. So ist es schön."

***

„Morgen, Willi. Mannomann, du schaust ja müde aus. Richtig zerknittert. Schlecht geschlafen?" Berger stürmte ins Büro, in der einen Hand einen Stapel Kopierpapier. In der anderen balancierte er einen Teller, auf dem mindestens sechs Stücke Aprikosenkuchen lagen. „Schau mal, das macht müde Geister munter. Unsere Nachbarin hatte Geburtstag und sie hat viel zu viel gebacken. Zu Hause haben wir noch einen halben Gugelhupf und vier Stücke Zitronenrolle. Hier, Willi. Schmeckt vorzüglich."
Wipperfürth blickte verschlafen, aber so zufrieden zu Berger, dass dieser seine Augen weit aufriss.
„Müde und glücklich? Wow, Willi. Ich bin sprachlos. Komm, nimm mal bitte den Kuchenteller entgegen, sonst rutscht mir das Ganze noch herunter. Das wäre wirklich schade."
„Sieht klasse aus. Dank an eure Nachbarin. Du, Berger, mir ist da was eingefallen. Sagt dir die ‚Marshsche Probe' zum Nachweis von Gift etwas? Benannt nach dem Chemiker James Marsh. Ob die Meier-Rettich schon gemacht hat? Vielleicht lässt sich

so nachweisen oder im Umkehrschluss ausschließen, ob unsere gefundene Tote vergiftet wurde."
„Du siehst mich heute zum zweiten Mal sprachlos, Willi. Hast du etwa die ganze Nacht gearbeitet?"
„Das mit der Marshschen Probe kam mir heute früh beim Duschen wieder in den Sinn. Habe während der Ausbildung davon gehört. So wie ich mich erinnern kann, konnten die Kollegen in Hamburg damit einen Mord an einer Prostituierten aufklären. Einen Versuch wäre es wert. Ich werde Meier-Rettich mal einen Besuch in der Rechtsmedizin abstatten."
„Gut, wenn du unterwegs bist, dann kann ich in der Zeit die Listen mit europaweiten Vermisstenfällen durchgehen, die uns heute in der Früh gemailt wurden. Mal sehen, ob uns dies einen Schritt weiterbringt."
„Vermisstenfälle gibt es leider überall. Bis später." Wipperfürth schnappte sich ein Stück Aprikosenkuchen, biss hinein, nickte Berger mit vollem Mund kurz zu und verließ den Raum.

***

Die Bonner Rechtsmedizin war angegliedert an das Universitätsklinikum Bonn in der Innenstadt und hatte seinen Standort am Stiftsplatz 12. Wipperfürth parkte auf dem kleinen Parkplatz direkt gegenüber.
Der Weg in dieses Gebäude verursachte bei ihm stets ein Grummeln in der Magengegend. Vielleicht lag es an der gewöhnungsbedürftigen Atmosphäre. Kühl, sachlich, unpersönlich. Oder an der Vorstellung, was mit den Toten alles angestellt wurde, um Ursachen und Umstände des Todes zu klären.
Der tote Mensch. Ein Untersuchungsobjekt. Nichts weiter als eine Hülle Fleisch mit nicht mehr funktionstüchtigen Organen. Das Ende eines jeden Lebens.
Bei diesen Gedanken lief es Wipperfürth kalt den Rücken hinunter. Zum Glück kam nur ein kleiner Prozentsatz der Toten

hier in die Rechtsmedizin und er wünschte sich eindringlich, später nicht selbst hier liegen zu müssen.

Meier-Rettichs Arbeitsplatz war auf der dritten Etage, Zimmer 3.12. Das hatte er sich gemerkt, denn am 3.12. hatte seine Monika Geburtstag gehabt. Ein kleines Lächeln huschte über Wipperfürths Gesicht.

Er klopfte an der grau gestrichenen Tür und hörte wenig später ein „Ja". Kurz und bündig. So kannte man Meier-Rettich.

„Oh, der Herr Kriminalhauptkommissar persönlich. Welch Ehre für mich." Meier-Rettich saß hinter seinem wuchtigen Schreibtisch und machte keinerlei Anstalten, sich von seinem Stuhl zu erheben. „Setzen Sie sich. Was gibt es so Wichtiges, dass ein Telefonat nicht ausreicht?"

„Eine Idee beim Duschen." Wipperfürth grinste ihn an.

„Oh, eine Idee? So früh am Morgen?" Meier-Rettich kratzte sich am Hals und zerrte an seinem weißen Shirt, auf welchem heute ein großes knallgrünes Fragezeichen prangte.

„Da Sie sich nicht mehr gemeldet haben, gehe ich davon aus, dass Sie noch keine weiteren Erkenntnisse zu der toten Person in den Siegauen haben. Richtig?"

„Absolut richtig." Genau wie das Ausrufezeichen auf seinem hellblauen Shirt vor einigen Tagen blähte sich auch jetzt das Fragezeichen auf.

„Ich weiß ja, dass Sie alles Mögliche versuchen, um die Todesursache zu klären, aber ich habe heute ..."

„Unter der Dusche, das sagten Sie bereits."

„Ja, unter der Dusche an James Marsh gedacht. Sie kennen ihn?"

„Persönlich leider nicht." Meier-Rettich schaute leicht spöttisch drein.

„Klar, ist bereits 1846 gestorben. Ich weiß."

„Ganz genau am 21. Juni 1846, Herr Kollege."

„Meier-Rettich. Sie verblüffen mich mit Ihrem Wissen. Dann kennen Sie bestimmt auch die Methode, die nach ihm benannt wurde, oder?"

„Mensch, Kollege Wipperfürth, die Marshsche Probe war Hauptbestandteil meiner Doktorarbeit. Ich sollte sie Ihnen mal zum Lesen geben. Nette Lektüre vor dem Einschlafen."

Wipperfürth kam sein Besuch nun ein wenig peinlich vor. Wie konnte er nur davon ausgehen, dass so ein guter Rechtsmediziner wie Meier-Rettich die Marshsche Probe nicht kennen würde? Er erhob sich von seinem Stuhl.

„Ich glaube, mein Besuch hat sich erledigt."

„Hmm, Sie wollten mich doch nicht im Ernst fragen, ob ich die Kenntnisse von Marsh angewendet habe? Ts, ts, ts, ihr Kriminalbeamten meint immer, ihr hättet das Ei erfunden. Dabei war die Henne bereits da." Er grinste süffisant und kratze sich mit dem Zeigefinger an seiner Nase, die einen kleinen Höcker hatte, dank dem sein Profil dem Schnabel eines Adlers ähnelte. „Nur zu Ihrer Beruhigung, Herr Kollege. Die Kulturen sind bereits angelegt und sobald ein brauchbares Ergebnis da ist, melde ich mich. Kann aber einige Tage dauern. Schönen Tag, und Grüße an Berger."

Damit widmete sich Meier-Rettich wieder seinen Papieren, die vor ihm auf dem Schreibtisch lagen, und Wipperfürth verließ peinlich berührt das Büro. Dabei hatte er gedacht, seine Idee wäre so gut gewesen.

Die schwere Glastür des Gebäudes schlug hinter ihm zu, und er ging missmutig zurück zu seinem Wagen. „Eingebildeter Besserwisser", murmelte er vor sich hin. Er öffnete die Wagentür – und da sah er sie. Auf der gegenüberliegenden Straßenseite. Dunkelgrüner Blazer, schwarze Jeans. Aufrechter, eleganter Gang. Heidrun.

Schon wollte er ihr zurufen, seinen Arm zum Winken heben, als er einen Mann bemerkte, der unweit von Heidrun ein Computergeschäft verließ. Er hakte sich bei Heidrun ein und beide entfernten sich, in eine rege Unterhaltung vertieft, in Richtung Beethovenhalle.

Die kurze Szene versetzte ihm einen Stich. Warum hatte

Heidrun ihm nicht erzählt, dass sie hier noch andere Bekanntschaften hatte? Monika hatte ihm immer alles erzählt, selbst wen sie im Baumarkt an der Kasse, beim Zahnarzt im Wartezimmer oder beim Bäcker getroffen hatte. Aber gut, vielleicht war es ja Zufall. Wipperfürth schüttelte seinen Kopf, so als ob er die Gedanken an Heidrun hinausschleudern wollte, und lenkte den Wagen routiniert aus der Parklücke. Langsam fuhr er zwischen den parkenden Autos über den Stiftsplatz und bog dann links auf die Kölnstraße in Richtung Bertha-von-Suttner-Platz. Von dort kam er im Nu auf die Kennedybrücke, die ihn zurück auf die Beueler Seite brachte.

Es ging nicht anders, seine Gedanken drehten sich sofort wieder um Heidrun und um die gestrige Nacht, die bei ihm immer noch eine wohltuende Gänsehaut verursachte. Heidrun war wirklich ein ganz anderer Typ als Monika. Sie schien genau zu wissen, was sie wollte und was sie nicht wollte, und sagte es auch offen. Monika war hingegen immer etwas verklemmt, zurückhaltender, fast verschlossen gewesen. Er hatte sie geliebt, liebte sie noch immer, aber Sex durfte nur im Schlafzimmer, nur im Ehebett und nur bei gelöschtem Licht stattfinden. Gerne hätte er sie mal unter der Dusche geliebt, da, wo bei ihm die Lust am frühen Morgen oft aus dem Nichts auftauchte, ihn übermannte und wo er sie dann ganz für sich allein stillen musste. Oder auf dem Esstisch. Neben frischen, duftenden Erdbeeren, die man sich dann gegenseitig während des Liebesaktes zwischen die Lippen schieben konnte.

Aber Monika hatte so etwas nicht gewollt.

Und er hatte ihren Wunsch akzeptiert.

***

„Und, Willi, konntest du Meier-Rettich von deiner Idee überzeugen?“
„Vergiss meine Idee, er hat diese Proben längst ausgeführt und wartet nun auf die Ergebnisse.“
„Siehste, der Mann ist längst nicht so borniert, wie er scheint. Auch wenn seine Shirts immer sehr eigenwillig sind. Ich möchte mal wissen, in welchem Laden er die Dinger kauft? Was trug er denn heute? Doppelpunkt oder ein ‚Accent aigu‘? Komm, nimm ein Stück Aprikosenkuchen, Willi. Der beruhigt und baut auf.“
Dem konnte Wipperfürth nicht widerstehen, obwohl er bereits ein Stück gegessen hatte. Der Becher Holundertee, den Berger ihm dazu reichte, vertrieb seine schlechte Laune augenblicklich.
„Weder noch!“ Wipperfürth schmunzelte. „Heute trug er ein knallgrünes Fragezeichen!“
„Ein Fragezeichen! Chic!“ Berger verdrehte seine Augen, biss herzhaft in ein Stück Kuchen und fragte mit vollem Mund: „Was macht denn deine Flamme? Wie heißt sie noch gleich? Heidrun?“
Er betonte den Namen so intensiv komisch, dass Wipperfürth laut auflachen musste. „Ist nicht meine Flamme, hab ich schon mal gesagt. Eine alte Bekannte. Eine gute Bekannte. Mehr nicht.“
„So, so. Mehr nicht!“ Berger verschluckte sich an den Kuchenkrumen und Wipperfürth klopfte ihm freundschaftlich auf den Rücken.
„Geht es besser, mein Lieber? Das kommt davon, wenn man so viele Fragen stellt.“ Wipperführt verzog sein Gesicht zu einem schadenfrohen Grinsen.

13

Es war still im Raum. Totenstill.
„Hey, stell dich nicht so an. Die Spritze ist nur zur Beruhigung."
Er schluckte angewidert einen aufkommenden Würgereiz hinunter, rüttelte an Noras Schulter und klatsche ihr mit der flachen Hand auf die bleichen Wangen. Erst rechts, dann links und dann noch einmal rechts. Nora rührte sich nicht.
Wird wohl schlafen, dachte er und verließ den Raum. Er drehte den Schlüssel im Schlüsselloch um und wollte abschließen, als er eine kleine Blutspur bemerkte, die sich langsam vom Hals auf seinen Pullover verteilte.
„Verdammt, dieses Biest hat mich gekratzt!"
Er fühlte mit der Hand an seinen Hals. Die Wunde brannte, tat weh.
Hastig lief er die morschen Kellerstufen hinauf, knallte die rostige Eisentür zu und rannte zum Kofferraum seines Wagens, der einige Meter entfernt von der alten Bauruine stand. Er nahm keuchend zwei Pflaster aus dem Verbandskasten und pappte sie auf die noch immer leicht blutende Wunde. Zwei tiefere Rillen zogen sich vom Ohr hinab bis fast zu seiner Schulter.
„Verdammtes Biest! Du verdammtes Biest, du! Das wirst du mir büßen."
Aus der Gesäßtasche seiner Jeans fischte er mit kalten, zitternden Fingern die zusammengedrückte Packung Marlboro heraus und zündete sich eine Zigarette an. Hastig nahm er einen Zug, atmete das Nikotin tief ein und stieß den Qualm durch seine leicht geöffneten Lippen in die kühle Morgenluft.
Und nun?, *schoss es ihm durch den Kopf. Er schlug mit der flachen Hand wütend auf den Kofferraumdeckel. Einmal, zweimal, dreimal ...*
„Was nun?", brüllte er zornentbrannt in den Wald. „Was soll ich nun machen? Was?"

Erschöpft sackte er in die Knie, knallte mit der Stirn auf den kalten Waldboden und wimmerte wie ein kleines Kind.
Alles hatte perfekt geklappt. So perfekt.

***

Tante Hedwig, die zu einer Art Ersatzmutter für ihn geworden war, ließ ihn häufig in ihrer Apotheke übernachten. Dann, wenn er selber zu viel getrunken hatte oder wieder einmal Ärger mit seinem Alten hatte.
Auf Tante Hedwig konnte er sich verlassen. Sie hatte keine eigenen Kinder. Sie liebte ihn über alles, beschützte ihn. Allerdings nahm sie auch seinen Vater in Schutz. Dann sagte sie: „Mein Bruder hatte eine schwere Kindheit. War ein Kuckuckskind und musste dafür büßen. Bekam fast jeden Tag Prügel. Das lässt er jetzt an dir aus, mein Kleiner. Das musst du verstehen." Dann streichelte sie ihm über den schwarzen Lockenkopf und gab ihm einen Schmatzer auf die Stirn und auf die Haare.
Das allerdings fand er immer ganz furchtbar, denn Tante Hedwig schmatzte feucht und nach jedem Kuss waren seine Stirn und seine Haare voller Speichel. Hinzu kam der intensive Geruch von Kölnisch Wasser, mit dem sie ihren ganzen Körper einsprühte. Er fand es widerlich. Aber Tante Hedwig stank nicht nur nach diesem Duftwasser, sondern auch nach rohen Zwiebeln. Schon morgens zum Frühstück aß sie sie mit Genuss: klein geschnitten, unter Käsescheiben versteckt, fein gerieben und über ein Leberwurstbrot verteilt oder in dünnen Ringen auf Salamibrote gelegt. Das alles war nicht so schön. Aber im Großen und Ganzen mochte er seine Tante.
Sie war so ganz anders als seine Mutter, die immer nur das machte, was Vater ihr sagte. Nur ein einziges Mal war sie aus ihrem Kokon ausgebrochen, auf einem Dorffest kurz vor Ostern. Die Dorfbewohner hatten Unmengen von rohen Eiern ausgeblasen und zu einer Eierkrone verbunden gehabt. Diese hatte am höchsten

Mast im Dorf befestigt werden sollen, begleitet von der Musik der Dorfkapelle und viel Alkohol. Es war gesungen, getanzt, geflirtet geworden. Seine Mutter hatte an dem Abend viel zu viel Bowle getrunken und knutschend mit Kurt aus dem Nachbardorf hinter der Scheune gestanden. Doch Vater hatte sie entdeckt.

Seitdem war seine Mutter nur noch eine Marionette. Sie parierte aufs Wort. Still und ohne Murren. Sprach nur das Nötigste und behandelte ihren Sohn so gefühlskalt, dass er oft anfing zu frieren, wenn sie nur den Raum betrat.

Die Geschichte mit Kurt hatte ihm Tante Hedwig an einem lauschigen Abend in der Küche erzählt. Er hatte mal wieder Ärger daheim gehabt und war froh gewesen, dass seine Tante ihn verwöhnte.

Tante Hedwig hatte ein kleines Häuschen. Im Parterre war ihre Apotheke und auf der ersten Etage eine kleine Küche, ein gemütlicher Essbereich und ein Bad mit hellgrünen Fliesen und blassgelben Handtüchern. Im ganzen Haus hatte Tante Hedwig nur blassgelbe Handtücher, auf denen man jeden Flecken sofort sehen konnte, und er musste immer ganz intensiv seine Hände waschen, um nur ja keine unnötigen Spuren zu hinterlassen. Denn dann konnte auch seine Tante zu einer Furie werden, was er so ganz und gar nicht verstehen konnte. Auch nicht verstehen wollte.

Im Dachgeschoss war das ganz private Reich von Tante Hedwig. Da durfte er nicht hin. Strengstens verboten. Aber das hatte ihn natürlich nicht daran gehindert, wenn Tante Hedwig in der Apotheke arbeitete, heimlich mal nachzusehen. Und was er dort gesehen hatte, war für seine junge Kinderseele einfach ein großes Rätsel gewesen. Das gesamte Schlafzimmer war mit Spiegeln ausgestattet, die Bettwäsche hellgelb, die Vorhänge hellgelb und an der Decke waren verschieden Lampen angebracht, die ein schummeriges Licht verbreiteten.

Ein kleiner Tisch stand neben der Tür, auf dem sich eine weiße Emailschüssel mit Wasser befunden und ein kleiner Stapel Frotteetücher und Waschlappen gelegen hatten sowie einige

Zeitschriften, auf denen nackte Menschen zu sehen gewesen waren. Er hatte sie durchgeblättert, aber keinen Gefallen an den bunten Bildern gefunden, obwohl man alle menschlichen Körperöffnungen haargenau hatte sehen können.
Am nächsten Tag hatte er mit seinem Freund Günther über diese Entdeckung gesprochen. Günther war zwei Jahre älter und mit seinen damals fünfzehn Jahren ganz schön gewieft gewesen.
„Ach, mach dir keine Gedanken. Deine Tante schaut sich die Pornos an und dann befriedigt sie sich selber. Macht mein Alter zu Hause auch. Ich höre ihn dann jauchzen und frohlocken. Danach ist dann immer Stille. Und nach der Stille kippt er sich einen Wodka in den Hals."
Nach diesem Gespräch hatte er immer wieder versucht zu lauschen, wenn er bei Tante Hedwig übernachtete. Einmal hatte er auf der Couch im Essbereich geschlafen und, sobald seine Tante nach oben gegangen war, sich in den Flur geschlichen, sich auf die Treppe gehockt und die Ohren gespitzt. Und dann war es genauso geschehen, wie Günther es ihm erzählt hatte. Er hatte zuerst ein leises Stöhnen gehört, das an Vehemenz langsam zugenommen hatte, dann einen aufjauchzenden, lauten Schrei ... Und dann war Ruhe gewesen.
Er hatte gelächelt, denn es hatte sich in seinen Ohren sehr angenehm und wohltuend angehört. Danach hatte er sich wieder auf die Couch gelegt, seine Augen geschlossen und war eingeschlafen.
Als Tante Hedwig das nächste Mal in ihrer Apotheke war, hatte er sich in ihr Schlafzimmer geschlichen, sich durch die Zeitschriften geblättert und nun auch in sich ein aufsteigendes Wohlgefühl bemerkt. Er hatte sich auf die hellgelbe Bettwäsche geworfen und so lange sein Glied gerieben, bis auch aus ihm entzückte Aufschreie gekommen waren und danach Ruhe in seinen Körper kehrte.
Ruhe und das beschämende Gefühl, etwas Verbotenes getan zu haben. Er hatte etwas gemacht, was ihm auf der einen Seite gefallen, ihn auf der anderen Seite aber irritiert hatte. Denn auf den Bildern waren stets zwei Menschen miteinander beschäftigt.

Zwei, die sich gegenseitig befriedigten. Also musste er ein Mädchen finden, das das tat, was ihn so faszinierte. Oder etwa nicht? Immerhin war Tante Hedwig auch nicht zu zweit gewesen. Es schien alles so kompliziert. Sein Gehirn hatte an diesem Tag keinen klaren Gedanken mehr fassen können.

Es waren einige Jahre vergangen, als seine Tante eines Tages mal wieder in den oberen Gefilden des kleinen Häuschens hantierte und mit sich selbst beschäftigt war. An diesem Tag begann er, den ersten Schritt seines Plans umzusetzen. Ein Plan, wegen dem er sich seit einigen Monaten sein Gehirn zermartert hatte. Er hatte nicht mehr nur die Zeitungsblätter ansehen und dann alleine einen Orgasmus auf hellgelber Bettwäsche haben wollen. Nein! Er hatte ein junges, hübsches Mädchen gewollt. Doch er hatte weder den Charme von David Bowie noch das Aussehen der Bee Gees. Vom draufgängerischen Verhalten eines Mick Jaggers ganz zu schweigen. Und er war auch nicht so reich wie sein Freund Günther gewesen, dessen Vater Direktor der katholischen Grundschule war. Er hatte nichts zu bieten. Absolut nichts, außer Selbstzweifel, Angst und einem ganzen Haufen Minderwertigkeitskomplexe. Selbstwertgefühl war ein Fremdwort. Nur wenn er besoffen war, verspürte er so etwas wie Selbstbewusstsein. Daher kam dies auch immer häufiger vor.
An jenem Tag stahl er sich auf Zehenspitzen in die Apotheke und holte den Schlüssel für den Giftschrank aus der Schublade von Tante Hedwigs Schreibtisch. Zweimal musste er den Schlüssel drehen, ehe sich die Tür öffnen ließ. Er entnahm eine Spritze mit einer Ampulle, auf der das Wort „Valium" zu lesen gewesen war. Valium hatte er gekannt, als Tablette. Die nahm seine Mutter, wenn sie mal wieder Angst und Schweißausbrüche hatte. Wenn sie der Wirklichkeit des Lebens entweichen wollte.
Also konnte eine Ampulle, die man in die Venen spritzte, keine allzu große Wirkung haben. Lediglich beruhigen, mehr brauchte er nicht. Ein Mädchen beruhigen, es dann bemannen, *wie er es zu*

nennen pflegte, und fertig. So sein Plan. Ganz einfach und schnell. Schließlich ging es in der Tierwelt nicht anders zu.

Mit einem Mädchen zu schlafen hatte er schon öfter versucht, jedoch ohne einen Plan gehabt zu haben. Und prompt war es war jedes Mal schiefgegangen. Von Gisela hatte er eine Ohrfeige bekommen, die sich gewaschen hatte, nachdem er ihr gleich zu Beginn die Hand zwischen den Schritt geschoben hatte, und Elke hatte ihn so heftig von sich geschubst, dass er auf den Bürgersteig geknallt war. Nur, weil er ihr beim Spaziergang die Brüste gerieben hatte, so wie er es in den Zeitungen bei Tante Hedwig gesehen hatte.

Das schlimmste Erlebnis hatte er allerdings mit Renate gehabt. Bei ihr war zunächst alles prima gelaufen. Sie hatten sich zu einem geheimen Treffen in der Scheune von Bauer Wingen verabredet. Er hatte neben ihr im Stroh gelegen, sie hatte ihn gestreichelt, sich auf ihn gesetzt, ihn geknutscht und mit ihrem Körper gegen seine Genitalien gedrückt – doch nichts hatte sich bei ihm getan. Sie hatte den Reißverschluss seiner Jeans geöffnet. Mit beiden Händen hatte sie sein Glied gerieben. Selbst das Spiel ihrer Zunge hatte es nicht geschafft, ihn zu erregen. Absolut nichts hatte sich getan. „Ich dachte, wir haben eine schnelle Nummer", hatte sie ihn angezischt. „Und jetzt ist bei dir tote Hose. Du Schlappschwanz!"

Das war zu viel gewesen. Er hatte Renates Körper von sich gedrückt, war aufgesprungen und weggerannt. Es war so peinlich gewesen. So wahnsinnig peinlich. Und das Schlimmste war gewesen, dass es Renate jedem erzählt hatte. Im ganzen Dorf war über ihn getuschelt, gelacht und gelästert worden. „Da kommt ja unser Schlappschwänzchen!" oder „Komm, Kleiner, ich zeige dir mal, wie es geht!" waren nur einige Bemerkungen, die man ihm hinterhergerufen hatte.

Für die Mädchen im Dorf war er nun endgültig eine Witzfigur. Ein Schlappschwanz mit 21 Jahren.

An einem Samstagabend vor einiger Zeit, als er einsam und

alleine einige Flaschen Bier und Schnäpse in seinem Zimmer getrunken gehabt hatte, sein Verstand schon leicht vernebelt gewesen war und er sich wieder mal einen runtergeholt hatte, war ihm ein Gedanke gekommen, der sich wie ein Pfeil in seinen Kopf gebohrt hatte: Er würde sich ein Mädchen beschaffen und es gefügig machen. Ihm zeigen, was er konnte. Alle im Dorf sollten sehen, dass er kein Schlappschwanz war, sondern ein echter Kerl. Ein Mann. Wenigstens ein einziges Mal.

Der Plan hatte Gestalt angenommen, war gereift, hatte sein Hirn besetzt, sein Handeln, hatte ihn verfolgt, Tag für Tag und Stunde für Stunde. Von diesem Augenblick an hatte er keine ruhige Minute mehr gehabt.

Aber es hatte gedauert.

Etliche Monate waren vergangen.

***

Und nun stand er an seinem Wagen, schlug erneut mit der Hand auf den Kofferraumdeckel und spürte die Pflaster an seinem Hals, an denen das Blut leicht durchsickerte.

Ich werde jetzt zu ihr gehen, sie bemannen – ha ... Und dann setze ich sie im Waldgebiet aus, *schoss es ihm durch den Kopf.*

Er schritt entschlossen zurück zu der Ruine, öffnete die schwere Eisentür, stürmte die abgenutzten Kellerstufen hinunter und schloss die zweite Tür auf.

Nora lag an gleicher Stelle, in gleicher Position, wie er sie verlassen hatte.

„Hey! Wach mal auf! Wir werden jetzt etwas Spaß haben.“ Seine Stimme dröhnte und zitterte zugleich. Er war aufgeregt. Erregt. Er spürte es, diesmal drückte sein Glied fest gegen den Hosenstoff. „Hey, beweg dich schon, schlafen kannste gleich. Zuerst zeige ich dir, was ich kann!“ Er rüttelte sie an der Schulter, doch Noras Arm rutschte leblos von der Pritsche. „Verdammt, stell dich bloß nicht tot. Die Spritze beruhigt nur. Das weiß ich. Wach schon auf! Komm schon, du Miststück!“

Er rüttelte nun mit beiden Händen an Noras Körper. Doch sie bewegte sich nicht.
Vorsichtig, mit eiskalten Fingern, versuchte er, ihren Puls am Handgelenk zu ertasten. Er beugte seinen Kopf ganz dicht an Noras Gesicht, um ihren Atem zu spüren. Doch weder Puls noch Atem waren da.
So ein Mist, schoss es ihm durch den Kopf. Er konnte keinen klaren Gedanken fassen. „Ist sie tot?“ Erst sprach er leise, mit schlotternden Beinen, dann laut: „Sie ist tot! Verdammt! – TOT! TOT! TOT!“ Er fasste sich mit beiden Händen an den Kopf. „Sie ist TOT! TOT! TOT!“
Er schlug mit seiner Stirn gegen die kalte Kellerwand: einmal, zweimal, dreimal. Er spürte keinen Schmerz, sah nur das Blut, das von seiner aufgeschlagenen Stirn auf den Boden tropfte.
Als kleiner Junge hatte er diese Taktik oft angewandt. Sobald er etwas nicht gedurft oder nicht bekommen hatte, hatte er mit der Stirn gegen die Tischkante geschlagen, gegen die Wand oder gegen die Tür. Seine Mutter hatte ihm nach dieser Attacke dann alles erlaubt, nur damit er aufhörte und sie wieder Ruhe hatte.
Doch jetzt war die Situation eine andere. Es war niemand da, der ihm etwas erlauben konnte. Es war niemand da, dem er seine Manneskraft beweisen konnte. Es war niemand da, der ihm helfen konnte.
Er war alleine.
Alleine mit einem toten Mädchen.

***

Er stürmte die Stufen hinauf. Stolperte, fiel auf die Knie, schürfte sich die Handflächen auf, fluchte, lief weiter. Raus hier. Einfach nur raus. In seinem Kopf tobten die Gedanken. Nur weg von diesem Ort.
Er rannte zu seinem Wagen, wieder zurück zur Ruine, dann in den nahe gelegenen Wald. Knickte wütend Äste von den Bäumen,

warf sie durch die Gegend, hämmerte mit den Fäusten gegen Baumstämme, bis seine Handknöchel bluteten. Lief wieder zurück und wieder hinein in die Ruine.
Nora lag auf der Pritsche. Wie vorher. Insgeheim hatte er gehofft, sie würde doch noch leben. Wenigstens ein bisschen ... Oder einfach verschwunden sein. Oder er würde aufwachen und feststellen, dass er geträumt hätte. Einen fürchterlichen Albtraum gehabt hätte ...
Aber nichts von dem war geschehen. Nora rührte sich nicht.
Verdammt, was sollte er nun machen? Er redete mit sich selbst, ließ dann seiner Verzweiflung freien Lauf und brüllte aus Leibeskräften. So lange und so laut, bis ihm die Stimme versagte. Er rüttelte Nora mit beiden Händen, immer und immer wieder. Dann ließ er sich auf den harten Kellerboden fallen.
Wie lange er dort gelegen hatte, konnte er nicht sagen. Irgendwann rappelte er sich auf und ging schlotternd zu seinem Wagen. Nora musste weg. Zumindest raus aus dem Keller, der wurde ab und zu von Jugendlichen als Treffpunkt benutzt. Das wusste er.
Aber wohin mit der Toten?
Wohin mit Nora?
Er öffnete das Handschuhfach, in dem eine Flasche mit billigem Rum lag. Den hatte er einige Tage zuvor beim Krämer im Dorf erstanden. Er nahm einen kräftigen Schluck. Es brannte in seiner Kehle, schmeckte widerwärtig. Trotzdem nahm er noch einen Schluck.
Die Wunde an seiner Stirn hatte zum Glück aufgehört zu bluten, die Kratzer am Hals brannten noch ein wenig, seine Hände spürte er kaum. Sein Kopf allerdings schmerzte fürchterlich. Es hämmerte und klopfte, so als ob er gleich platzen würde. Seine Augenlider zuckten und in seinen Ohren dröhnte es ununterbrochen. Er nahm noch einen Schluck von dem Fusel.
Was wäre, wenn er sie einfach dort liegen lassen und ins Ausland fliehen würde? Nach Süditalien oder in den hohen Norden. Nach Island oder Finnland? Dorthin, wo ihn keiner kennen und erst

recht niemand vermuten würde. Einer der Jugendlichen aus dem Dorf würde die Leiche finden, vielleicht erst in ein paar Wochen oder in ein paar Monaten, und er selbst wäre dann längst über alle Berge. Er müsste nur jetzt alle Spuren beseitigen. Die Wolldecke, die Kabelbinder, die Pritsche, die vielen Zigarettenkippen, die Rumflasche, die Blutstropfen auf dem Boden, den Speichel, die weggeworfene Spritze mit der Ampulle.

Und was wäre, wenn er die Leiche aus dem Keller bringen und sie irgendwo in einem Waldstück beerdigen würde? Dann wäre die Chance, dass man sie finden würde, viel geringer. Vielleicht würde man sie auch gar nicht entdecken. Und so würde sie zumindest einigermaßen würdevoll begraben.

„Ja!“, murmelte er vor sich hin. Erst leise, dann immer lauter. „Ja! Ja! Ja!“

Er fand seine zweite Idee perfekt. Sie war absolut sicher. Aufgeregt zündete er sich eine Kippe an und öffnete den Kofferraum. Dort nahm er seine alte braune Cordjacke, die sechs leeren Flaschen Bier, die halb volle Flasche Mineralwasser und das Warndreieck und schmiss alles auf den Rücksitz des Wagens. So konnte er verhindern, dass Spuren der Toten an diese Gegenstände gelangten. Und er hatte nun genug Platz im Kofferraum, um Nora, die zum Glück eine schmächtige Figur hatte, dort zu betten und sie dann irgendwo zu vergraben.

Ein toter Körper musste ordentlich liegen. Er hatte das Bild von Onkel Franz noch in guter Erinnerung. Damals war er vielleicht zehn oder elf Jahre alt gewesen. Bevor Onkel Franz beerdigt worden war, hatte man sich von ihm am offenen Sarg verabschiedet. Auch er hatte dies getan und war sehr beeindruckt davon gewesen, wie fein säuberlich man seinen Onkel dort gebettet hatte. Auf weißen Kopfkissen, im schwarzen Anzug mit Fliege und gefalteten Händen – und selbst sein Gehstock hatte neben ihm gelegen. Toten gebührte eine gewisse Ehre und die sollte Nora auch haben. Wo er sie dann beerdigen wollte, wusste er noch nicht.

***

Er schmiss den Zigarettenstummel auf den Boden und rannte die Treppen hinunter in den Keller. Es musste jetzt alles schnell gehen, ehe noch am Ende irgendjemand hier durch Zufall auftauchen würde. Ein Jäger vielleicht, ein Jugendlicher aus dem Dorf oder ein Spaziergänger.
Er schnappte sich die Wolldecke, die er Nora zum Zudecken gegeben hatte, lief zu seinem Wagen und legte die Decke so in den Kofferraum, dass möglichst kein Kontakt der Leiche mit dem Wageninneren mehr möglich war. Das hatte er im Fernsehen gesehen, in Serien wie „Der Kommissar", „Tatort" und in „Derrick".
Dann wetzte er zurück in den Keller, schob seine Arme unter Noras toten Körper, hob sie hoch und trug sie ganz vorsichtig zu seinem Wagen. Dass ein toter Körper schwer war, hatte er bereits gewusst, aber so unhandlich hatte er ihn sich nicht vorgestellt. Doch schließlich hatte er es geschafft, die Tote in den Kofferraum zu legen. Sorgsam zog er die Decke so zurecht, dass sie Noras Gesicht ganz bedeckte. Vorsichtig und langsam machte er das, so als ob Nora ihn sehen oder spüren könnte. Dann warf er die Heckklappe zu. Zum Glück war die Totenstarre noch nicht eingetreten. Von der hatte er auch schon in diversen Fernsehserien gehört, aber er hatte keine Ahnung, wann das passieren würde.
„Nun nichts wie weg", sagte er, gab Gas und raste den holperigen Waldweg entlang, bis er auf die Hauptstraße stieß. Dort preschte er über den Asphalt, so schnell es ging. Ohne Rücksicht auf andere Verkehrsteilnehmer, ohne Rücksicht auf Kreuzungen und Ampeln. Ihm war alles vollkommen egal. Hauptsache weg. Wohin die Straße führte, wusste er nicht. Wohin er wollte, wusste er nicht. Nur weg von diesem Ort. Weg von dieser Ruine.
Weg von den Geschehnissen.

14

Das Telefon in der kleinen Wohnung klingelte.
„Soll ich drangehen, Mama?“ Robin spurtete in Richtung des Apparates, ehe Jenny etwas sagen konnte. „Hier ist Robin Böker.“
Seine Stimme klang fast wie die eines Erwachsenen. Jenny stand hinter ihm. Sie war stolz auf den Kleinen, so stolz, wie eine Mutter nur sein konnte. Sie strich ihm über den blonden Haarschopf, obwohl sie genau wusste, dass Robin dies nicht mochte. Auch diesmal versuchte er sofort, ihrer Hand mit einer unwirschen Kopfbewegung zu entkommen.
„Und?“ Sie schaute ihn fragend an. „Wer ist es?“
„Eine Frau aus Omas Heim.“ Robin hielt ihr das Telefon entgegen und verschwand in seinem Zimmer.
„Böker am Apparat. Mit wem spreche ich?“
„Annegret Homeyer. Ich bin die Stellvertreterin von Frau Jakobs, die ist in Urlaub. Ich spreche mit der Tochter von Frau Peterson?“
„Ja.“
„Gut, Frau Peterson.“
„Nein, ich heiße Böker, mein Mädchenname ist Peterson.“
„Gut, also Frau Böker. Ich muss Ihnen leider mitteilen, dass Ihre Mutter heute in den frühen Morgenstunden verstorben ist. Ich konnte mich leider nicht vorher melden, da wir noch einen zweiten Todesfall hier im Heim haben und alles drunter und drüber ging. Mein aufrichtiges Beileid, Frau Böker.“
„Wie? Ich war doch gestern noch bei ihr? Wie kann das sein?“
„Na ja, ein Herzinfarkt kommt selten mit Anmeldung.“ Frau Homeyer hüstelte, so als ob sie am liebsten über ihren eigenen Witz gelacht hätte und dies nun zu überspielen versuchte.
„So unerwartet? Sie hatte doch nichts am Herzen. Mama war lediglich dement, etwas schwach und labil vielleicht, aber

ansonsten kerngesund.“ Jenny konnte kaum glauben, was ihr da am Telefon gesagt wurde.
„Frau Böker, wie gesagt, mein Beileid. Können Sie gleich kommen?“
„Ja! Ja, klar. Ich komme.“
Sie beendete das Telefonat und ließ sich auf den Küchenstuhl fallen.
In ihrem Kopf fingen die Gedanken zu rasen an: Robin zu den Nachbarn bringen, Wolle anrufen, ihm sagen, dass er kommen müsse, ins Kloster Heisterbach fahren, die anstehende Beerdigung regeln.
Ihr Herz schlug bis zum Hals, in ihrer Magengegend grummelte es. *Nur nicht den Kopf verlieren,* redete sie sich zu. *Eins nach dem anderen machen.* Sie atmete tief durch und wählte Wolles Handynummer. Eigentlich rief er sie immer an, doch dies war ein Notfall.
Nach dreimaligem Klingeln meldete sich die Mailbox. Jenny drückte das Gespräch weg. Wolle würde sehen, dass sie angerufen hatte, und sie zurückrufen. Dann wählte sie die Nummer von Marlene Dix. Die wohnte gegenüber und würde sich hoffentlich etwas um Robin kümmern. Marlene war 65 Jahre alt, kinderlos, verwitwet und verstand sich super mit ihrem Sohn.
Jenny hatte recht behalten, Marlene schien sich richtig auf Robin zu freuen, und keine zwanzig Minuten später stand Jenny mit einem kleinen Rucksack in der einen Hand und ihrem Sohn an der anderen vor Marlenes Tür. Robin würde über Nacht bei ihr bleiben und am nächsten Morgen direkt in die Schule gehen.
„Und nur dreißig Minuten Fernsehen, das ist genug in dem Alter. Robin liebt die Zeichentrickserie ‚Detektiv Conan‘. Die darf er bei mir auch sehen, aber danach sollte er langsam ins Bett gehen. Vielleicht noch eine Geschichte vorlesen, wenn er es möchte. Ab und zu liest er auch selbst laut vor. Aber bitte nicht zu lange. Und keine Cola geben, danach kann er nicht

einschlafen. Und nicht zu viel Süßes!" Sie strich Robin über den Lockenkopf. „Und du bist brav und hörst auf das, was Frau Dix dir sagt. Und vergiss die Hausaufgaben nicht und das Zähneputzen. Das ist ganz wichtig. Hast du gehört, Robin?"
Sie gab ihm einen Kuss auf die Stirn, strich ihm liebevoll über die Wange, winkte ihrer Nachbarin noch einmal kurz zu und sprang ins Auto.
Ihre Gedanken waren wieder bei ihrer Mutter. Gestern hatte sie sie noch besucht, mit ihr geplaudert, sie zum Essen überreden wollen. Gestern hatte sie Mamas alte Hand gestreichelt und sich nach einem kleinen bisschen Aufmerksamkeit von ihr gesehnt. Nach einem lieben Blick, einem flüchtigen Kuss, einem warmen Wort, einer kleinen Umarmung.
Von Jennys Wohnung in der Kirchstraße in Küdinghoven dauerte es kaum länger als fünfzehn Minuten zum Pflegeheim. Sie fuhr die Königswinterer Straße entlang, nahm im Kreisel die zweite Ausfahrt, raste mit 50 Stundenkilometern durch Oberkassel und hatte Glück, nicht vor dem Kalkuhl-Gymnasium geblitzt zu werden. Dann bog sie drei Seitenstraßen nach dem ‚Café Breuer' links in die Langemarckstraße ein. Ab da ging es nur noch geradeaus. Das heißt, bergauf, einige Kurven nehmend, bis kurz vor Römlinghoven. Dann fuhr sie rechts auf die K 25 ab und war in einigen Minuten an ihrem Ziel.
Sie parkte nicht auf dem für Besucher vorgesehenen Parkplatz, sondern kurvte durch die schmale Einfahrt auf das großzügige Gelände des Klosters und hielt unmittelbar vor dem Wohngebäude. Dann sprang sie aus ihrem Wagen, lief durch die Eingangstür bis zur Information, wo der Pförtner Rajive saß und sie schon zu erwarten schien.
„Frau Böker, mein Beileid. Das mit Ihrer Mutter tut mir leid. Frau Homeyer erwartet Sie bereits in ihrem Büro."
Rajive war gebürtiger Inder, lebte seit Jahren mit seiner Familie in Siegburg und verdiente sich seinen Lebensunterhalt als Pförtner. Nebenbei kellnerte er im ‚Klosterstübchen', das zum

Komplex des Kloster Heisterbachs gehörte. Er schien immer gut gelaunt, immer freundlich, seine pechschwarzen Augen waren wachsam und neugierig, sein Lachen offen und herzlich. Ihm entging nichts. Jenny mochte ihn. Sie nickte ihm zu und spurtete die Stufen zum Büro hinauf.

Ihr verhaltenes Klopfen an der Bürotür war anscheinend überhört worden, denn als sie die Tür öffnete, hörte sie die Worte: „Können Sie nicht anklopfen?"

„Habe ich." Jenny trat zögernd ins Zimmer.

„Ach, Sie sind es. Frau Böker, stimmt's? Setzen Sie sich bitte. Ich habe ihr Klopfen nicht gehört. Das mit Ihrer Mutter ging sehr schnell. Wir haben sofort unseren Hausarzt Dr. Langenscheid verständigt, aber er konnte leider nichts mehr machen. Ihre Mutter liegt im ‚Stillen Raum'. Den Gang hinunter und die dritte Tür rechts, gleich neben der Besenkammer."

„Kann ich sie sehen?"

„Klar, können Sie. Lassen Sie uns aber erst einmal die Formalitäten erledigen. Ihre Mutter läuft nicht weg." Frau Homeyer entfuhr ein kleines Kichern, welches Jenny vollkommen aus der Fassung brachte.

„Wie reden Sie denn? Es ist meine Mutter. Verstehen Sie? Meine Mutter ist gestorben! Und da muss ich Ihren schäbigen Humor nicht ertragen. Wirklich nicht. Ich will sie jetzt sehen!" Damit sprang sie von ihrem Stuhl auf und machte Anstalten, das Büro zu verlassen.

„Warten Sie doch, Frau Böker. Bitte! Ich habe es nicht so gemeint."

Frau Homeyer legte ihre Stirn in Falten, zog ihre wuchtigen Augenbrauen hoch und versuchte, gleichzeitig gefühlvoll und mitleidig zu lächeln.

Jenny schaute in ihr Gesicht, in dem sich die Mundwinkel nach oben bogen und sich das eckige Kinn bei jedem gesprochenen Wort hin- und herschob. Eine tiefe Nasenwurzelfalte machte sie nicht gerade sympathisch und ließ sie ein bisschen wie ein

Vampir aussehen. Wie Graf Zahl aus der Sesamstraße, nur in weiblicher Ausführung. Jenny hätte nun doch fast grinsen müssen, schaffte es aber gerade noch, dies zu verhindern.
„Kommen Sie, Frau Böker, ich bringe Sie zu Ihrer Mutter. Das ist doch selbstverständlich."
Jenny ging neben Frau Homeyer, deren trippelnde Schritte ungewöhnlich laut auf dem Steinfußboden hallten, den Flur entlang in den ‚Stillen Raum'.
„Ich warte auf Sie in meinem Büro." Damit drehte sich die Heimleiterin auf ihrem Absatz um und ließ Jenny alleine.
Was für eine unfreundliche Person, dachte Jenny und holte noch einmal tief Luft, ehe sie die Tür zum „Stillen Raum" lautlos öffnete.

***

Dort lag sie. Ihre Mutter.
Ihr Kopf war auf einem schlichten weißen Kopfkissen gebettet, ihre lichten Haare streng aus der Stirn gebürstet, ihre Augen geschlossen. Die Hände lagen gefaltet auf der dünnen Bettdecke, die ihren Körper bis zum Brustkorb bedeckte. Zwischen ihren Fingern sah Jenny einen Rosenkranz. Der alte Rosenkranz ihrer Mutter, den sie all die Jahre in einer kleinen Schatulle aufbewahrt hatte. Ein einfaches braunes Holzkreuz hing an der kahlen Wand direkt über dem Bett, die Gardinen waren aufgezogen und warmes Sonnenlicht durchflutete den Raum. Auf dem kleinen Tischchen brannte eine Kerze.
„Mama." Jenny verharrte neben dem Bett. „Mama! Ich hätte dich so sehr gebraucht. All die letzten Jahre. So sehr!"
Ein Weinkrampf durchfuhr ihren Körper. Tränen kullerten auf die Bettdecke, sie presste die Lippen fest zusammen und versuchte, den Kloß im Hals zu unterdrücken.
Jenny streichelte über die gefalteten Hände ihrer Mutter, hauchte ihr einen Kuss auf die kalte Stirn. Leise flüsterte sie die Sätze,

die ihr so viel bedeuteten. Die sie so oft gebetet hatte seit Noras spurlosem Verschwinden. Schließlich war es auch ihre Schuld gewesen. Wäre sie damals nicht alleine durch das Wäldchen gelaufen, hätte sie zusammen mit Nora auf den Nachtbus gewartet, hätte sie auf die eindringlichen Worte ihrer Mutter gehört … Ja, dann wäre ihre Schwester nicht spurlos verschwunden. Würde vielleicht auch hier sitzen und weinen. Dann wäre ihre Mutter nicht so unglücklich, so traurig und so deprimiert gewesen. All die letzten Jahre.
„Heilige Maria, Mutter Gottes, bitte für uns Sünder jetzt und in der Stunde unseres Todes. Amen."
Jenny wollte den Raum verlassen, aber eine innere Stimme riet ihr, noch zu bleiben. Schließlich würde sie ihre Mutter nie wieder so sehen. Nie. Und wieder kamen die Worte leise aus ihrem Mund: „Heilige Maria, Mutter Gottes, bitte für uns Sünder, bitte, bitte, bitte für mich Sünderin. Hätte ich damals doch auf meine kleine Schwester aufgepasst. Bitte für mich Sünderin jetzt und in der Stunde ..."
Ein erneuter Weinkrampf überkam sie. Jenny schlug die Hände vors Gesicht und ließ den Tränen freien Lauf.
Nach einer gefühlten Ewigkeit verließ sie leise den „Stillen Raum". Eine verheerende Leere übermannte sie.
Wolle!
Sie musste mit Wolle sprechen. Unbedingt. Wolle war der einzige Mensch, der ihr nahestand, außer Robin natürlich. Doch Robin war zu klein, um mit ihr über ihre Gefühle zu sprechen.
Sie wählte erneut Wolles Handynummer und diesmal hatte sie Glück. „Wolle, Gott sei dank! Ich habe schon mehrmals versucht dich anzurufen. Ich brauche dich. Können ...?"
„Du sollst mich nicht anrufen", unterbrach er sie barsch.
„Ja, ich weiß, Wolle, hatten wir so abgemacht. Aber es ist etwas passiert. Etwas Schlimmes. Weißt du, meine Mutter ..."
„Was mit deiner Mutter ist, hätte Zeit gehabt, bis ich anrufe. Das hatten wir so vereinbart, Jenny. Hast du das denn vergessen?"

„Nein, habe ich nicht. Aber Mama ist heute Nacht gestorben."
Kurze Stille am anderen Ende der Leitung. „Hmm …," erklang es schließlich.
„Kannst du kommen? Bitte! Ich brauche dich."
„Tut mir leid mit deiner Mutter. Wirklich. Ich mochte sie. Aber ich bin zurzeit auf einem Lehrgang, das habe ich dir erzählt. Und Flensburg ist nicht gerade um die Ecke. Habe wahnsinnig viel zu tun. Neue Technik, neue Geräte, neue Preislisten, neue Kunden … Verstehst du?"
„Nein!" Jenny konnte ihre Enttäuschung nicht verbergen.
„Jenny! Bitte! Ich muss mir über hundert neue Artikelnummern merken, neue Preise, neue Kundenlisten anlegen. Ich melde mich, sobald ich Zeit habe." Damit beendete er das Gespräch, so wie er es immer tat, wenn er nicht kommen konnte oder wollte. Oder wenn ein Gespräch unangenehm zu werden drohte.

***

Die Formalitäten waren schnell erledigt. Frau Homeyer thronte hinter ihrem Schreibtisch wie die Henne auf dem Ei. Sie saß kerzengerade, mittig vor ihr stand der Laptop. Sie drehte ihren Schreibtischstuhl um exakt neunzig Grad, so dass sie Jenny die bereits vorbereiteten Formulare geben konnte, ohne aufstehen zu müssen. Penibel arbeitete sie sich Blatt für Blatt durch: Seite 1, Seite 2, Seite 2a und 2b, Seite 3, 4, 5, 6, 7a, b, c.
Jenny unterschrieb alles, was ihr unter die Nase gehalten wurde, ohne es noch einmal selbst zu lesen. Ihr war es egal. Das Kleingedruckte interessierte sie nicht. Sie wollte nur noch nach Hause.
„So, Frau Böker. Die persönlichen Gegenstände Ihrer Mutter können Sie direkt mitnehmen. Ist ja nicht viel. Wir haben alles in einem kleinen Karton zusammengelegt. Er steht in dem Zimmer Ihrer Mutter. Wenn alles Persönliche ausgeräumt ist,

können wir das Zimmer ab morgen neu belegen. Ist das in Ihrem Sinne, Frau Böker?"
Frau Homeyer blickte erwartungsvoll zu Jenny, die gedankenverloren an ihren Fingernägeln knabberte.
„Was sagten Sie?"
„Möchten Sie die Sachen Ihrer Mutter mitnehmen?" Der Blick von Frau Homeyer wurde strenger, denn sie war es absolut nicht gewohnt, dass sie eine Aussage wiederholen musste.
„Ja – ja doch!" Jenny nickte.
„Gut. Dann kommen Sie bitte mit in das Zimmer."
Frau Homeyer erhob sich, zog ihre weiße Bluse glatt, strich sich mit den Händen schnell über ihre Hochsteckfrisur, warf ihren Kopf in den Nacken und schob ihr Kinn nach vorne. „Kommen Sie!"
Schon war sie an der Bürotür und Jenny musste sich sputen, um bei dem Tempo mitzuhalten. Sie trabte hinter Frau Homeyer den schmalen Gang entlang, die Treppe zur ersten Etage hoch, an dem riesigen Aquarium vorbei, in dem Guppys, Fadenfische und Skalare um die Wette schwammen, in das Zimmer ihrer Mutter.
Jenny schluckte. Ein ganz eigenartiges Gefühlsgemisch von Trauer, Leere und Kälte überkam sie. Sie blieb in der Tür stehen, blickte auf das Bett, in dem nur noch die Matratze lag, auf die kahlen Wände und den aufgeräumten Tisch.
„Hier ist der Karton mit den persönlichen Sachen Ihrer Mutter", hörte sie wie aus weiter Ferne die hölzerne Stimme von Frau Homeyer.
„Was ist mit dem alten Sessel, dem Wandregal, der alten Kommode und der Stehlampe? Ihre Mutter hatte die Möbel mit in das Heim gebracht. Sie hing sehr an ihnen. Werden die Sachen abgeholt, Frau Böker? "
Jenny starrte auf die vertrauten Möbelstücke. Alles Überbleibsel aus vergangener Zeit. „Stellen Sie die Dinge zum Sperrmüll oder geben Sie sie an Bewohner, die sie brauchen können. Diese

Teile sind für mich ohne Mama wertlos. Sie bedeuten mir nichts mehr." Jenny kämpfte mit den Tränen.
„Sie könnten aber alles auf dem Flohmarkt verkaufen. Einmal im Jahr organisieren die Bewohner des Kloster dieses Event im Klostergarten."
„Ich schenke Ihnen die Sachen. Verkaufen Sie sie auf dem nächsten Flohmarkt. Ich brauche sie nicht mehr."
„Und was ist mit dem Geld, das wir dafür erzielen?" Frau Homeyer ließ sie immer noch nicht in Ruhe, dabei wollte Jenny nur noch weg.
„Kaufen Sie dafür einfach Blumen für den Eingangsbereich. Die Bewohner freuen sich immer über schöne Dekoration."
Jenny verließ mit einem kurzen Kopfnicken das Zimmer. Den Karton mit den wenigen Habseligkeiten ihrer Mutter hatte sie unter den Arm geklemmt. Das Bild von Robin mit den Elefanten, das sie gestern erst ihrer Mutter mitgebracht hatte, lag ganz obenauf. Sie schaute wehmütig auf die gemalten Tiere und erneut schossen ihr Tränen in die Augen.
Sie ging den Flur entlang bis zur Information, unterdrückte die Tränen und wünschte Rajive mit erstickter Stimme noch: „Leben Sie wohl und alles Gute für Ihre Familie."
Rajive stand vor ihr und umklammerte ihre freie Hand. „Miss Böker, wissen Sie, was wir Inder in solchen Situationen zu sagen pflegen?"
„Was?", fragte sie und versuchte, die Tränen zu unterdrücken. „Was sagen die Inder, Rajive?"
„Die Nacht ist so schwarz und schwer, doch Liebe erleuchtet das Dunkel."
„Ein schöner Satz. Von wem ist der?"
„Keine Ahnung, Miss Böker. Doch wenn wir Inder traurig sind, dann sagen wir immer wieder diese Worte. Sie helfen. Wirklich."
„Das ist lieb. Danke, Rajive."
„Alles Gute, Miss Böker."

Er lächelte sie an und Jenny ging wie in Trance zu ihrem Wagen.
„... doch Liebe erleuchtet das Dunkel ..." Jenny murmelte die Worte leise vor sich hin. „Erleuchtet das Dunkel."
„Oh, welch wunderbarer Lichtblick am heutigen Tag. Jenny!"
Jenny drehte sich um und blickte in die freundlichen Augen von Thomas Brenner. Den hatte sie irgendwie total vergessen. Sein Anblick erfreute sie jetzt sehr und sie lächelte ihn durch den Tränenschleier an.
„Hallo, Jenny. Das mit Ihrer Mutter tut mir ehrlich leid. Ich habe davon gehört, als ich mit meinem Vater in der Klosterkapelle war. Dort betete man gerade für die Verstorbene ein Vaterunser. Das ist ja furchtbar. Und so plötzlich."
„Ja ... Ich habe nicht im Traum damit gerechnet. Mutter ging es eigentlich gut, abgesehen von ihrem psychischen Zustand."
Und dann brach alles aus Jenny heraus, was sich bis zu diesem Zeitpunkt in ihr angesammelt hatte. Sie weinte, jammerte und klammerte sich an den Karton in ihren Händen. Die Tränen liefen ihr übers Gesicht und den schmalen Hals hinunter.
Thomas konnte nicht umhin, den Karton auf den Boden zu stellen und Jenny fest in seine Arme zu nehmen. Er streichelte ihr über Kopf und Rücken. Ganz sanft, ganz zärtlich, weder aufdringlich noch zu feste.
Und Jenny beruhigte sich ganz langsam, wischte mit dem Blusenärmel ihre Tränen von den Wangen, putzte sich die Nase mit dem Taschentuch, das Thomas ihr reichte, und atmete ganz tief durch.
„Ich sehe bestimmt fürchterlich aus. Total verheult und blass und ..."
„Aber nein, Jenny. Sie sind so hübsch wie immer."
„Lügner!"
„Wissen Sie was, Jenny? Wir legen den Karton in den Kofferraum und dann lade ich dich zu einer Tasse Kaffee ein. Was meinst du? Oh, Entschuldigung. Jetzt habe ich doch glatt *Du* gesagt. Sollen wir dabei bleiben? Ist doch viel persönlicher als dieses steife *Sie*, oder?"

„Kein Problem. Gehen wir wieder in die Klosterstube? Dort war es richtig nett."
Jenny nickte schneller, als sie es eigentlich beabsichtigt hatte. Sie ging neben Thomas den kleinen Abhang hinunter, vorbei an bunten Blumenrabatten und angenehm duftenden Sträuchern. Es störte sie keineswegs, dass Thomas seinen Arm um ihre Schulter gelegt hatte und sie ganz leicht an sich drückte. Sie fand es wohltuend und fürsorglich. Das brauchte sie jetzt.

***

„Hmm ... Das tat gut." Jenny hatte ihre Kaffeetasse bereits leergetrunken und schaute Thomas zufrieden an. „Als ich heute Morgen den Anruf aus dem Kloster bekam, hat es mich total aus der Bahn geworfen. Ich musste Robin, meinen Sohn, bei der Nachbarin unterbringen, die ganzen stupiden Formalitäten hier im Kloster erledigen, mich mit dieser Frau Homeyer herumärgern und ... Ach, ich weiß nicht, es war so viel. So plötzlich, der Tod. Ich wusste gar nicht, was ich machen sollte. Alles drehte sich, alles war im Chaos, von jetzt auf gleich."
Thomas streichelte flüchtig ihren Arm. „Komm erst einmal zur Ruhe. So etwas wie den Tod eines Elternteils kann man nicht einfach verstehen. Das braucht Zeit. Muss verarbeitet werden. Um die Formalitäten kümmert sich neben dem Kloster auch das Beerdigungsunternehmen. Du wirst sehen, du schaffst das."
„Es ist schön, jemanden zu haben, der einem nur zuhört!" Jenny lächelte.
Thomas lächelte zurück. „Das mache ich gerne. Bei meinem Vater kann es auch jeden Moment soweit sein. Er ist mittlerweile 86 Jahre alt."
„Ein schönes Alter. Obwohl ich gar nicht so alt werden will. Höchstens achtzig Jahre und cool. Cool und ein bisschen verrückt. Du verstehst? Nicht geistig verrückt, sondern einfach so. Ich möchte mit achtzig Jahren noch lässig am Rhein spazieren

gehen, Eis essen, so viel ich essen kann, und Kuchen mit Sahne, einen riesigen Strohhut und eine Sonnenbrille à la Brigitte Bardot tragen und einen kleinen Pudel haben, der auf den Namen Mister Goofy hört. Ja, ich möchte im Alter immer noch ganz entspannt sein. Schließlich hat man nichts mehr zu verlieren. Der größte Teil des Lebens liegt hinter einem und das Paradies wartet. Einen Lebensabend ohne Schmerzen, ohne Sorgen und ohne das Gefühl von Wehmut, wenn ich zurückblicke. Ich möchte nicht das Gefühl haben, irgendetwas verpasst zu haben. Ich möchte hinter allen Entscheidungen stehen, die ich in meinem Leben getroffen habe. Auch, wenn sie vielleicht falsch waren. Ach, was erzähle ich dir denn hier für Geschichten aus dem Nähkästchen? Wir haben uns erst zweimal gesehen, dich wird das doch gar nicht interessieren."

„Mich interessiert alles, was du erzählst, Jenny. Wie gesagt, du bist mir bereits auf dem Parkplatz angenehm aufgefallen. Sehr angenehm sogar. Ich mochte deine Art, zu gehen. Kopf hoch und doch nicht affektiert. Schnellen Schrittes und dennoch nicht leichtfertig. Du hattest stets ein Lächeln auf deinen Lippen und deine Augen schienen neugierig und aufrichtig."

„Wie oft hast du mich denn gesehen? Oder hast du mich gestalkt? Hey! Sprich, du ... Charmeur!" Jenny musste lachen. „Oh nein! Jetzt lache ich sogar an dem Tag, an dem Mama gestorben ist. Das ist ja furchtbar."

„Nein, Jenny. Das ist gut. Deine Seele braucht das. Lachen ist die beste Medizin, glaub mir. Das meine ich ehrlich. Und wenn ich dich zum Lachen gebracht habe, dann freut es mich besonders. Und deine Mutter würde sich auch freuen, das weiß ich."

Jenny schaute Thomas in die Augen. Sehr lange und sehr intensiv. Sie suchte nach irgendetwas, das sie stören könnte. Aber sie fand nichts. Nur Ehrlichkeit und Zuneigung. Trotz aller Trauer umspielte ein warmes Lächeln ihren Mund.

***

Es war eine Beerdigung im kleinen Kreis. Zwei Vertreter aus dem Pflegeheim Kloster Heisterbach waren gekommen. Frau Homeyer nicht. Sie hatte stattdessen eine Verwaltungsangestellte und die Pflegerin Gisela geschickt. Diese drückte Jenny ganz feste die Hände. „Ihre Mutter war eine so liebe Person. Immer freundlich. Immer nett."
Die Nachbarin Marlene Dix und das Ehepaar Jäger aus Küdinghoven brachten Blumen, und Frau Klumbis, eine frühere Bekannte ihrer Mutter, weinte ununterbrochen in ihr Taschentuch. Frau Gärtner und Frau Schuhmann aus dem Seniorenkreis, zu dem Jennys Mutter ab und an gegangen war, sprachen ihr Beileid aus, und der alte Josef Krings, der jahrelang in dem Kiosk in Ramersdorf gearbeitet hatte, stand ganz betroffen neben Jenny.
„Ihre Mutter war eine so gebildete, feine Dame. Ich kann es noch gar nicht fassen, dass sie gegangen ist. Jeden Morgen kam sie in meinen Kiosk und kaufte sich zwei Brötchen und die Tageszeitung. Hatte immer ein freundliches Wort auf den Lippen. Immer."
Die Zeremonie war kurz, aber sehr persönlich. Auf der Orgel wurde das Ave Maria von Bach/Gounod gespielt und ein gemeinsames Vaterunser gebetet. Der Pastor sprach liebevoll und erklärte den Anwesenden mit viel Bedacht und Feingefühl, dass das Verschwinden der Tochter Nora vor 27 Jahren einen Riss in der Seele der Verstorbenen verursacht und schwerwiegende Folgen für deren restliches Leben mit sich gebracht hatte.
Jenny stand neben Robin, der sich feste an sie klammerte und in der freien Hand ein selbst gemaltes Bild hielt. Elefanten auf einer Wiese, und die Sonne lugte zwischen den Wolken hervor. Er wollte es auf den Sarg werfen, damit Oma etwas zu schauen hätte, erklärte er Jenny.
Wolle war auch gekommen und stand nun an ihrer anderen Seite. Er sprach kein Wort. Sah schlecht aus, wie Jenny fand. Irgendwie fahl und deprimiert. Er knabberte an seinen Fingernägeln

und stierte fast pausenlos auf den schweren Eichensarg. Sein Atem war auffällig unruhig und das zugeknöpfte Hemd wohl eine Spur zu eng, denn die Narbe an seinem Hals schimmerte grellrot.
Sie selbst hatte in den letzten Tagen trotz des Beerdigungsstresses oft mit Thomas telefoniert. Er hatte ihr zugehört, sie aufgebaut, sie unterstützt und sie zum Lachen gebracht. Zur Beerdigung war Thomas allerdings nicht gekommen. Er hatte gemeint, es sei doch irgendwie pietätlos, da Jenny ja einen Lebenspartner hätte. Er wäre aber jederzeit für sie da.
Jenny warf drei dunkelrote Rosen auf den Sarg, verharrte einen Augenblick, machte ein Kreuzzeichen, verneigte sich kurz und wartete, bis Robin sein Bild mit den Elefanten in die Tiefe geworfen hatte.
„Lass uns gehen, Mama. Oma möchte jetzt alleine sein."
Jenny ergriff seine kleine Hand und beide verließen schweigend den Friedhof.

***

„Wenn du so gar keine Zeit mehr für uns hast, dann kannst du auch ganz fortbleiben." Jenny streifte ihre schwarzen Pumps von den Füßen, die an der Ferse und an den Zehen drückten. Sie zog ihren schwarzen Blazer aus, hängte ihn an die Garderobe und schritt auf Strümpfen durch die Küche. „Ich habe dich mehrmals angerufen. Immer nur deine blöde Mailbox! Mensch, Wolle! Ich habe dich vermisst, als Mama gestorben ist. Ich war so alleine, hatte keinen, der mich in die Arme nahm, mich tröstete. Und es war so viel zu erledigen. Robin musste betreut werden, das Heim wollte ständig etwas von mir, die Nachbarn riefen pausenlos an oder klingelten an der Haustür, und das Beerdigungsunternehmen hatte auch tausend Fragen. Ich habe dich gebraucht. Und dann stehst du plötzlich da neben mir am Grab, wie Phönix aus der Asche! Das finde ich Mist! Wirklich Mist!"

Jenny war wütend wie eine Furie. Sie schritt weiter durch die kleine Küche, bis zum Fenster und zurück zur Tür. Hin und her.
„Du weißt genau, Jenny, dass wir eine Abmachung haben. Du rufst mich nicht an und ich melde mich, wenn es beruflich passt. Wir wollten beide eine Beziehung ohne Verpflichtungen. Jeder lebt sein Leben. So war es abgesprochen. Hast du das vergessen?"
„Nein, habe ich nicht. Ich kenne unsere Abmachung. Aber es war eine Notsituation! Und in solchen Situationen muss man Abmachungen auch mal über den Haufen werfen. Herrje, meine Mutter ist gestorben und ich brauchte dich!"
„Du bist doch kein Kind mehr, Jenny. Das Leben ist nun einmal so. Der Tod kommt selten mit Anmeldung. Da muss man durch. Basta!"
„Boah, Wolle, ich erkenne dich gar nicht wieder. Ich glaube fast, du wärst gar nicht zur Beerdigung gekommen, wenn ich dich nicht darum gebeten hätte. Und das hab ich auch eigentlich nur getan, da Robin es sich so sehr gewünscht hatte."
„Wäre ich auch nicht. Ich mag keine Beerdigungen. Ich habe es für Robin getan. Den mag ich. Der Mensch ist Natur und kann auch in der freien Natur ruhen. Unter Erde und Laub. Erde zu Erde, Asche zu Asche und Staub zu Staub. Sollte dir bekannt sein." Wolle knabberte an seinen bereits abgekauten Fingernägeln.
„Was?"
„Ja, ist doch so. Warum denn den ganzen Zinnober mit Eichensärgen, Kränzen mit teuren Schleifen, die hinterher weggeschmissen werden, und dem ganzen Brimborium? Weiße Bettwäsche, feine Kleidung im Sarg und so weiter. Das ist doch Schwachsinn. Klar, als Kind fand ich es auch toll, wenn der Leichnam in Samt und Seide gebettet ist. Aber das Ganze ist nichts weiter als ein Geschäft. Ein Geschäft mit dem Tod. Wenn es nach mir ginge, sollte man Verstorbene einfach in der Natur begraben. Im Wald, zum Beispiel. Ohne diesen ganzen

Firlefanz." Er verstummte einen Augenblick und lockerte seine Krawatte, die ihm anscheinend zu eng war.
„Wolle?"
„Ja?"
„Ist das dein Ernst?"
„Ja!"
„Sag mal, spinnst du? Das ist nicht würdevoll. Das ist gefühlskalt. Wir sind doch keine Tiere! Und da redest du noch von Wäldern, wo du genau weißt, wo meine Schwester damals verschwunden ist. Und bis heute keiner weiß, ob sie noch lebt."
Wolle hielt einen Moment inne. „Also, Jenny! Das kann doch keiner wirklich glauben, dass sie noch lebt. Nach all den Jahren." Er zündete sich eine Zigarette an. Hektisch blies er den Qualm in Richtung Zimmerdecke.
„Verdammt noch mal, rede nicht so über meine Schwester! Du kennst sie nicht. Ich gebe die Hoffnung nicht auf. Nie! Und Mama hat auch immer daran geglaubt, dass Nora eines Tages wiederkommen wird." Jenny kämpfte mit den aufsteigenden Tränen. „Im Übrigen mag ich es gar nicht, wenn in meiner Wohnung geraucht wird. Das weißt du!"
Wolle drückte die Zigarette aus und vergrub seine Hände in den Hosentaschen. „Aber es ist doch so. Wo soll sie denn sein? Hä? Außerdem ist deine Mutter doch vor allem durch ihre verbohrte Hoffnung auch so dement geworden. Sie hat sich da hineingesteigert, immer im Glauben, Nora käme eines Tages wieder um die Ecke. Einfach so, als wäre nichts geschehen."
Wolle stand nun breitbeinig vor Jenny, die Hände immer noch in den Hosentaschen vergraben. Er schaute sie so hitzig, so aufgewühlt an, dass ihr ganz mulmig wurde.
Sie trat einen Schritt zurück. „Aber … Aber ohne Hoffnung hat der Mensch doch gar keine Zukunft. Ja, keiner weiß, wo Nora ist. Es gibt kein Lebenszeichen. Nichts. Ich wünsche mir trotzdem jeden verdammten Tag, wirklich jeden Tag, sie käme wieder ‚um die Ecke', wie du es ausdrückst. Das wäre so schön, meine Schwester wieder in den Armen zu halten!"

Jenny schwieg einen Augenblick und schaute Wolle an. Lange und sehr nachdenklich. „Weißt du, Wolle ... Vielleicht ist es einfach besser ... ich meine ..." Sie schluckte. „Es ist besser, wenn wir uns die nächste Zeit nicht sehen. Deine Ansichten kann ich so gar nicht nachvollziehen. Sie tun mir weh. Ich will auch nicht, dass Robin das hört. Kannst du das verstehen? Deine Denkweise ist mir total fremd. *Du* bist mir total fremd, Wolle – so kalt, so abweisend. Außerdem hast du nie Zeit für mich, bist nie da, wenn ich dich brauche." Jenny wischte eine Träne weg. „Bitte geh jetzt!"
Wolle zögerte einen Augenblick, wollte etwas erwidern. Dann senkte er jedoch seinen Kopf, drehte sich zur Eingangstür und ging ohne ein weiteres Wort.

15

Wipperfürth bekam das Bild von Heidrun nicht aus dem Kopf. Der Mann, den er neben Heidrun am Stiftsplatz gesehen hatte, Arm in Arm mit ihr, schien ihr sehr vertraut gewesen zu sein. *Wer war das?*, fragte er sich und malte kleine Kringel mit dem Kugelschreiber auf seine Papierunterlage. Warum hatte Heidrun ihm nichts von ihm erzählt? Sie waren sich doch wieder so nahe gekommen!
Obwohl … Wenn er richtig überlegte, war auch nicht sehr viel Zeit zum Erzählen gewesen. Sie hatten sich wie zwei Ertrinkende geliebt, aneinander festgeklammert und festgesaugt. Es war so schön gewesen. Ohne es bewusst zu merken, seufzte er zufrieden.
„Was ist los, Willi?" Bergers Stimme riss ihn aus seinen Gedanken. „Denkst du gerade an deine Heidrun?" Berger lachte laut und warf ein zusammengeknülltes Blatt Papier gezielt in den Papierkorb.

„War in Gedanken. Aber kann ich dich mal etwas Persönliches fragen, Berger?"
„Klar doch. Immer."
„Was würdest du machen, wenn du deine Frau zufällig mit einem anderen Mann sehen würdest?"
„Kommt darauf an. Was machen die denn? Knutschen? Sich umarmen? Dann würde ich beide erschießen. Peng! Zwei auf einen Schlag." Er verzog sein Gesicht zu einer komischen Grimasse, die ihn einen Moment wie Otto Waalkes aussehen ließ.
„Ach, Berger. Nein." Wipperfürth schüttelte seinen Kopf. „Nein! Sie gehen einfach nur nebeneinander und unterhalten sich. Sehr vertraut, du verstehst?"
„Hmm, wenn das so ist, würde ich sie zu Hause fragen, wen sie denn getroffen hat. Wenn sie es erzählt, ist doch alles gut."
„Stimmt! So mache ich es auch. Ich werde Heidrun fragen, mit wem sie am Stiftsplatz spazieren war."
„Siehste, Willi. So einfach funktioniert eine Beziehung!"
„Na, vielleicht bin ich einfach etwas aus der Übung." Wipperfürth überlegte einen kurzen Moment. „Und was ist, wenn sie nichts erzählt? Oder es leugnet?"
„Reden, Willi. Da hilft nur reden. Ach übrigens, mein Bericht über den Tod des Ehepaar Knechelsberg ist nun endgültig fertig. Ich schließe dann mal diese Akte."

***

Ein Arbeitstag ohne besondere Ereignisse neigte sich dem Ende zu.
„Feierabend für heute, Berger. Meier-Rettich hat sich immer noch nicht gemeldet. Der braucht ja ellenlang, ehe seine Marshsche Probe ein Ergebnis vorweist. Ich fahre jetzt noch kurz zum Discounter hier in Oberkassel, dann werde ich Heidrun anrufen."
„Genau, mach das, Willi. Du hast eine gute Spürnase und wirst schnell merken, ob sie dir die Wahrheit sagt oder dir etwas

vorflunkert. Wenn sie allerdings wirklich herumdruckst, dann wäre ich ganz, ganz vorsichtig."
„Wird gemacht, Chef!" Wipperfürth zwinkerte Berger zu und verließ das Büro.

***

Die Tiefkühlpizza vom Discounter, die Wipperfürth mit einigen schwarzen Oliven und einer Extraportion Käse verfeinert hatte, brauchte ungefähr eine Viertelstunde.
„Dann werde ich jetzt mal Heidrun anrufen", murmelte er vor sich hin, setzte sich in seinen Schaukelstuhl aus Rattan, den er sich vor Jahren im Urlaub auf Juist gekauft hatte, schaukelte gedankenverloren und wählte ihre Nummer.
Heidrun schien sich über seinen Anruf zu freuen. „Wie lieb von dir, dass du dich meldest! Was machst du gerade?"
„Hm ... Ich wiege auf meinem Schaukelstuhl hin und her und warte auf die Pizza, die im Backofen bäckt."
„Selbst gemachte Pizza? Das hört sich ja prima an."
„Selbst gekaufte Pizza. Etwas aufgepeppt mit einer Extraportion Käse und frisch duftendem Oregano." Wipperfürth schmunzelte. „Mit dem Kochen habe ich es nicht so. Und du, meine Liebe? Hattest du einen schönen Tag?"
„Klar doch. War heute in der Früh im Stadtarchiv der Stadt Bonn. Ich suche einen Artikel aus den siebziger Jahren. Und dann bin ich noch ein bisschen durch die Geschäfte gezogen. Man hat ja als Frau so gar nichts zum Anziehen. Das Problem kennst du bestimmt von Monika." Sie lachte.
„Ach, Monika. Die war da sehr anspruchslos. Ich hätte ihr gerne mal ein schickes Kleid gekauft. Aber sie liebte ihre Wollpullover mit Rollkragen und ihre verwaschenen Jeans über alles. Dazu trug sie immer ihre bequemen flachen Sandalen und im Winter ihre Fellboots. Du kanntest sie ja, und weißt, dass sie einen richtigen Dickkopf hatte. Aber einen lieben Dickkopf. Ich vermisse sie."

„Ja, das glaube ich dir. Wir wollten doch morgen gemeinsam essen gehen, oder hatte ich das falsch verstanden? Ich bin etwas durcheinander mit der Zeit."
„So ist das, wenn man älter wird. Ja, wollten wir! Kann es übrigens sein ..." Wipperfürth stockte einen Moment. „Kann es sein, dass ich dich heute am Stiftsplatz gesehen habe? Ich musste in die Pathologie und da dachte ich, du wärst auf der anderen Straßenseite entlanggegangen."
„Stiftsplatz? Ja, kann sein. Ich bin überall entlanggegangen. Es gibt so viele neue Geschäfte, die ich alle noch nicht gesehen habe. Kleine Boutiquen mit außergewöhnlich schönen Klamotten. Sogar ein edler Dessousladen hat auf der Kölnstraße eröffnet. ‚Lovely Star'. Hübscher Name, oder?"
„Ja! Hmm – aber am Stiftsplatz selbst sind doch gar nicht so viele Modeläden. Hauptsächlich Friseure, Bäckereien und … Computergeschäfte." Wipperfürth hoffte insgeheim, Heidrun würde bei dem Wort „Computergeschäft" etwas erzählen, schließlich hatte er sie dort gesehen, mit diesem Unbekannten. Aber eine Reaktion blieb vorerst aus. „Vielleicht habe ich mich ja auch geirrt. Hattest du denn keinen dunkelgrünen Blazer an?"
„Willi, ist das etwa ein Verhör? Da sieht man mal wieder, dass du mit Leib und Seele Kriminalhauptkommissar bist. Ts, ts, ts … Unheimlich viele Frauen tragen dunkelgrüne Blazer. Ist die Modefarbe schlechthin. Zeitlos, chic und schmeichelt jedem Frauentyp. Ich besitze sogar zwei Blazer in diesem Farbton, wenn du es genau wissen willst."
Heidruns Stimme klang leicht beleidigt und Wipperfürth tat es fast leid, sie gefragt zu haben. Schließlich konnte sie sich treffen mit wem auch immer.
„Schon gut, Heidrun. Ich war wirklich davon überzeugt, dass du es gewesen bist. Aber ist ja auch nicht so wichtig. Jetzt aber zu unserem Treffen. Morgen Abend wieder auf unserer Terrasse mit direktem Blick auf den Rhein? Da war es doch besonders nett, oder?"

„Ich freue mich, Willi. Bin gegen 19 Uhr dort. Mach es gut. Bis morgen."

***

Unzufrieden mit dem Gesprächsverlauf biss Wipperfürth in ein Stück Pizza. Warum erzählte Heidrun ihm nicht, dass sie in Bonn einen Mann getroffen hatte? Warum verschwieg sie dessen Existenz? Die Fragen bohrten sich in sein Hirn und verdrängten seinen Appetit. Wütend schob er den Teller mit der mittlerweile kalten Pizza zur Seite.

Warum hatte er nicht geschicktere Fragen gestellt? Schließlich waren ihm verschiedene Befragungsmethoden durchaus geläufig und bei seinen Verhören wendete er sie gekonnt und routiniert an. Warum hatte er sich bei Heidrun so tollpatschig angestellt?

„Verdammter Mist!" Er schlug mit der flachen Hand auf die Tischplatte, sodass sein Bierglas in die Höhe sprang, kippte und sich der Inhalt über die Pizza ergoss. „Verdammt!", entfuhr es ihm erneut.

Manche Tage sollte man aus seinem Kalender streichen, dachte er und wischte die groben Spuren des umgekippten Bieres mit einem Küchentuch fort. Die durchnässte Pizza warf er in den Abfalleimer. Dann holte er sich eine Tafel Nussschokolade aus dem Wohnzimmerschrank. Bei Nussschokolade und Marzipanpralinen konnte er einfach nicht widerstehen. Im Nu hatte er nur noch die leere Verpackung vor sich liegen. Er befeuchtete seinen Zeigefinger an den Lippen und sammelte mit der nassen Fingerspitze die letzten Schokoladenkrümel auf, die er sich genussvoll auf der Zunge zergehen ließ. *Nervennahrung*, redete er sich selbst ein und entschuldigte so seinen Heißhunger.

Unzufrieden verkroch er sich in sein Bett.

***

Am nächsten Morgen war er außergewöhnlich früh in seinem Büro und brühte sich einen frischen Kräutertee auf. Die Ruhe, wenn noch kein Kollege in den Nachbarbüros hantierte, war wohltuend, vor allem an diesem Morgen, denn die vergangene Nacht war weniger ruhig gewesen.
Abgesehen von Bauchschmerzattacken, hervorgerufen durch den gierigen Verzehr der Nussschokolade, hatte er ständig an Heidrun denken müssen, hatte sie mit diesem fremden Mann gesehen, der ihm nicht sympathisch erschienen war, hatte sich von einer Seite auf die andere gewälzt und war für eine kurze Zeit eingeschlafen, nur um dann schweißgebadet wieder aufzuwachen. So war es die ganze Nacht gegangen, bis er kurz nach halb sechs in der Früh aus seinem Bett gesprungen war und sich unter die kalte Dusche gestellt hatte. Eigentlich war er bekennender Warmduscher, aber nach dieser Nacht hätte warmes Wasser nicht ausgereicht, um ihn auch nur annähernd menschlich aussehen zu lassen.
Nun kauerte er an seinem Schreibtisch, die Beine auf einem Beistelltisch hochgelegt und schlürfte an seinem heißen Tee.
„Morgen, Willi." Die Tür öffnete sich und Kollege Berger trat fröhlich summend ein. „Wie schaust du denn aus? Tiefe schwarze Ringe, zeugt nicht gerade von einer guten Nacht. Schlecht geschlafen, mein Lieber?"
„Ach, lass mich in Ruhe!" Wipperfürth umklammerte mit beiden Händen seinen heißen Teebecher und gähnte laut.
„Meine Frau nennt diese Stimmung immer ‚Jesuslatschen-Dramatik'. Angeblich hätte ich sie auch ab und an am frühen Morgen."
Wipperfürth schaute von seinem Tee hoch. „In welcher Stimmung bin ich? In einer Jesuslatschen-Stimmung?"
„Nein, Willi!" Berger lachte kurz auf. „Du verbreitest eine Jesuslatschen-Dramatik. Viel Gejammer um nichts. Jammern verändert dein Gehirn und führt im Endeffekt zu keiner Lösung. Setzt nur negative Energie frei und die bremst dich in deinen Handlungen, um mit den Worten meiner Frau zu sprechen."

„Hmm, habe ich noch nie gehört, diesen Ausdruck. Werde ich mir merken. Wenn man darüber nachdenkt, dann stimmt es natürlich. Also, was sagt uns das, Herr Kollege? Ich bin ein alter Jammerhase. Basta – und jetzt an die Arbeit!"

***

Am Abend war Wipperfürth pünktlich zur verabredeten Zeit in Königswinter, setzte sich an einen Tisch im hinteren Teil der Terrasse und wartete auf Heidrun. Er winkte der flotten Kellnerin zu, bestellte eine Flasche Sülzenberg-Spätburgunder aus dem Jahre 2015 und lauschte ungewollt einem Pärchen am Nachbartisch. Sie schienen sich über irgendetwas zu streiten – er hatte den Anfang des Gespräches nicht mitbekommen und mutmaßte, dass es sich um die Erziehung eines Kindes handeln musste. Er schnappte Sätze auf wie „Du bist viel zu streng mit ihm!", „Er ist in schlechte Kreise geraten!", „Er ist kein schlechter Junge!" oder „Gras haben wir doch alle in unserer Jugend geraucht" und war in diesem Moment heilfroh, keine eigenen Kinder zu haben.

„Heidrun! Schön, dass du da bist!" Er sprang galant von seinem Stuhl auf, gab Heidrun, die plötzlich neben ihm stand, einen zärtlichen Kuss auf den Mund und schob ihr den Stuhl zurecht. Ganz Kavalier alter Schule.

Heidrun schien es zu gefallen. „Willi! Du hast nichts verlernt. Ganz gentlemanlike, wie aus dem Lehrbuch."

„Und du – ganz Dame. Mein Kompliment. Attraktiv und elegant wie immer."

Heidrun trug ein tailliertes, dezent ausgeschnittenes, honigfarbenes Kleid und dazu einen luftigen Seidenschal in mintgrün, den sie lässig über die Schultern geworfen hatte. Keinen Schmuck.

Wipperfürth konnte seine Augen kaum von ihr lösen. „Ein Gläschen vom Roten? Diesmal habe ich uns eine Flasche

bestellt." Er füllte Heidruns Weinkelch mit dem köstlichen Rebensaft und beide prosteten sich zu.
„Auf uns." Heidrun lächelte Wipperfürth mit ihren leicht in Apricot geschminkten Lippen zu.
„Auf uns, und dass wir immer ehrlich zueinander sind. Das wünsche ich mir." Wipperfürth rutschte die Bemerkung spontan heraus und im selben Moment tat es ihm schon leid.
Heidrun schaute ihn erstaunt an. „Wie kommst du darauf? Das ist doch wohl selbstverständlich, oder, Willi?"
Ihre Stimme passte nicht ganz zu ihren Worten. Sie klang leicht irritiert. Versuchte sie etwas zu verheimlichen? Das wollte Wipperfürth nun doch nicht ganz unkommentiert auf sich sitzen lassen. „Ich meine … Wir sind keine kleinen Kinder mehr und haben beide einen großen Teil unseres Lebens schon hinter uns. Wenn nicht den größten Teil. Da sollten wir uns halt immer die Wahrheit sagen."
„Spielst du auf etwas Besonderes an, Willi?"
„Ja ... Und nein. Eigentlich ist es ja egal, mit wem du dich triffst. Du bist ungebunden. Wir zwei sind ungebunden. Jeder kann machen, was er will. Eine gemeinsame Nacht ändert da absolut nichts."
„Was ist los, Willi?"
„Wer war der Mann, mit dem du in Richtung Beethovenhalle gegangen bist? Ihr wart euch sehr vertraut, so schien es."
„Oh, mein Willi ist eifersüchtig." Heidrun schien amüsiert zu sein und kicherte gekünstelt.
„Nein, Heidrun. Aber wenn ich dich frage, ob du am Stiftplatz gewesen bist – ich habe dich nämlich genau erkannt – und du es mehr oder weniger leugnest, dann werde ich halt misstrauisch. Dafür bin ich zu lange in meinem Beruf. Das solltest du wissen!"
Heidrun nahm einen gehörigen Schluck Rotwein, fuhr sich mit der Zungenspitze über die Lippen und über ihre Schneidezähne, blickte in Richtung Rhein und schwieg.

Wipperfürth schwieg auch, denn in jedem Verhör musste man dem anderen Zeit geben, in Ruhe über eine Frage nachzudenken.

„Weißt du, Willi, manches im Leben ist so wahnsinnig kompliziert."

„Du musst mir nichts sagen, wenn du es nicht möchtest, Heidrun. Ich war nur sehr irritiert, dich dort zu sehen."

„Mein Cousin ist häufiger hier in der Gegend."

„Cousin?" Wipperfürth schaute so perplex, dass Heidrun lachen musste.

„Ja! Wirklich. Mein angeheirateter Cousin, um es genau zu sagen. Cousin zweiten Grades oder so. Er hat vor vielen Jahren meine Cousine Petra geheiratet. Ein hübsches Paar waren die beiden, aber die Ehe hatte nicht funktioniert. Immer wenn ich Petra zu einer Tasse Kaffee zufällig in der Stadt getroffen habe, hatte sie irgendwelche komischen blauen Flecken. Mal an den Armen, mal am Hals, mal an der Schulter. Sie meinte, es wäre eine Krankheit. Irgendeine Störung ihrer Blutgerinnung. Wäre harmlos, wie sie mir versicherte. Ihre Haut würde sofort reagieren, wenn sie irgendwo anstoßen würde. Hmm ... Bei den ersten Flecken habe ich ihr geglaubt, doch durch meine frühere Tätigkeit im Polizeidienst bin ich sehr empfänglich für solche Sachen. Ich habe sie dann noch einmal direkt darauf angesprochen, habe ihr gesagt, dass es Hilfe für Frauen gäbe, Frauenhäuser, Pädagogen, Psychologen und so, und habe ihr geraten, ihren Mann anzuzeigen. Aber du weißt ja, wie Frauen in diesen Situationen reagieren. Sie haben Angst, beteuern ihre Liebe zu ihrem Mann und wollen sich nicht lösen. Aber Petra hat es dann doch geschafft und nach gut vier Jahren waren beide geschieden. Zum Glück – wer weiß, wie es sonst geendet wäre. Ich habe Petra in der ersten Zeit nach der Scheidung unterstützt. Bei einem Yogakurs hat sie ihren jetzigen Ehemann Reinhard kennengelernt. Ein ganz Lieber und sie hat, zum Glück, keine blauen Flecken mehr."

„Und dein Cousin? Was macht er, oder besser, was machst du mit ihm in Bonn?"
„Er scheint mir sehr labil zu sein. Sein Selbstwertgefühl ist leider so gar nicht ausgeprägt. Er braucht Hilfe. Hatte eine schwere Kindheit. Sein Vater hat sich, als er gerade mal 16 Jahre alt war, in der Küche die Pulsadern aufgeschnitten. Mein Cousin hat ihn damals gefunden. Und seine Mutter, na ja, wie soll ich sagen, hat sich nach dem Tod ihres Mannes gerne für einen Abend in männlicher Begleitung bezahlen lassen. Mein Cousin hat zurzeit anscheinend eine lose Beziehung zu einer Frau. Er mag sie und sie ihn wohl auch. Aber er hat unheimliche Angst vor etwas Festerem. Darüber haben wir uns unterhalten. Ich habe ihm gesagt, dass ich ihn gut verstehen kann. Ihm ist durchaus bewusst, dass das damals mit Petra nicht richtig war – hat wohl eine Therapie gemacht, aber darüber will er mit mir nicht reden."
Wipperfürth nickte. Ihm waren Fälle von häuslicher Gewalt, Exzesse mit unglaublicher Brutalität bis hin zum Totschlag, durchaus bekannt und er musste sich immer am Riemen reißen, um nicht ausfallend zu werden. Männer, die Gewalt gegen Kinder und Frauen walten ließen, überhaupt gegen körperlich Schwächere, waren für ihn die größten Feiglinge auf Gottes Erden.
„Hört sich für mich so an, als ob dein Cousin in dir eine gute Zuhörerin und Beraterin hat, oder?"
„Ich versuche es auf jeden Fall." Heidrun lächelte ihm zu. „Und? Jetzt zufrieden? Willi ... Du weißt, ich bin immer sehr offen und ehrlich. Wirklich." Sie schaute Wipperfürth in die Augen, offenbar in der Hoffnung, dass er ihre Geschichte glauben würde. Wipperfürth lächelte zurück, doch gleichzeitig konnte er die Frage nicht ganz verbannen, warum Heidrun ihm das nicht einfach schon vorher erzählt hatte. Hatte sie alles erfunden? Erfunden, um ihn, den Kommissar, an der Nase herumzuführen? Oder auf eine falsche Fährte zu locken? Zugegeben, er hatte sie am Telefon nicht explizit nach ihrer männlichen Begleitung

gefragt, doch es schien schon merkwürdig, dass sie diese Begegnung so betont verschwiegen hatte. Wipperfürth schüttelte seinen Kopf, ohne es bewusst zu merken.
„Was ist los, Willi?“
„Nichts, meine Liebe. Es ist alles gut.“ Zärtlich streichelte er mit den Fingerspitzen über ihren Arm und hauchte ihr einen Kuss auf die Wange. Das Seidentuch flatterte leicht im warmen Abendwind. „Ich bin wirklich froh, dass wir uns wiedergetroffen haben.“
„Ich auch, Willi!“ Sie schloss für einen Moment die Augen. Ihr Gesicht wirkte entspannt, sah weich und wunderschön aus.
„Komm, lass uns in dein Hotelzimmer gehen.“ Wipperfürth warf einen Geldschein auf den Tisch, reichte Heidrun beide Hände und zog sie von ihrem Stuhl hoch. „Komm!“

***

Wipperfürth lag neben Heidrun auf den angenehm weichen Bettbezügen des Hotels und starrte an die graue, mit Stuck verzierte Zimmerdecke.
Heidrun schlief. Gab eigenartige kurze Schnarchgeräusch in unregelmäßigen Abständen von sich. Sie hatte ihren nackten linken Arm auf seinen Bauch gelegt, sodass er sich nicht traute, sich zu bewegen. Wie eine Göttin sah sie aus. Wie Aphrodite. Er lächelte liebevoll.
5:34 Uhr.
Leises Vogelgezwitscher drang an seine Ohren. In der Ferne vernahm er die Geräusche eines Flugzeugs und das dumpfe Rattern eines vorbeifahrenden Schiffes. Der linke Fensterflügel war geöffnet und durch die zugezogenen Gardinen kam ein kühler Luftzug.
Wipperfürth zog die Bettdecke etwas höher und bedeckte Heidruns Arm. Ihr wohliges Schnurren und ihre angenehme Körperwärme ließen ihn wieder in einen leichten Schlaf fallen,

aus dem er durch ein ungewohntes Geräusch geweckt wurde. „Was ist das?“ Er setzte sich erschrocken in seinem Bett auf. „Oh, mein Handy!“ Bobby McFerrins „Don’t worry be happy“ schallte durch das Zimmer. Heidrun sprang, wie Gott sie erschaffen hatte, aus dem Bett. Schlaftrunken, mit halb geöffneten Augen und nackten Füßen eilte sie zu ihrer Handtasche, die sie auf den Tisch am anderen Ende des Zimmers gelegt hatte. Hastig zerrte sie den Reißverschluss auf und wühlte fahrig nach ihrem Handy. Wipperfürth sah im dämmrigen Morgenlicht, wie sie kurz auf das Display blickte und den Anruf entgegennahm. „Ich melde mich später!“, sagte sie emotionslos. Dann warf sie das Handy ohne weiteren Kommentar in ihre Tasche und hüpfte ins Bett zurück.
„Hmm ... Lass uns noch etwas kuscheln. Bitte!“
Wipperfürth stellte keine weiteren Fragen, rückte nahe an Heidruns warmen Körper, liebkoste ihren Hals, ihre Schultern, wanderte langsam zu ihren Brüsten, kitzelte sie sacht am Bauchnabel, bis ein freudiges Glucksen aus ihrer Kehle drang. Den Anruf hatte er schnell vergessen.

16

Jenny zupfte an der dunkelroten Schleife des Kranzes und legte dann die Enden wieder ordentlich nebeneinander.
Die Namen „Jenny und Robin“ standen unter den schlichten Worten „In Liebe“. Mehr nicht. Der Wind hatte den Grabschmuck etwas auseinandergeweht, der Regen die frischen Rosenblüten auf dem Kranz zusammengedrückt. Sie legte ihre Hand flach auf die kühle schwarze Graberde, so als wolle sie ihrer Mutter die Hand geben. Dabei verfolgten ihre Augen einen kleinen Käfer, der hurtig zwischen der brennenden Kerze und dem einfachen Holzkreuz hin- und herkrabbelte. Es sah aus, als würde er den richtigen Weg suchen. So wie sie selbst.

Die letzten zwei Wochen waren eine Tortur gewesen. Um über den Tod nachzudenken, hatte es überhaupt keine Zeit gegeben. Jeder hatte etwas von ihr gewollt. Ämter, die Krankenkasse, die Banken, das Pflegeheim. Dreimal hatte sie einen Anruf von der Kleiderstube in Beuel-Mitte bekommen. Sie hatten vom Tod ihrer Mutter erfahren und nach gebrauchter Kleidung gefragt. Nein! Noch wollte sie die Kleider, Schuhe, Taschen und Mäntel ihrer Mutter nicht weggeben. Noch nicht.
Ganz allmählich kehrte nun etwas Ruhe zurück in ihr Leben. Wolle hatte sich nicht mehr gemeldet, das Beerdigungsinstitut hatte die Rechnung geschickt und aus dem Pflegeheim waren nur noch drei Beileidskarten und die restlichen Unterlagen gekommen, die sie ordentlich in einer Mappe abgeheftet hatte.
Robin hatte den Tod seiner Oma recht gut verkraftet. Er malte ihr jeden Tag ein Bild und erzählte Jenny kleinere Geschichten beim Mittagessen, die sie jedes Mal amüsierten. Ihre Mutter hatte es tatsächlich geschafft, Robin bei jedem seiner Besuche heimlich einen Fünf-Euro-Schein in die Hand zu drücken, allerdings hatte er versprechen müssen, den Schein in sein Sparschwein zu werfen und sich davon in einigen Jahren ein Rennrad zu kaufen. Jennys Vater war auch leidenschaftlicher Rennfahrer gewesen. Gerade jetzt hätte sie ihn gebraucht. Es schmerzte sie immer noch, den Kontakt zu ihm abgebrochen zu haben, bevor er seinen tödlichen Schlaganfall erlitten hatte. Aber manches ließ sich im Nachhinein nicht mehr ändern, das war ihr klar.
Jenny verharrte noch einige Minuten in aller Stille am Grab, machte ein schnelles Kreuzzeichen auf die Brust und ging dann zu ihrem Wagen, um in die Bonner Innenstadt zu fahren. Sie brauchte dringend ein Paar neue schwarze Ballerinas und wollte sich etwas zum Lesen kaufen. Ihr Bücherregal hatte sie mittlerweile durch und Fernsehen mochte Jenny nicht besonders. Da brauchte es ein neues Buch, denn gerade fühlten sich Jennys Abende sehr einsam und leer an.

Robin beschäftigte sich abends gerne allein in seinem Zimmer, Mama konnte sie nicht mehr anrufen und Wolle *wollte* sie nicht anrufen. Ihre Freundin Lara-Marie war zurzeit im Dauerstress, da sie sich mit einem kleinen Blumenladen in der Innenstadt selbstständig gemacht hatte und dazu noch eine Liaison mit Clemens, einem verheirateten Blumenhändler, angefangen hatte. Und Marlene Dix, die nette Nachbarin, war eher für die leichten Gesprächsthemen zu haben. Sie wollte sich nicht mit den Problemen anderer belasten, hatte sie Jenny mal in einem Nebensatz gesagt. Und Jenny hatte es verstanden und sich daran gehalten. Gespräche mit Frau Dix gingen deshalb über die Themen Wetter, Kochrezepte und Mode nicht hinaus.
Jenny parkte ihren Wagen in der Stadthaus-Garage und ging die paar Meter zum Marktplatz zu Fuß. Die Sternstraße war voller Leben, voller Menschen, voller Stimmengewirr. Das mochte sie. Sie schlenderte an den Schaufenstern vorbei, sah sich die neuesten Modetrends an, blieb hier und da stehen, verglich die Preise und staunte über eigenartige Farbkombinationen. Am Marktplatz angekommen kaufte sie sich noch einen frischen Apfel, in den sie sofort herzhaft hineinbiss. Kurz darauf betrat sie die Buchhandlung, die seit einigen Jahren im alten Metropol-Kino ansässig war. Dort würde sie schon etwas finden, war sie sich sicher.
Links neben dem Eingang blickte sie direkt auf die Kriminalgeschichten von Bonner Autoren, doch diese Werke hatte sie bereits fast alle gelesen. Sie ging in den hinteren Bereich des umgebauten alten Kinosaals und blieb vor einem Regal stehen, in dem verschiedene Bücher von Leon de Winter standen. Von diesem Autor hatte sie bislang nur im Radio gehört. Sie zog das Taschenbuch ‚Ein gutes Herz‘ hervor – der Titel gefiel ihr irgendwie – und überflog den Text auf dem Buchrücken.
„Kann ich nur empfehlen, das Buch“, meinte plötzlich jemand neben ihr. „Und den Schriftsteller sowieso. Er hat einen wahnsinnig tollen Schreibstil. In diesem Buch schafft er es, eine

wahnwitzige Story zu schreiben und gleichzeitig ein beklemmendes Szenario aufzubauen, das eine europäische Großstadt im Ausnahmezustand des Terrors zeigt. Toll! Ich habe alle Bücher von de Winter gelesen und kann dir dieses nur ans Herz legen." Thomas stand neben Jenny und lächelte sie an.

„Wo kommst du denn so plötzlich her?" Eine leichte Röte legte sich auf Jennys Wangen.

„Von drauß' vom Walde komm' ich her. Ich muss dir sagen, ich freue mich sehr ..." Thomas hatte seiner Stimme einen tiefen Basston gegeben und verzog sein Gesicht so komisch, dass Jenny lauthals zu lachen anfing.

„So, so, vom Walde." Sie kicherte immer noch. „Okay, dann werde ich mir dieses Buch mal kaufen. Deine Lobeshymne auf Leon de Winter ist ja enorm."

„Ja, wirklich. Er hat wie gesagt einen ganz besonderen Schreibstil. Ich mag seine Texte sehr."

„Ich wusste gar nicht, dass du so belesen bist. Ich selbst mag gerne Krimis, vor allem solche, die hier in der Umgebung spielen. Gut formulierter Lokalkolorit ist etwas Feines. Dann kann ich mir die Geschehnisse immer bildlich vorstellen. Habe die Handlungsorte direkt vor Augen. Und Kurzgeschichten mag ich auch gerne. Die sind schnell zu lesen, unterwegs zum Beispiel, wenn ich in der Bahn sitze oder in der Praxis und auf einen Arzttermin warte."

„Ja, Kurzgeschichten liebe ich auch, aber bei Krimis mit allzu viel Lokalkolorit kann ich meiner eigenen Phantasie zu wenig Freiraum lassen. Da lese ich dann lieber Sebastian Fitzek."

„Die Bücher sind mir wiederum zu aufregend, da bekomme ich dann Angst beim Lesen. Da finde ich Nele Neuhaus besser."

„Na, die schreibt doch auch sehr blutrünstig. Wenn ich da so ihre verfilmten Bücher im Fernsehen sehe. Abgehackte Füße und Hände und so ..."

„Ja, stimmt, aber ich mag ihren Schreibstil. Auch wenn ihre Fälle oft grenzwertig sind. Sehr brutal. Aber auch wenn ich mich eben noch über zu viel Aufregung bei Fitzek beklagt habe: Generell kann ich ganz gut zwischen Phantasie und Realität unterscheiden. Ein Buch ist ein Buch, eine erfundene Geschichte eben. Das wahre Leben dagegen ..." Sie schluckte, zögerte etwas, ehe sie weitersprach. „Das wahre Leben ist oft einfach nur grausam und ungerecht."

„Dann empfehle ich dir mal Patricia Highsmith. Die hatte ein wahnsinniges Gespür für psychologische Krimis und zeitgenössische Romane."

„Ich hör den Fachmann sprechen. Arbeitest du in diesem Bereich?"

„Habe ich mal. Vor einigen Jahren. Als Student hatte ich bei ‚Bouvier' einen Job und hab mich natürlich verstärkt für Literatur interessiert. Habe die ganze Nacht gelesen, alle Neuerscheinungen, um am nächsten Tag die Fragen der Kunden beantworten zu können. Das war eine super Zeit. Ich kannte jedes Buch, wusste über Autoren genauestens Bescheid und konnte natürlich selbst sehr günstig Fachliteratur kaufen. Ja, ja, das ist lange her." Er blickte wehmütig in die Ferne und Jenny wurde es ganz warm ums Herz.

„Ach, so lange nun auch nicht. So alt bist du doch noch nicht." Sie schaute ihn keck von der Seite an.

„Na, hör mal, ich werde nächstes Jahr 58. Finde ich schon alt, oder?" Spitzbübisch zwinkerte er ihr zu.

„Hmm ... Unheimlich alt!" Jenny lachte und Thomas schaute sie böse an, obwohl seine Augen grinsten. „'tschuldigung, natürlich nicht", schob Jenny schnell hinterher. „58 ist doch in der heutigen Zeit kein Alter für einen Mann!"

„Siehste! Das wollte ich doch nur aus deinem Mund hören. Auch wir Männer brauchen Komplimente. Hast du noch etwas Zeit, Jenny? Ich hätte Lust auf eine Tasse Kaffee. Hier im Buchladen gibt es ein kleines gemütliches Café."

„Ich wollte eigentlich noch ein paar Schuhe kaufen und danach muss ich Robin zum Schwimmunterricht fahren."

„Kannst du doch nach einem Tässchen Kaffee machen. Oder? So viel Zeit muss sein. Im Übrigen kann ich dich leider beim Schuhkauf nicht so gut beraten wie bei Büchern. Komm!"
Jenny bezahlte an der Kasse ihr Taschenbuch und fuhr mit Thomas die Rolltreppe hinauf. Sie führte direkt in das Café.
„Weißt du, Jenny, ich habe noch nie eine Frau getroffen, mit der ich mich so gut über Literatur und über das Leben im Allgemeinen unterhalten konnte. Echt nicht." Thomas winkte der jungen Bedienung zu und bestellte für sich einen Pott Kaffee und ein Mandelhörnchen. „Und was bekommst du?" Er schaute Jenny fragend an.
„Einen Milchkaffee, bitte."
„Nichts Süßes? Eine Rosinenschnecke oder ein Stück Kirschstreusel? Ist total lecker."
Jenny schüttelte ihren Kopf, sodass ihr die Haare ins Gesicht fielen und sie sie schnell zurückstrich. „Nein, wirklich nicht. Nur einen Milchkaffee, bitte."

***

Den Kauf von neuen Schuhen konnte Jenny an diesem Nachmittag vergessen. Der Kaffeeklatsch mit Thomas war lang und ausgiebig. Sie lachten viel, erzählten amüsante Geschichten aus dem Nähkästchen und sprachen über Gott und die Welt. Thomas konnte gar nicht aufhören, kleine Anekdoten aus seiner Jugend zum Besten zu geben. Die Geschichte mit den geklauten Gummibärchen im Discounter fand Jenny besonders lustig, vor allem, weil Thomas es wohl geschafft hatte, die Verkäuferin, die ihn erwischt hatte, so traurig anzusehen, dass ihm die Tüte mit den süßen Naschereien dann doch geschenkt wurde.
„Du warst aber ein ungehorsames Kind", lachte Jenny, bis ihr die Tränen über die Wange liefen.
„Du siehst zauberhaft aus, wenn du so lachst." Thomas konnte seine Augen überhaupt nicht von ihr wenden.

„Oje, schon fast siebzehn Uhr!“ Sie sprang von ihrem Sitz hoch. „Es war sehr nett mit dir, aber ich muss mich beeilen. Robin muss zum Schwimmunterricht, wie gesagt, und ich lasse ihn nicht gerne warten.“
„Ich rufe dich heute Abend an, Jenny. Dann unterhalten wir uns weiter. Darf ich?“
„Klar! Ich freue mich.“ Sie lachte ihn warmherzig an und verschwand auf der Rolltreppe.

***

Robin lag in seiner geliebten Hängematte, die quer durch sein Zimmer gespannt war, und erholte sich vom Schwimmen. Er konnte gar nicht genug davon bekommen, im Wasser zu toben, vom Beckenrand zu springen und nach Gegenständen zu tauchen. Doch hinterher war er immer hundemüde, dann taten ihm die Beine weh und er wollte nur noch ein bisschen mit seinen Legosteinen bauen. Und dann schlafen. Keine Gute-Nacht-Geschichte, nur einen Gute-Nacht-Kuss.
Jenny hatte das Geschirr in der Küche gespült, sich eine Tasse Kräutertee gekocht und kuschelte sich nun auf das Sofa im Wohnzimmer. Im Fernsehen liefen die Nachrichten. Es war kurz nach 20 Uhr. Sie blickte abwesend auf die Mattscheibe und dachte an ihre Schwester Nora und an Mama, die ihr fehlten, an Robin, auf den sie so unendlich stolz war, und an Thomas. Auch Papas Bild tauchte kurz vor ihren Augen auf und zeigte ihn beim Herumtollen mit ihr und Nora. Damals war die Welt noch in Ordnung gewesen.
An Wolle dachte sie nicht.
Wolle hatte sich seit der Beerdigung ihrer Mutter vor gut zwei Wochen nicht mehr bei ihr gemeldet. Sie sich allerdings auch nicht bei ihm.
Es war auch besser so, redete sie sich ein. Er hatte in letzter Zeit so angespannt, so eigenartig, so in sich gekehrt und irgendwie

verbittert gewirkt. Fast schon *verbiestert*. Sie hatten nicht mehr gemeinsam lachen, nicht mehr scherzen können. Selbst eine spontane Umarmung hatte es nicht mehr gegeben. Am Anfang ihrer Beziehung hatten sie sich ständig berührt, ein flüchtiger Kuss in der Küche, ein kurzes Streicheln im Auto oder ein Nackenkraulen während des Spaziergangs. Irgendetwas hatte sich in den letzten Wochen verändert. Und das tat ihr nicht gut. Das spürte sie.

Jenny atmete den Duft des heißen Tees ein, nahm einen kleinen Schluck und knabberte an einer Salzstange. Sie betrachtete das Foto ihrer Mutter, das an der Wand neben dem Fernseher hing. Ihr Leben lief in diesem Moment wie ein Daumenkino vor ihren Augen ab. Die unbeschwerte Kindheit mit Mama, Papa und Nora, die vielen Spaziergänge im Siebengebirge, die gemeinsamen Urlaube im Schwarzwald und in Lochau am Bodensee. Sie dachte an das gemeinsame Eierfärben vor Ostern und an das Schmücken des Weihnachtsbaums sowie an die lustigen Fahrradtouren und die vielen Stunden, in denen alle zusammen Mensch-ärgere-dich-nicht oder Halma gespielt hatten.

Und dann Noras spurloses Verschwinden! Der Tag, der alles verändert hatte. Die aufreibende Suche und die nicht enden wollende Hoffnung, dass sie eines Tages zurückkehren würde. Die vielen Polizisten in der Wohnung, die endlosen Fragen, die intensive Polizeirecherche, die Belagerung durch die Presse, die aufdringlichen Blicke der Dorfbewohner und Nachbarn und die immerwährenden Vorwürfe. Nicht ausgesprochen, nicht ausformuliert, doch Jenny hatte sie stets in den Augen all jener gesehen, die sie und Nora gekannt hatten.

Dann die Trennung ihrer Eltern. Ihr Vater, der es nicht mehr hatte aushalten können, abgehauen war, bei Nacht und Nebel. Die fremde neue Frau an seiner Seite. Dann sein tödlicher Schlaganfall. Ihre Mutter, die immer schwermütiger und depressiver geworden war. Der stille Vorwurf auch bei ihr. Nie gesagt, nie ausgesprochen, doch Jenny hatte ihn gespürt, immer,

wenn sie mit Mama zusammen gewesen war. Keine Berührung, kein liebes Wort, keine zärtliche Geste. Nur oberflächliche Gespräche.
Dann hatte sie ihre Sandkastenliebe Bernhard wiedergetroffen. Bernhard hatte Humor gehabt, war liebevoll, hatte zuhören können und war immer dagewesen, wenn sie ihn brauchte. Keine acht Monate nach dem ersten Wiedersehen hatte sie ihn geheiratet.
Und ja, es war eine gute Ehe gewesen. Eine schöne Zeit. Nie hatte er ihr Vorwürfe gemacht, über Leichtfertigkeit und Schuld gesprochen. Er hatte sie geliebt und Jenny ihn. Sie hatte sich behütet und beschützt und so akzeptiert gefühlt, wie sie war. Die Geburt von Robin hatte das kleine Familienglück gekrönt ...
Sie zuckte zusammen. Das Telefon klingelte.
„Hallo, Jenny Böker?"
„Hallo. Schön, deine Stimme zu hören." Ein fröhliches Lachen war zu hören – Thomas!
Ihr Herzschlag erhöhte sich von jetzt auf gleich.
„Störe ich?"
„Nein." Jenny druckste etwas herum. „Ich freue mich."
„Ich mich auch", hauchte Thomas in den Hörer. „Was machst du gerade, Jenny?"
„Nichts."
„Nichts geht nicht. Der Mensch macht immer etwas. Sein Gehirn ist aktiv, auch im Schlaf. An was denkst du?"
„Ach, Thomas. Mir ging gerade so viel durch den Kopf ... Ich weiß nicht ... Aber das Leben ist manchmal echt hart, verstehst du das?" Sie knabberte an ihren Salzstangen.
„Ja, das verstehe ich. Es tut weh, einen geliebten Menschen zu verlieren, aber denke an deinen kleinen Sohn. Er braucht dich. Du bist für ihn die wichtigste Person."
„Ich weiß!"
„Trotzdem klingt deine Stimme sehr traurig. Soll ich vorbeikommen?"

„Nein, Thomas. Ich liege in meinem Hausanzug auf dem Sofa und bin schon im Schlafmodus, wie man zu sagen pflegt. Neben mir steht eine Tasse mit heißem Kräutertee und eine Packung mit Salzstangen. Kein toller Anblick. Eher langweilig und bieder."
„Dich im Hausanzug würde ich gerne sehen. Sieht bestimmt klasse aus. Und dass du etwas knabberst, höre ich durchs Telefon. Hört sich alles sehr gemütlich an."
„Ach, Thomas." Verlegen blieb Jenny die Sprache weg. „Du kennst mich doch gar nicht. Wir haben uns doch erst ein paar Mal gesehen, und dann auch meistens zufällig."
„Jenny, wir haben sehr viel miteinander gesprochen. Vor allem seit deine Mutter verstorben ist. Ich glaube, ich kenne dich ganz gut. Und ich spüre, dass dich etwas bedrückt. Nicht nur der Tod deiner Mutter."
„Hmm ... Ja, du hast recht!" Jennys Stimme versagte und sie schluckte den Kloß hinunter, der ihr die Kehle zuzuschnüren drohte. Tränen rollten über ihre Wangen, liefen ihr den Hals hinunter. Sie wischte sie mit dem Ärmel rasch weg.
„Weinst du?"
„Nein."
„Jenny ... Erzähl bitte, was dich so sehr bekümmert. Ich höre dir zu. Danach geht es dir bestimmt besser. Glaube mir." Thomas' Stimme klang schon so vertraut, dass es Jenny ganz warm ums Herz wurde.
„Es war vor gut 27 Jahren, doch es kommt mir vor, als wäre es gestern gewesen. Ich war 15 Jahre und Nora 14. Wir kamen von einer Geburtstagsfeier, waren etwas spät dran und mussten uns beeilen, den Bus zu bekommen. Doch wir schafften es nicht." Jenny schluckte und machte eine Pause, ehe sie weiterredete. „Wir wohnten in einem kleinen Ort bei Mayen, nicht weit von dem sogenannten ‚Wäldchen' entfernt. Das war ein kleines Waldstück, das total zugewachsen und dunkel war. Unheimlich. Am Tag spielten wir dort Räuber und Gendarm oder wir

versteckten uns zwischen Sträuchern, Bäumen und Geäst, doch sobald es dunkel wurde, durften wir das Wäldchen nicht mehr betreten. Das hatten unsere Eltern strengstens verboten. Und es gab eben diese Busverbindung. Der Bus fuhr dann über dreißig Minuten kreuz und quer um das Waldgebiet herum, bis er auf der anderen Seite des Wäldchens ankam. Nora und ich hielten uns immer an das Verbot. Immer. Bis ... "

Sie begann zu weinen und Thomas' leise Stimme versuchte sie zu beruhigen. „Atme tief durch, Jenny, und trinke einen Schluck von deinem Tee. Das gibt Ruhe."

Jenny tat, was ihr gesagt wurde, holte Luft und erzählte weiter. „Also, wir waren zu spät, der nächste Bus kam erst in einer halben Stunde oder so. Ich weiß es nicht mehr so genau. Ich wollte dann doch durch den Wald laufen, es war ja nicht weit und wir waren schon so spät dran. Ich nahm Noras Hand, doch sie wollte nicht. Hatte Angst. Ich habe sie noch aufgefordert, sie angespornt, schnell neben mir herzulaufen, doch sie meinte, ihre Schuhe würden drücken und sie könne nicht laufen. Und ich wollte nicht warten und bin alleine gelaufen."

„Durch das Wäldchen?"

„Ja. Es war unheimlich dunkel. Ich bin mehrmals gestolpert, zwei- oder dreimal sogar auf den Boden gestürzt, schnell wieder aufgesprungen, Äste haben mir ins Gesicht geschlagen, meine Wangen zerkratzt. Ich bin so schnell gerannt, wie ich nur konnte, und dann war ich bei Mama. Sie empfing mich an der Haustür mit den Worten ‚Da seid ihr ja. Pünktlich wie immer. Aber Moment: Wo ist denn Nora?' ... Thomas! Ich höre diese Worte immer noch. Jeden verdammten Tag. Jede verdammte Nacht. Ich bin alleine gelaufen und habe meine Schwester an der Bushaltestelle zurückgelassen." Jenny begann nun heftiger zu weinen. Sie putzte sich die Nase. „Bist du noch da, Thomas? Langweile ich dich?"

„Nein, Jenny, um Gottes Willen! Ich bin nur erstaunt, dass du bisher nie etwas von deiner Schwester erzählt hast. Was ist mit ihr?"

„Sie ist verschwunden. Sie ist in dieser kurzen Zeit, in der ich durch den Wald gestürmt bin und Mama dann ganz schnell von unserer Wohnung Nora entgegengelaufen ist – genau in dieser Zeit ist sie verschwunden. Sie ist nie wieder aufgetaucht. Nie wieder! Bis heute nicht!“ Jenny nahm noch einen Schluck Tee. „Wäre ich doch damals nicht alleine geflitzt. Ich wollte pünktlich zu Hause sein, keinen Ärger bekommen und habe Nora alleingelassen.“

„Aber du warst doch selber noch ein Kind, Nora!“

„Nein, ich war 15. Fast erwachsen.“

„Hat man denn Spuren von ihr gefunden? Ihre Tasche vielleicht? Mädchen haben doch immer Taschen bei sich. Oder irgendetwas, was auf … Na, sagen wir mal, vielleicht auf eine Entführung hindeutete oder so etwas?“

„Thomas! Nora lebt vermutlich nicht mehr. Das spüre ich und trotzdem hoffe ich immer noch, sie irgendwann wieder in meine Arme schließen zu können. Damals, als das mit ihr passierte, gab es auch diesen Maskenmann, der allerdings später gefasst wurde. Er hat drei Mädchen missbraucht, sie ermordet und dann wie Müll einfach weggeworfen. Er hat aber geleugnet, an jenem Abend in Mayen gewesen zu sein. Später hat er sich selber umgebracht.“ Jenny nippte an ihrem Tee. „Ich vermute, Nora ist in einen Wagen gestiegen und ermordet worden. Ich mache mir so wahnsinnige Vorwürfe. Hätte ich sie doch nicht an der Bushaltestelle stehen lassen, dann wäre sie noch am leben.“

„Mmm ... Das kann man so auch nicht sagen.“ Thomas sprach leise, mehr zu sich selbst als zu Jenny.

„Was hast du gesagt?“

„Äh … Nichts. Ich habe nur kurz nachgedacht. Du sagtest, 27 Jahre ist das her?“ Er verharrte einen Moment. Dann sagte er wie in Zeitlupe: „Bitte, Jenny, gib dir nicht unnötigerweise die Schuld. Es hat keiner Schuld. Weder du, noch der verspätete Bus, noch Nora ... Es ist ... Na, wie soll ich es sagen ... Es war

ein furchtbares, schicksalhaftes Geschehen. Nicht vorhersehbar, nicht erkennbar, nicht ..." Thomas holte kurz Luft. Seine Stimme war noch leiser geworden. Anders leise als vorher. Nachdenklich und abwesend.
„Was ist los, Thomas? Habe ich dich geschockt mit dieser Geschichte? Das tut mir leid. Das wollte ich nicht. Nur, es ist halt ein Stück von mir. Nora ist ein Stück von mir."
„Ja, Jenny. Alles ist gut. Beruhige dich. Bitte. Versuche zu schlafen. Es war richtig, mit mir darüber zu sprechen. Gute Nacht – ich melde mich." Thomas beendete das Gespräch ziemlich abrupt.
Jenny hatte das Gefühl, etwas Falsches gesagt zu haben. Mist! Hätte sie doch nicht über Nora erzählt … Aber Thomas war ihr so nahe, so vertraut. Und jetzt hatte sie ihn verärgert. Oder vielleicht sogar abgestoßen? Vielleicht hielt er sie nun für eine egoistische Person, die nur an sich dachte und dabei ihre Mitmenschen einfach vergaß? Eine Person, die ihre Schwester alleine zurückließ, um selber keinen Ärger zu bekommen. Er würde sich bestimmt nie wieder melden! Wahrscheinlich gab er ihr auch die Schuld an Noras Verschwinden. So wie Mama! Mama hatte es zwar nie gesagt, aber Jenny hatte es gespürt. Oh nein!
Jenny warf sich bäuchlings auf das Sofa und ließ ihren Tränen freien Lauf. Warum war das Leben so ungerecht zu ihr? Immer und immer wieder? Wolle hatte auch immer gesagt, er würde sich melden. Und was war? Nichts.
Und jetzt Thomas. War Thomas genauso wie Wolle? Der gleiche Typ Mann, der Angst vor einer Beziehung mit ihr hatte? Vielleicht sogar aus gutem Grund. Schließlich war sie eigennützig und gewissenlos gewesen. Hatte ihre Schwester in der Dunkelheit alleingelassen. Sie mutterseelenallein an der Bushaltestelle stehen lassen. Nur, um Ärger zu vermeiden. Nur, um auf eine bevorstehende Party gehen zu dürfen. Dabei hatte sie ganz genau gewusst, wie ängstlich ihre Schwester gewesen war.
Jenny presste ihr Gesicht noch fester in das Sofakissen. War das ihre Strafe? Ihre Strafe für die Schuld an Noras Verschwinden?

17

Fahrig blickte er auf die Tanknadel. Jeden Augenblick würde er stehen bleiben. Er musste unbedingt eine Tankstelle finden. Und dann sah er von Weitem ein leuchtend gelbes Schild. Bis dahin würde er es noch schaffen. Glück gehabt.
Er tankte für fünfzehn Mark, mehr Geld hatte er nicht dabei – musste reichen, um das nächstgelegene passende Waldgebiet oder einen verwilderten Platz anzufahren und die Leiche loszuwerden. Er war bereits kreuz und quer durch die Gegend gekurvt. Viele Stunden, ohne Ziel, ohne Plan. Nun war er in Bonn. Die Stadt kannte er nur vom Namen. Hundemüde und total fertig mit den Nerven bezahlte er an der Tankstelle und fuhr im Dunkel der Nacht weiter in Richtung Innenstadt, wie er auf dem Wegweiser lesen konnte. Auf der Suche nach einem Gebiet, das abgelegen und passend für sein Vorhaben war.
Kurz vor der Kennedybrücke stoppte er. Nein, in die Innenstadt wollte er nicht. Kein guter Ort für seinen Plan. Er drehte verbotenerweise mitten auf der Straße, ungeachtet der Straßenbahnschienen und dem Hupen der anderen Autofahrer, und fuhr zurück in die Richtung, aus der er gekommen war. Rechts auf der Seite las er das Schild ‚Alter Friedhof'. „Oh nein", fluchte er. Da wollte er auch nicht hin. Nora sollte in freier Natur ihre letzte Ruhe finden. Irgendwo unter Sträuchern und Bäumen. An einem geheimen, abseits gelegenen Ort, den keiner entdecken sollte.
Er fuhr ein Stückchen weiter, erreichte eine Kreuzung und bog links in die Niederkasseler Straße. Das Straßenschild leuchtete im Schein der Ampeln, die er vollkommen ignorierte, genauso wie die entgegenkommenden Wagen.
Er gab Gas, las im Vorbeifahren, dass es in Richtung Geislar, Mondorf und Sankt Augustin gehen würde. Keiner dieser Namen war ihm besonders vertraut. Die Gegend als solche war wohl auch nicht allzu sehr bewohnt. Karge Beleuchtung, nur ganz wenige Autos, die ihm begegneten. Er fuhr und fuhr und fuhr.

Von Weitem sah er die Lichter einer Brücke. Er raste unter ihr hindurch und trat unvermittelt auf die Bremsen.
Hier. Hier irgendwo, unterhalb oder seitlich dieser Brücke, irgendwo im Gebüsch, unter Sträuchern würde er die Tote ablegen. Irgendwo.
Hier würde ihn zu dieser nächtlichen Stunde keiner sehen, keiner beobachten und keiner würde die Leiche so schnell entdecken.
Wenige Meter weiter sah er einen schmalen Feldweg. Ohne genauere Ortskenntnisse startete er seinen Wagen erneut, fuhr ein Stückchen weiter und bog auf diesen Weg. Er stoppte erst, als Geäst ihn am Weiterfahren hinderte. Mit feuchten Fingern zündete er sich eine Zigarette an und riss die Fahrertür auf.
Es war stockfinster. Nur die Mondsichel gab spärlich Licht. Die Bäume warfen beängstigende Schatten, die Blätter raschelten im kühlen Nachtwind und in der Ferne waren die Geräusche eines Käuzchens zu hören. Es war höchste Zeit, die Leiche loszuwerden. Links neben dem Wagen war eine Fläche, die sich eignen würde, um seine Fracht abzulegen. Er stemmte Nora mit beiden Händen aus dem Wagen, zog sie einige Meter durch Gestrüpp und Geäst. Langsam legte er den toten Körper ab, drehte sich um und ging zum Wagen zurück. Er würde sie einfach da liegen lassen. Unter Bäumen und ein gutes Stück entfernt von der Hauptstraße und der anscheinend sehr befahrenen Brücke.
Doch der Gedanke, was wohl wäre, wenn schon morgen ein Wanderer oder ein Jäger oder ein Spaziergänger mit Hund die Leiche finden würde, ließ ihn frösteln. Vielleicht würden die frischen Reifenspuren ihn verraten oder seine Fußabdrücke. Schnell würde man ihn als Täter überführen können.
Er ging wieder zur Leiche zurück, warf die Zigarettenkippe auf den Boden, trat die Glut mit einem Fuß aus und wischte sich mit dem Ärmel die Schweißtropfen aus dem Gesicht.
Dann versuchte er mit Hilfe von wuchtigen Ästen und seinen bloßen Händen ein Loch zu graben, gerade so tief, dass Noras Körper hineinpassen würde. Sie war zart und schmächtig. Das Loch musste dementsprechend nicht sehr tief sein.

Seine Haare waren nass geschwitzt und seine Hände schmerzten. Endlich war er fertig und hievte den toten Körper in das ausgehobene Erdloch. Die erneute Berührung des toten Mädchens erzeugte ein Ekelgefühl, das seinen gesamten Körper durchfuhr. Ein Würgereiz überkam ihn und er konnte nicht anders, als auf Noras Kleidung zu kotzen.
Schnell bedeckte er die Leiche mit der Erde, die er vorher ausgehoben hatte, würgte noch einige Male und spie den sauren Speichel darauf. Nun legte er Unmengen Geäst und Blätter auf die Erde.
Er nickte erleichtert. So konnte sie in Ruhe schlafen und ihren Frieden finden. Zurück zur Natur, wie die Pflanzen und wie die Tiere, die auch starben und einfach liegenblieben und verwesten oder von anderen Tieren gefressen wurden.
Er setzte sich in seinen Wagen, unfähig, etwas anderes zu tun, als zu atmen. Selbst auf eine Zigarette hatte er keine Lust.
Der Morgen fing bereits in der Ferne an zu dämmern. Er wusste nicht genau, wo er sich befand. Die Bilder der Nacht tauchten vor seinen Augen auf. Ferne Lichter, eine Brücke, eine Schnellstraße, wenig Häuser und die Namen Mondorf und Sankt Augustin.
Er gab Gas, fuhr den Feldweg hinaus auf die Straße und sah das Hinweisschild ‚Sieg'. Er war also in der Nähe eines Flusses. „Nicht schlecht", sprach er mit sich selbst, „so kann das Wasser vielleicht die Leiche umspülen." Wie weit der Fluss entfernt war, interessierte ihn in diesem Moment nicht.
Vielleicht würde gleich ein verrückter Frühaufsteher kommen, der in dem Gebiet seine morgendliche Erholung suchte. Oder ein Ornithologe, der zu früher Stunde seltenen Vogelstimmen lauschte. Oder ein einsamer Pilzsammler.
„Nichts wie weg", murmelte er.

***

Immer wieder liefen die vergangenen Tage wie ein Film in seinem Kopf ab.
Angefangen mit dem Ausspionieren der Bushaltestelle vor dem Wäldchen. Das wochenlange Beobachten aus dem Auto. Versteckt, hinter Bäumen. Das Warten auf ein geeignetes Opfer. Dann der große Moment. Die Kontaktaufnahme. Der Abtransport hatte ohne Schwierigkeiten geklappt. Alles war wie am Schnürchen gelaufen.
Dann die Spritze. Wie hätte er ahnen können, dass die Dosis viel zu hoch gewesen war? Panik. Blanke Panik hatte ihn ergriffen. Der tote Körper hatte beseitigt werden müssen.
Aber selbst das hatte er geschafft. Doch nun war er völlig am Ende seiner Kräfte.
Und jetzt?
Jetzt konnte er diese Gedanken einfach nicht verbannen, die ihm schon seit Tagen durch den Kopf schossen. Sie schmerzten so, als ob tausend Nadeln sein Hirn malträtierten. Er war in ihnen gefangen wie in einem Kokon. Musste ihn durchbrechen, diesen stechenden, harten Schmerz. Er war keineswegs streng katholisch erzogen, nein, in seiner Kindheit war kein Platz dafür gewesen. „Glaube ist Firlefanz. Etwas für schwache Menschen. Etwas für dumme Menschen. Und du bist nicht dumm!“ Schwach konnte er sich an die Worte seines Vaters erinnern. Ganz schwach.
Er ließ sich aber nicht ganz vom Nicht-Glauben überzeugen. Irgendwie war da etwas. Er klammerte sich an etwas Höheres. Etwas Größeres. Er nannte die Person, zu der er betete, flehte, mit der er häufig haderte, einfach ‚Mein Herr‘. Damit bezeichnete er heimlich das Wesen, das ihn veranlasste, etwas Gutes zu tun, was selten vorkam, oder ihn verführte, etwas Böses zu tun. Er sah sich selbst als willenlos, geleitet von einer anderen Macht.
Nora war eine dieser bösen Ideen gewesen. Er hatte keine Chance gehabt, dieser Versuchung zu entkommen. Dieser unendlich böse Gedanke hatte sich in sein Gewissen gegraben, hatte immer mehr Raum und Zeit gefordert. Er hatte ihn ausführen müssen. Das war unausweichlich gewesen.

Jetzt ließen ihn die Gedanken an die Tat nicht zur Ruhe kommen und es gab nur einen Weg für ihn, wieder ein reines Gewissen zu bekommen. Er musste beichten gehen.
Diese neue Obsession bohrte sich immer tiefer und tiefer in sein Hirn. Er war besessen von diesem Gedanken, der ihn fast zu erdrücken drohte.
Er fuhr nach Hennef. Den Ort kannte er gut, da er als Jugendlicher einige Monate in der Erziehungsanstalt ‚Abtshof' gelebt hatte. Nicht freiwillig, nicht gerne, aber auch nicht lange. Gute Führung und die Aussicht auf eine Lehrstelle als Schreiner hatten zu seiner Entlassung geführt.
Die Kirche in Geistingen hatte es ihm damals allerdings angetan. Nicht sehr groß, nicht so pompös, nicht so gewaltig. Eher kalt und nüchtern. Wenn er Ärger oder Probleme mit den Betreuern im Abtshof gehabt hatte, war er in die Kirche gelaufen, hatte sich auf eine der Holzbänke gehockt – zumeist im linken Seitenschiff, denn von dort hatte man einen besonders freien Blick auf den Altar. Und da hatte er zu seinem eigenen ‚Herrn' gebetet.
Die Kirche trug den Namen ‚Sankt Michael'. Michael war auch der Vorname seines Vaters.
Samstagnachmittag war Beichtgelegenheit für die Gemeindemitglieder und all jene, die das Bedürfnis zur Beichte hatten, auch wenn sie nicht in Geistingen wohnten. Das war ihm bekannt. Er lief die Steinstufen zum Gotteshaus hinauf, immer zwei auf einmal nehmend, machte im Laufen am Eingang der Kirche ein flüchtiges Kreuzzeichen in die Luft und ging schnellen Schrittes zum Beichtstuhl. Er wollte die Beichte so bald wie möglich hinter sich bringen.
Der Beichtstuhl war frei, nur der Priester, dessen Schatten er durch das Gitter sehen konnte, saß an seinem Platz. Das kleinlöchrige Gitter, das Sünder und Geistlichen trennte, war wohltuend, denn Auge in Auge hätte er nicht beichten wollen.
„Im Namen des Vaters und des Sohnes und des heiligen Geistes ..." Die monotone, ruhige Stimme drang an sein Ohr, aber nicht in sein Herz.

Als der Priester nichts mehr sagte, schluckte er zuerst und dann brach es aus ihm heraus.
„Ich habe ein Mädchen umgebracht. Vor einigen Tagen. Die Spritze, die ich ihr zur Beruhigung geben musste, war zu intensiv. Ich habe sie begraben. So wie es sich gehört. In der freien Natur. Zwischen Gestrüpp, Ästen und Blättern und unter frischer Erde. Das ist wichtig. Die da oben sagen doch immer, Staub zu Staub. So kann sie wieder Staub werden. Das wollte ich nur mal beichten."
Er wartete keine Antwort ab, sprang aus dem Beichtstuhl und lief hinaus. Er stürmte die Steintreppe hinunter, hin zu seinem Wagen und raste davon.

***

Das Vergraben der Leiche sowie die Beichte gaben ihm die nötige Kraft und den nötigen Abstand, sich seinem zukünftigen Leben zu widmen.
Er bewarb sich um eine Lehrstelle in einem Kaufhaus in Köln, machte eine Ausbildung zum Verkäufer, arbeitete mehrere Jahre in einem kleinen Modegeschäft in der Kölner Altstadt, lernte eine Frau kennen, heiratete sie.
Ab und zu dachte er an seine Tat, vor allem dann, wenn die Glocken des Kölner Doms läuteten. Sie waren in seinen Ohren so etwas wie ein Zeichen, ein Symbol für Wahrheit und Aufrichtigkeit. Glocken konnten nicht lügen. Ihr Klang ging ihm durch Mark und Bein.
Auch wenn er betrunken war, liefen die Bilder der Tat vor seinen Augen ab. Wie ein Film. Das zitternde Mädchen, den hässlichen Kellerraum, die Pritsche an der Wand. Und dann die Spritze in ihrem Arm. Häufig begann er dann zu weinen. Hemmungslos.
Seine Ehe war ein einziges Fiasko gewesen. Nach vier verkorksten Jahren war er wieder auf freiem Fuß und lernte kurz darauf Birgit kennen. Sie arbeitete als Grundschullehrerin und erzählte ihm öfter Geschichten von Eltern, die psychologische Hilfe bei der Er-

ziehung ihrer Kinder in Anspruch nahmen. Und wenn seine Stimmung mal wieder ganz weit unten war und alles in seinem Kopf zusammenbrach, dann kam ihm der Gedanke, mit jemandem zu sprechen. Mit jemandem, der, wie jener Priester im Beichtstuhl, zum Schweigen verpflichtet war.

Heidrun!

Seine Cousine Heidrun!

Er wusste, dass Heidrun als Psychologin im Polizeidienst arbeitete. Er wusste, dass auch diese Tätigkeit Stillschweigen voraussetzte.

An einem Abend im Mai rief er Heidrun an. Mindestens sieben Flaschen Bier sowie einige Schnäpse machten den Anruf leicht und gaben ihm die nötige Lockerheit.

„Hey Heidrun, lange nichts von dir gehört!“

„Du? Bist du es wirklich? Du hörst dich komisch an. Hast du zu viel getrunken? Immer noch dem Alkohol zugetan, so wie in deiner Sturm-und-Drang-Zeit?“

„Ach, Heidrun, nur weil du ein paar Jährchen älter bist, musst du dich nicht als Mutti aufspielen. Ich wollte mal mit dir reden.“

„So, so. Worüber? Wieder ein krummes Ding gedreht? Du meldest dich doch nur, wenn du Hilfe brauchst. Oder hast du etwa Liebeskummer?“

„Ts, ts, ts! ... Du änderst dich nie.“

„Also, was ist los?“

„Mensch, verdammt, ich muss was erzählen. Ich habe Scheiße gebaut!“

„Schieß los!“

„Und du schweigst?“

„Ja, solange es sich nicht um eine Straftat handelt.“

„Mensch, Heidrun ... Du kannst doch mal fünfe gerade sein lassen, oder?“

„Was meinst du damit?“

„Du kannst doch mal eine Ausnahme machen und die Klappe halten.“ Er rülpste durch das Telefon.

„Du bist betrunken."
„Nein! Ich will dir etwas erzählen."
„Dann fang schon an, ich habe nicht ewig Zeit."

So viel wirres Zeug am Stück hatte Heidrun noch nie gehört. Ihr Cousin war hoffnungslos betrunken, soviel stand fest. Er schien in keiner Weise mehr zu wissen, was er sagte.
Als er sich lallend gerade erneut in einem Endlossatz zu verlieren schien, verlor Heidrun endgültig die Nerven. Sie legte auf.
Noch fünf Minuten später tat ihr der Kopf weh. Sie nahm sich vor, dieses Gespräch schleunigst aus ihrem Gedächtnis zu streichen.
Es gelang ihr nicht.

18

Wipperfürth stupste mit dem Zeigefinger seine Brille etwas höher auf den Nasenrücken. Er hasste Brillen, doch leider ging es nicht mehr ganz ohne eine Lesehilfe.
„Ich kann einfach nicht verstehen, wie man es schafft, sich mit so einem steifen Brillengestell im Gesicht wohlzufühlen. Entweder rutscht und drückt und nervt es, oder es ist dreckig. Obwohl es ein Markengestell ist und kein billiges, was man im Discounter um die Ecke kaufen kann." Er beugte sich über den Bericht, den Meier-Rettich gemailt hatte.
Berger hantierte am Kopierer und verzog sein Gesicht zu einem breiten Grinsen. „Willi, im Leben muss der Mensch flexibel sein. Schau mich an. Ohne Brille sehe ich total gewöhnlich aus, mit Brille bin ich echt attraktiv. Und Putzen gehört dazu, schließlich braucht man den Durchblick." Berger strich sich galant mit der flachen Hand über seine Haare.
Wipperfürth blickte von seinem Bericht hoch und lachte. „Ich glaube, deine Brille verklärt dir den Blick, was? Aber stimmt schon, es gibt Schlimmeres als eine Brille. Ich lese gerade den

Bericht unseres Pathologen. Nach so vielen Jahren Lagerung in freier Natur ist es für ihn nicht mehr möglich, irgendwelche brauchbaren Spuren an den verwesten Knochenresten zu finden. Selbst die Marshsche Probe war nicht eindeutig. Könnte ein Betäubungsmittel im Spiel gewesen sein. Könnten Drogen gewesen sein. Könnte Alkohol, könnte, könnte ... Herrje, das bringt uns nicht weiter. Nicht einen einzigen Schritt."
„Das heißt, wir werden die Akte unseres Siegauen-Skeletts schließen und zu den unaufgeklärten Fällen legen müssen?"
„Berger! Wir schließen nie eine Akte mit einem nicht aufgeklärten Verbrechensfall. Nie! Du kennst doch bestimmt den Ausdruck ‚Cold Case', oder? Prima, dann weißt du auch, dass kein Opfer je vergessen wird. Kein Opfer. Zu den Opfern zählen ja nicht nur die Geschädigten selbst, sondern auch die Angehörigen, die Eltern, Geschwister, Freunde, Nachbarn und so weiter. Also, Berger, ich möchte noch einmal mit den Angehörigen von den vermissten Fällen sprechen. Jene Fälle, deren Akten wir bereits herausgesucht haben. Versuche bitte herauszubekommen, welche Angehörige es noch gibt. Mütter, Väter, Geschwister, Tanten, Onkels, Cousinen ... Müsste möglich sein, oder?"
Wipperfürth wiegte seinen Kopf langsam hin und her. Das Läuten seines Dienstapparates riss ihn aus seinen Gedanken.
„Wer? Thomas? *Der* Thomas? Du bist es wirklich? Mensch, altes Haus, das ist ja eine nette Überraschung am frühen Morgen. Wie geht es dir? Lange nichts von dir gehört."
„Können wir uns mal auf ein Glas Wein treffen, Willi?", fragte die Stimme am anderen Ende der Leitung. „Ich würde gerne deine Meinung als Polizist hören. So von Freund zu Freund, auch wenn wir in den letzten Jahren kaum Kontakt hatten."
„Gerne doch. Heute Abend? Im Weinhaus in Dollendorf, so wie früher? Ich hätte echt Appetit auf ein Roastbeefschnittchen mit Kartoffelsalat."
„Prima, Willi. Bin gegen zwanzig Uhr dort. Bis dann."
„Das war ja mal ein netter Anruf." Wipperfürth schaute Berger

erfreut an, der fragend zurückblickte. „Den Thomas kenne ich schon seit vielen Jahren, genauer gesagt schon seit meiner Jugend. Er wohnte mit seinen Eltern in der gleichen Straße wie wir. Später haben wir gemeinsam im Tischtennisverein gespielt. Doch unsere Wege trennten sich. Ich ging zur Polizei und er hat Theologie studiert und ist Priester geworden. Dann habe ich Ewigkeiten nichts von ihm gehört. Vor ein paar Jahren hab ich ihn dann zufällig mal in der Bonner Innenstadt getroffen. Ganz zivil, in Jeans und kariertem Hemd. Kam aus einer Buchhandlung. Hat wegen einer Frau sein Priesteramt niedergelegt. Gab ziemlich Ärger, die Kirche ist da immer noch sehr verbohrt. Na ja, jedenfalls freue ich mich auf heute Abend. Gibt bestimmt viel zu erzählen."
„Warum meldet sich denn dieser Thomas nach all der Zeit wieder bei dir? Ist etwas passiert?"
„Keine Ahnung. Werde ich bestimmt heute Abend erfahren."

***

Wipperfürth hatte sich verspätet. Zuerst der Stau auf der B 42 und dann die nervende Suche nach einem Parkplatz. Die war jedes Mal eine Tortur im engen Oberdollendorf, mit seinen engen Straßen, schmalen Gassen und abgezählten Parkplätzen. Auf der Römlinghovener Straße fand er endlich eine Parklücke in die er rückwärts in drei Zügen gut hineinmanövrieren konnte, und absolvierte die Strecke zum Weinhaus im Laufschritt, denn er war fast zwanzig Minuten über der verabredeten Zeit. Hoffentlich hatte Thomas auf ihn gewartet.
Gott sei Dank, im Eingangsbereich an einem kleinen, runden Tisch neben der Garderobe konnte er ihn sofort erkennen.
„Mensch, Thomas", keuchte Wipperfürth, „ich habe mich unwahrscheinlich beeilt. Wollte pünktlich sein, aber wie es im Leben häufig so ist, erst ein Stau und dann die Suche nach einem Parkplatz. Tut mir echt leid. Wartest du schon lange?"

Thomas sprang von seinem Stuhl auf und umarmte seinen alten Kumpel Willi, den er so lange nicht gesehen hatte. „Ach was, Willi. Ich bin selber gerade erst gekommen. Die Parksituation ist wirklich verheerend. Ich habe fast an der Bahn geparkt, hatte ein ganzes Stück zu laufen. Gut für die Figur." Er lachte kurz auf und klopfte sich auf seinen Bauch, der durchaus ein paar Kilos zu viel hatte. „Setze dich. Was möchtest du trinken?"
Wipperfürth setzte sich Thomas gegenüber und betrachtete ihn nachdenklich. Auch an Thomas schien die Zeit nicht spurlos vorbeigegangen zu sein. Sein früher so dichtes, dunkles Haar war lichter, die Geheimratsecken nicht zu übersehen, die grauen Haare in der Mehrheit. „Ich würde ja gerne einen Dollendorfer Laurentiusberg trinken, nur bin ich mit dem Wagen unterwegs. Also ein Mineralwasser. Medium, bitte. Na, Thomas? Wie schaut es aus bei dir? Wir haben uns ja lange nicht gesehen."
„Ja, stimmt. Das letzte Mal in der Bonner Innenstadt, da war ich gerade wieder als Dozent an der Hochschule tätig. Hatte mich damals Hals über Kopf in Agnes verliebt. Sie war Pastoralreferentin bei uns in der Gemeinde. Aber du weißt ja, das Zölibat ist gnadenlos. Ich musste mich entscheiden – und ich habe mich für Agnes entschieden."
„Und? Seid ihr noch ein Paar?"
„Nein, ich glaube, für Agnes war ich nur als Priester interessant. Eine unerlaubte Liebe. Wir hatten uns immer heimlich getroffen, im Dunkel der Nacht oder auf Hochsitzen im Wald, sind in Hotels gefahren, wo uns keiner kannte, oder sogar ins benachbarte Ausland. Es war eine wunderschöne Zeit. Während der Predigten zwinkerten wir uns ab und an verliebt zu – ohne dass es einer mitbekam, natürlich. Es war der Kitzel des Verbotenen. Aber wie das Leben so ist, war, als ich mein Amt als Priester verloren hatte, auch die Liebe weg. C'est la vie!"
„Oje. Das ist ja traurig. Vor allem, wenn man feststellen muss, dass man nur wegen seines Amtes, seiner Position oder seines Gewandes geliebt wurde."

„Weiß du, Willi, je älter man wird, desto besser versteht man die Menschen. Oder meint es jedenfalls. Das hinterlässt allerdings auch Spuren. Lebensspuren. Aber wie sagte Antoine de Saint-Exupéry so schön: ‚Man sieht nur mit dem Herzen gut. Das Wesentliche ist für die Augen unsichtbar.' Dies ist und bleibt eines meiner Lieblingszitate. Aber nun genug von mir, wie geht es dir denn, Willi? Dass deine Monika gestorben ist, habe ich in der Zeitung gelesen. Die Guten gehen immer zuerst. Mein Beleid, Willi. Was macht denn die Arbeit? Und gibt es vielleicht eine neue Liebe? Für die sollte man ja immer offen sein."
„Arbeitstechnisch ist viel zu tun. Es wird immer mehr, habe ich den Eindruck. Wahrscheinlich durch die ganze Bürokratie. Hier ein Formular, da einen Antrag und für den Antrag ein neues Formular, welches wir erst beantragen müssen, und wenn absolut nichts geht, müssen wir den Staatsanwalt bemühen. Vor Jahren war dies alles etwas salopper. Einfacher. Nicht so viel Bürokratie. Wir hatten einfach mehr Handhabe. Internet – nur wenn es sein musste; Handys – verpönt; Datenschutz – ein Fremdwort. Aber was soll es. Ansonsten kann ich nicht klagen. Aber du hattest mich angerufen. Wie kann ich dir helfen, Thomas?"
„Erzähle ich dir gleich, ich bestelle mir jetzt erst einmal ein Restaurationsschnittchen mit Kartoffelsalat. Und du? Roastbeef, wie früher?"
„Klar doch, deswegen bin ich hier." Wipperfürth nahm einen Schluck Wasser und strich sich über sein Kinn. „Weißt du noch, wie wir hinter der Edeltraud herliefen? Die hatte so lange Beine, so schwarzes Haar und ein Dekolleté, dass einem schwindelig wurde. Jeder im Dorf war verrückt nach ihr. Und du hattest das Glück, von ihr erkoren zu werden."
Wipperfürths lautes Lachen war bis an den Nebentisch zu hören und prompt kam der spitze Kommentar einer Dame, deren Dekolleté nicht minder üppig war: „Und wie war die Edeltraud so?"
Thomas drehte sich um, sodass er die Person, aus deren Mund

die Frage gekommen war, sehen konnte und rief fröhlich: „Sie war eine Granate!"
„So, so, eine Granate." Wipperfürth schaute ihm in die Augen. „Du meinst wohl, die ging mit jedem in die Kiste."
„Ja, leider. Habe ich aber zu spät erkannt. Eine Erfahrung mehr in meinem Leben."
Die Kellnerin brachte die bestellten Köstlichkeiten, wünschte mit den Worten „Lass et üch schmecke!" einen guten Appetit und war flott am nächsten Tisch und nahm dort die Bestellungen entgegen. Sofort fingen beide an, die delikaten Speisen zu vertilgen.
„Ich habe lange nicht mehr so etwas Hervorragendes gegessen, Willi. Wir sollten uns wieder öfter hier treffen und über alte Zeiten plaudern. Das Leben ist so schnell vorbei."
„Da sagst du was." Wipperfürth nickte kauend und verschluckte sich prompt.
„Wie in alten Zeiten, sage ich doch – ich glaube, es gab keine gemeinsame Mahlzeit, bei der du dich nicht verschluckt hast, oder?" Thomas bekam einen Lachanfall und verschluckte sich ebenfalls.
„Aber jetzt sag schon, Thomas", meinte Wipperfürth dann schließlich. „Du hast mich angerufen, weil du mich etwas fragen wolltest. Was ist los?"
Thomas nahm einen Schluck Weinschorle. „Ja, Willi, ich habe lange überlegt, mit wem ich reden kann. Wer mich versteht und da bist du mir eingefallen. Wir kennen uns seit Ewigkeiten und du bist im Polizeidienst, das heißt, du kennst dich mit Straftaten aus."
„Ja, so kann man es sagen", grinste Wipperfürth kauend. „Bringt mein Beruf so mit sich."
„Ich wollte als junger Mann unbedingt Theologie studieren, wollte Priester werden. Das war ein Wunschtraum, ein Verlangen. Eine Berufung. Ich wurde zum Priester geweiht, im Kölner Dom. Ich war damals einer der jüngsten Priester in diesem Amt,

aber mein beruflicher Werdegang war sehr geradlinig verlaufen. Ich wusste einfach, was ich wollte. Keine Schlenker, wie es ja häufig bei jungen Leuten ist. Die Priesterweihe war ein wahnsinniges Erlebnis. Der Dom. Die Atmosphäre. Das Läuten der Glocken. Die Orgel. Die singende Gemeinde. Und ich als Priester. Unbeschreiblich. Aber dann wurde ich nach Hennef versetzt, genauer gesagt nach Geistingen. ‚St. Michael'. Eine nette kleine Gemeinde. Viel Landbevölkerung, engagierte Mitarbeiter im Pfarramt, basteleifrige Mütter, diskussionsfreudige Väter, eine aktive Jugend. Ich wurde herzlich aufgenommen. Eine angenehme Zeit." Thomas nahm noch einen Schluck von der Schorle und erzählte weiter. „Es war an einem Samstagnachmittag vor 27 Jahren, als etwas passierte, was ich bis heute nicht vergessen hab. Kurz vor Ende der offiziellen Beichtzeit. Ich saß im Beichtstuhl und betete. Da sprang ein junger Mann in den Beichtstuhl. Er machte ein wild aussehendes Kreuzzeichen und erzählte wie im Rausch, dass er ein Mädchen umgebracht habe. Er hätte ihr etwas gespritzt und dann wäre sie gestorben. Einfach so. Er hätte sie einfach totgespritzt, schrie er mich an, aber er hätte es ja nicht gewollt. Er habe sie nur schläfrig machen wollen. Aber sie starb. Und da bekam er Panik. Er hätte sie irgendwo begraben."
„Auf einem Friedhof?" Wipperfürth schaute interessiert zu Thomas.
„Anscheinend nicht. Er hätte sie irgendwo in der freien Natur, zwischen Ästen und Gestrüpp hingelegt. Ich weiß noch, wie er sagte, dass sie nun zu Staub werden könnte und er das einfach beichten wollte."
„Hmm!"
„Ja ... Willi, das ist aber noch nicht alles."
„Du willst mir aber jetzt nicht sagen, dass du den Jungen kennst, oder?"
„Nein, um Gottes Willen, nein! Nur ..." Thomas schluckte, schwieg einen Moment. „Nur, ich habe eine Frau kennengelernt. Sie ist nett. Wirklich. Eine ganz besondere Frau."

Wipperfürth sah das Lächeln auf Thomas' Gesicht. „Das freut mich für dich."
„Ja, mich auch." Für einen kurzen Moment blickte Thomas verträumt aus dem Fenster, ehe er weitersprach. „Diese Frau hat vor Kurzem ihre Mutter verloren. Krankheit. Ein ganz natürlicher Tod. Ihre Mutter und mein Vater waren zusammen im gleichen Pflegeheim, im Kloster Heisterbach, und da habe ich sie auch zum ersten Mal gesehen."
„Und? Wie heißt sie?"
„Sie heißt Jenny. Ganz entzückende Person. Wir verstanden uns auf Anhieb. Können über alles reden, sogar über Literatur, was mich als alte Leseratte besonders freut. Wir können gemeinsam lachen, herumalbern und ganz ernsthafte Gespräche führen. Ja, ich habe viel mit ihr geredet nach dem Tod ihrer Mutter. Über deren Tod und über den Tod im Allgemeinen. Sie brauchte das, wie mir schien. Ist ziemlich allein."
„Oh."
„Sie hat einen kleinen Sohn, der in die Grundschule geht. Der Vater des Kindes ist bei einem Arbeitsunfall tödlich verunglückt. Sie spricht oft über den Tod, vom Verlust eines Menschen, von der Hoffnung, die nie stirbt. Bevor ich sie besser kennenlernte, war sie mit einem anderen Mann liiert. Aber der wollte wohl keine feste Beziehung. Hätte Angst vor einer Bindung. Mehr weiß ich über ihn nicht. Habe ihn nie gesehen. Jedenfalls wäre die Beziehung in den letzten Jahren wohl etwas eingeschlafen, wie man zu sagen pflegt."
„Hört sich kompliziert an."
„Na ja, welche Beziehung ist schon einfach? So, wie sie mir erzählte, hat sie sich von ihm getrennt. Aber weswegen ich dich nun angerufen habe, Willi: Jenny hat mir von ihrer Schwester erzählt. Von Nora."
Wipperfürth hielt für einen Moment den Atem an, bevor er weitersprach. „Nora?" Er schaute Thomas direkt in die Augen. „Bist du dir ganz sicher, dass ihre Schwester Nora heißt?"

„Ja! Was ist los, Willi?“
„Nichts, Thomas. Alles gut!“, schwindelte er, denn ihm wurde in diesem Moment einiges bewusst. „Erzähl schon. Du weißt, wir können über alles sprechen.“
„Sie ist verschwunden.“ Thomas holte tief Luft und begann zu erzählen.
Wipperfürth hörte ihm zu, ohne ihn auch nur ein einziges Mal zu unterbrechen. „Hmm. Nora ist also alleine durch das Waldstück gegangen?“, fragte er schließlich.
„Eben nicht!“
„Was denn nun?“ Wipperfürth wippte mit seinem Fuß und fixierte Thomas prüfend, doch dieser hatte nur ein paar kleine Schlücke Weinschorle getrunken und schien auch sonst ganz klar zu sein. Er erzählte nun die Geschichte, die ihm so schwer im Magen lag.
Wipperfürth stützte sein Kinn auf die linke Hand und legte seine Stirn in Falten. „Weiter ...“
„Weißt du, Willi, da treffe ich eine Frau, die mir, sagen wir mal, sehr sympathisch ist … Wir lernen uns näher kennen, sie erzählt mir ihre Lebensgeschichte und ich ...“ Er strich sich mit dem Handrücken über die Stirn. „Und ich kann mir nicht helfen: Ich habe das Gefühl, dass ihre Geschichte mit der weit zurückliegenden Beichte eines jungen Mannes in Verbindung steht! Was soll ich machen, Willi?“
„Wenn damals eine Vermisstenanzeige bei der zuständigen Polizei aufgegeben wurde und diese Nora bis heute nicht aufgetaucht ist, dann gibt es eine sogenannte ‚offene Akte‘. Ich kümmere mich darum. Versprochen, Thomas. Und wie ich dich kenne, wirst du deine Jenny schon richtig unterstützen. Du kannst zuhören, das weiß ich, und du hast dein Herz am rechten Fleck.“
Trotz dieser klaren Worte konnte Wipperfürth auf dem Heimweg keine klaren Gedanken mehr fassen. Thomas ... Der weit zurückliegende Vermisstenfall ... Die Beichte ... Er spürte auch, dass das alles zusammenhing. Nein, er wusste es.

Und den Namen „Nora“ … den hatte er doch neulich schon mal gehört.
Eine Gänsehaut lief ihm über den Rücken.

***

Kurz vor Mitternacht lag Wipperfürth endlich in seinem Bett und knipste das Licht der Nachttischlampe aus. Erschöpft streckte er die Beine weit von sich, zog die Bettdecke bis zur Nasenspitze hoch und schloss die Augen. Das Gespräch mit Thomas ging ihm immer wieder durch den Kopf.
In der Ferne sah Wipperfürth einen Eisberg und oben drauf eine bunte Fahne mit Sonnenblumen wehen. Die schwimmende Eismasse war riesig, gigantisch, kam näher und die Fahne wurde immer größer, flatterte heftig im Sturm, berührte unsanft seine Haare, traf ihn im Gesicht. Er schlug mit den Händen um sich, versuchte den Stoff der Fahne zu greifen. Doch er erwischte immer nur einen winzigen Zipfel, den er nicht festhalten konnte. Immer und immer wieder versuchte er es, bis er einen schrillen Ton hörte ...
Was war das? Wipperfürth setzte sich schweißgebadet im Bett hoch. Da war es wieder.
Sein Handy klingelte. Er schüttelte kurz seinen Kopf, so als ob er den Traum von sich werfen wollte, griff mit der linken Hand nach seinem Handy im Regal und murmelte ein verschlafenes „Hallo!“ hinein.
„Willi, tut mir so leid, wenn ich dich geweckt haben sollte. Ich bin es, Heidrun!“
„Ah.“
„Alles gut bei dir?“
„Eigentlich schon ... Aber ich hatte in der Tat bereits geschlafen. Ist etwas passiert?“
„Nein ... Das heißt, ich habe Angst, dass etwas passieren könnte.“

„Heute Nacht gibt es kein Erdbeben mehr, Heidrun. Und auch keinen Vulkanausbruch. Und Eisberge sind nicht in unserer Nähe. Bestimmt nicht." Wipperfürth gähnte ungeniert laut in den Hörer.

„Willi, mein Cousin hat mich gerade angerufen. Er will sich umbringen."

„Oh! Der Cousin mit dem labilen Zustand? Aber … diejenigen, die es ankündigen, bringen sich nicht um, glaube mir. Rede doch nochmal mit ihm." Trotz der alarmierenden Botschaft konnte Wipperfürth ein erneutes Gähnen nicht unterdrücken. „Unterhaltet euch. Verwickel ihn in ein Gespräch und versuche herauszubekommen, wo er ist. Und warum er meint, sich umbringen zu müssen."

„Das kann ich nicht, Willi! Ich habe keine Telefonnummer von ihm."

„Ich denke, es ist dein Cousin? Da hat man doch eine Handynummer."

„Nein!" Heidruns Stimme klang verzweifelt.

„Heidrun, wenn er dich gerade angerufen hat, dann kannst du ihn einfach zurückrufen. Schau mal auf dein Display."

„Er hat von einer öffentlichen Telefonzelle angerufen." Heidruns Stimme klang plötzlich so aufgewühlt, dass Wipperfürth nun doch seine Müdigkeit vergessen hatte.

„Bleibe ruhig, Liebes. Wie gesagt, aus Erfahrung weiß ich, dass die meisten damit nur drohen, um Aufmerksamkeit zu bekommen. Wollen so ihr vermindertes Selbstwertgefühl aufpeppen. Was hat er denn gesagt, was er machen wird?"

„Keine Ahnung." Heidrun fing an zu weinen.

„Heidrun, bitte." Ihr Schluchzen machte Wipperfürth ganz unruhig. „Wie heißt denn dein Cousin und wo wohnt er?"

Heidrun murmelte den Namen, schnäuzte sich die Nase.

„H-E-I-M-A-N-N", notierte sich Wipperfürth.

„Er hat keinen richtigen Wohnsitz."

„Ein Nichtsesshafter?"

„Nein, nein, ich kenne seine Adresse nicht. Er ist Vertreter, viel unterwegs, schläft in Hotels, Hostels und Pensionen. Immer auf Reisen. Er war für drei Tage in Bonn. Da habe ich ihn ja auch getroffen. Er war als junger Mann schon immer sehr unruhig, nie richtig sesshaft, viel unterwegs. Mal hier, mal dort. Interrail oder per Anhalter. Habe jahrelang keinen Kontakt zu ihm gehabt, bis er sich vor einigen Monaten bei mir meldete. Und dann habe ich ihn eben am Stiftsplatz getroffen, allerdings hat er mir nicht gesagt, wo er übernachtet."
„Okay, ich schaue mal, ob wir seine Adresse herausbekommen. Weißt du zufällig, ob er mal straffällig geworden ist? Dann bräuchte ich nämlich seinen Namen nur durch die Datenbank jagen. Aber wie gesagt, es sind die wenigsten, die ihren Freitod ankündigen, glaube mir bitte."
„Dass er vorbestraft ist, kann ich mir nicht vorstellen. Das hätte ich bestimmt erfahren. Was soll ich jetzt machen, Willi?"
„Versuche zu schlafen, Liebes. Du kannst jetzt nichts machen. Wirklich nicht. Ich melde mich morgen bei dir. Gute Nacht!"

19

Seit dem letzten Telefonat vor einigen Tagen hatte sich Thomas nicht mehr bei Jenny gemeldet. War es falsch gewesen, ihm die Geschichte von Nora zu erzählen? Jenny grübelte jede freie Minute, zweifelte an ihrem Tun, zweifelte an sich selbst, fiel immer tiefer in ein schwarzes Loch. Sie weinte viel und ging, so oft es ihr möglich war, an das Grab ihrer Mutter und redete mit ihr. Sie erzählte alles, was ihr auf dem Herzen lag, und hoffte inständig auf ein Zeichen von Thomas.
Er fehlte ihr. Seine Stimme, seine Geduld, wenn sie ihm zum x-ten Mal etwas erzählte und zum wiederholten Mal anfing zu weinen. Seine tröstenden Worte und seine Wärme. Warum

rief er sie nicht an? Sie stand in der Küche, direkt vor dem Fenster, von dem sie in den kleinen Vorgarten blicken konnte, und drückte ihre Stirn an die kühle Scheibe.

„Mami, was hast du?“ Robin hatte sich leise in die Küche geschlichen und zupfte an ihrer Bluse. „Mami, bist du traurig?“

„Ja, Robin. Ein bisschen.“

„Weil Oma nicht mehr lebt?“

„Ja, weil Oma nicht mehr lebt.“ Jenny versuchte zu lächeln.

„Aber du sagst doch immer, Oma hat uns nicht verlassen. Du sagst immer, sie ist nur woanders und sieht uns zu. Sie wohnt auf einem Stern und leuchtet. Ich gucke jeden Abend in den Himmel und winke ihr.“ Robin schob seinen schmächtigen Körper ganz nah an Jennys. „Geht es dir jetzt besser, Mami? Ich drücke ganz feste.“

Jenny kniete sich auf den Küchenboden und nahm Robin in die Arme. „Jetzt geht es mir wieder gut, mein Kleiner. Es stimmt, was du gesagt hast. Oma sieht uns und wir haben sie in unserem Herzen. Sie ist immer bei uns, egal wo wir sind, egal was wir tun.“

„Dann bin ich froh.“ Robins grüne Augen leuchteten. „Mami?“

„Ja.“

„Als wir am Mittwoch mit Thomas in der Stadt Eis essen waren, hat er mir gesagt, er würde mich anrufen. Hat er nicht. Wann ruft er an, Mami? Ich will ihm von meinem neuen Legohaus erzählen. Habe ich extra für ihn gebaut. Drei Etagen hoch, mit Garage und Spielplatz. Und sieben Kaminen.“ Er bekam ganz leuchtende Augen.

„Ich weiß nicht, wann er anruft, mein Schatz.“

„Dann ruf du ihn doch an, Mami. Frag ihn, wann er kommt. Ich baue in der Zeit noch weiter. Das muss er unbedingt sehen.“

Jenny hatte ihn bereits dreimal angerufen, aber jedes Mal waren die Gespräche kurz und unpersönlich gewesen, ganz anders als sonst. Seine Stimme hatte kühl geklungen, hatte nicht mehr die Wärme gehabt, die sie so mochte. Aber das wollte sie Robin

nicht erzählen. Er hatte genug damit zu tun, den Tod seiner Oma zu verarbeiten.
Ihr kam plötzlich ein ganz anderer Gedanke. Vielleicht sollte sie Thomas' Vater besuchen. Einfach noch einmal ins Kloster Heisterbach fahren – sie musste sowieso noch einige Papiere von Mama dort abholen – und dann mit diesem Mann sprechen. Sie hatte ihn einmal mit Thomas gemeinsam gesehen, er war alt und gebrechlich, aber das musste nichts heißen. Jenny lächelte Robin an. „Danke, mein Kleiner. Du bist das Beste, was ich habe." Sie gab ihm einen dicken Kuss auf die Wange und knuddelte ihn. „So, jetzt geh aber bitte dein Zimmer aufräumen. Ich glaube, es ist nötig. Und danach darfst du ein Eis essen. Okay?"

***

Die folgenden zwei Tage kämpfte Jenny mit dem Gedanken, Thomas' Vater zu besuchen. Sollte sie oder besser nicht? Sie war hin- und hergerissen. Schließlich kannte der alte Herr sie nicht und hielt sie vielleicht für aufdringlich oder gar verwirrt. Gerade nach dem Tod einer nahestehenden Person ein durchaus mögliches Verhalten. Vielleicht würde er sie erst gar nicht empfangen oder sie sofort hinauswerfen lassen.
Doch wenn sich bei Jenny erst einmal ein Gedanke festgesetzt hatte, dann gab es kaum noch ein Entkommen.
Robin hatte sich mit seinem Freund Ole verabredet und würde bis abends dort sein. Jenny musste die Gelegenheit beim Schopf packen. *Jetzt oder nie,* bestärkte sie sich und fuhr die Heisterbacher Straße entlang. *Bleib ruhig und sage einfach nur, was dich bedrückt, vielleicht ist der alte Herr ja ganz nett. Hört dir zu und dann ist es gut.*
Diesmal parkte sie ganz vorschriftsmäßig auf dem für Besucher vorgesehenen Parkplatz, steckte sich ein Stückchen Traubenzucker in den Mund und ging die paar Meter zum Eingang des Heims zu Fuß.

Rajive winkte ihr erfreut zu und kam ihr entgegen. „Das ist ja eine nette Überraschung, Frau Böker. Wie geht es Ihnen?"
Jenny lächelte ihn gequält an. „Es tut weh. Meine Mutter fehlt mir und natürlich auch Robin."
„Ja, das kann ich gut verstehen. Aber sie wohnt weiter in Ihrem Inneren. Das weiß ich."
Jenny schaute ihn nachdenklich an. „Hmm … Ja, das stimmt. Sie ist in unseren Herzen verankert."
„Wir Inder pflegen immer zu sagen, ‚Am Ende ist alles gut. Wenn es nicht gut ist, ist es nicht das Ende'. Das Leben geht weiter, Sie werden sehen, Frau Böker."
„Ich danke Ihnen. Es stimmt, es geht immer weiter. Nur manchmal ist es schon sehr schwer."
„Ja, das glaube ich Ihnen, aber kein Mensch sagt, dass das Leben leicht ist, oder? Kopf hoch – sehen Sie, jetzt lächeln Sie sogar. Kann ich Ihnen denn weiterhelfen? Müssen Sie in die Verwaltung zu unserer Frau Homeyer?"
„Ja, da muss ich auch hin. Es sind noch einige Papiere von Mama zu unterschreiben und Dokumente abzuholen. Aber zuerst möchte ich gerne Herrn Brenner besuchen. Wohnt er noch hier im Kloster?"
„Sie möchten unseren Charming Boy besuchen?"
Jenny guckte Rajive leicht verwirrt an.
„Wir nennen ihn so, weil er immer mit den Pflegerinnen schäkert. Er ist unheimlich nett und sehr galant. Und so gebildet. Ja, Herr Brenner befindet sich gerade im Speiseraum. Wollte eine Kleinigkeit essen und etwas trinken. Soll ich Sie zu ihm führen?"
„Nein, ich kenne den Weg."
Jenny bedankte sich und ging den lichtdurchfluteten Flur entlang, der direkt in den Speisesaal führte. *Hoffentlich ist Thomas nicht gerade da*, schoss es ihr durch den Kopf.
Ihre Augen suchten den weiträumigen Saal ab und plötzlich entdeckte sie Herrn Brenner. Er saß an einem Zweiertisch, direkt

neben dem Zeitungsständer am anderen Ende des Saales, und blätterte in einer Illustrierten.

Jenny nahm allen Mut zusammen und ging langsam zu ihm. „Guten Tag, Herr Brenner."

Zwei blassbraune, sehr neugierige Augen blickten sie durch extradicke Brillengläser an. „Ich weiß, wer Sie sind. Jenny, stimmt es? Darf ich Sie so nennen?"

„Ja, aber wieso kennen Sie meinen Namen?"

„Oh, in meinem Alter hat man viel Zeit und so beobachte ich gerne das Leben um mich herum und Sie habe ich öfter bei Ihrer Mutter gesehen. Mein Beileid, sie ist viel zu früh gegangen. Ihre Frau Mutter war eine nette Dame, stets freundlich und hilfsbereit. Aber sie wirkte immer so betrübt, so traurig. Nur einmal habe ich sie lachen sehen, als wir Erntedank gefeiert haben. Ein kleines Mädchen hat ihr ein Körbchen mit Äpfeln und Pflaumen überreicht und sie hat das Kind angelacht und gesagt, dass es aussähe wie ihre Nora. Ist Nora Ihre Schwester? Aber das geht mich gar nichts an. Deswegen sind Sie bestimmt nicht hier. Wie kann ich Ihnen helfen? Hier ist ein Stuhl, setzten Sie sich, bitte. Dann brauche ich nicht so hochzuschauen. Das tut meinem Nacken nicht gut."

Jenny war überrascht, die Geschichte mit dem Mädchen zu hören. Es tat ihr weh und sie schluckte die aufkommenden Tränen hinunter. „Es stimmt, ich bin nicht wegen meiner Mutter hier. Ich bin ..." Jenny stockte. „Ich bin ... Ja, wissen Sie, wie soll ich es sagen?" Sie schaute verlegen auf den Fußboden und eine leichte Röte überzog ihre Wangen.

„Ach, Mädchen, setzten Sie sich erst einmal und dann sagen Sie mir, was Sie bedrückt. Möchten Sie auch eine Tasse Kaffee? Der schmeckt besonders gut, wenn Maria den kocht. Die hat ein Händchen dafür."

Ehe Jenny antworten konnte, hatte Maria ihr eine Tasse mit herrlich duftendem Kaffee auf den Tisch gestellt.

„Ja, Herr Brenner, es bedrückt mich wirklich etwas. Eigentlich

ist es mir peinlich. Schließlich bin ich keine 17 mehr." Sie verrührte verlegen die Sahne in ihrer Kaffeetasse.
„Erzählen Sie schon, Sie machen mich ganz neugierig."
„Vor einigen Wochen habe ich Ihren Sohn kennengelernt. Hier im Kloster, und wir verstanden uns auf Anhieb. Er hörte mir stundenlang zu, wir lachten viel und amüsierten uns über Kleinigkeiten."
„So, so!" Er schmunzelte. Mit zittrigen Händen führte er die Kaffeetasse zu seinem Mund und trank einen Schluck.
„Ja! Ich hatte das Gefühl, er würde mich verstehen und mögen. Zumindest ein bisschen. Bis vor ein paar Tagen. Da habe ich ihm etwas aus meiner Familie erzählt und danach hat sich Thomas total verändert. Er ruft nicht an und wenn ich ihn anrufe, ist er kurz angebunden und nicht mehr so wie früher. Ich will Ihnen nichts vorjammern. Ich möchte Sie nur fragen, ob da vielleicht etwas passiert ist, was er mir nicht erzählen will. Oder nicht erzählen kann. Vielleicht ist etwas in der Familie passiert oder so ... Oh nein! Ich will nicht neugierig sein, bitte verstehe Sie mich nicht falsch, Herr Brenner. Ich möchte Sie auch nicht belästigen oder gar langweilen."
„Sie belästigen mich nicht, Mädchen. Und langweilen mich auch nicht. Ich freue mich über jedes Gespräch." Herr Brenner lächelte gütig, beugte sich etwas vor und flüsterte ihr ins Ohr: „So interessant ist es hier im Heim nicht. Die Bewohner sind alle alt, gebrechlich und viele verwirrt. Richtig unterhalten kann man sich kaum."
Seine Hände lagen auf dem Tisch, die Finger zitterten, aber seine Augen leuchteten Jenny an. Parkinson! Jenny hatte einen Blick dafür und dachte an ihre Tante, die auch an Parkinson erkrankt und leider bereits mit 56 Jahren, zehn Jahre nach Erkennen der Krankheit, verstorben war.
„Herr Brenner, ich kenne Thomas noch nicht lange, aber ich mag ihn. Sehr sogar." Jenny schaute verlegen auf die Tischplatte.
„Ich weiß."

„Woher?“
„Thomas hat mir von Ihnen erzählt.“
„Wirklich?“
„Ja.“
„Warum meldet er sich nicht? Können Sie mir das sagen?“
„Da müssen Sie ihn selber fragen, aber ich kann Ihnen ein bisschen von ihm erzählen. Möchten Sie das? – Gut.“ Sein rasselnder Atem war das Einzige, was Jenny bewusst wahrnahm. Sie schaute ihn an und wartete ungeduldig, bis er leise anfing.
„Thomas sollte eigentlich mein Geschäft weiterführen. Baustoffgroßhandel. Doch der Junge war der Kirche sehr zugetan, genauer gesagt dem katholischen Glauben. Schon als junger Bursche war er in der katholischen Jugendarbeit tätig, Messdiener mit Hingabe, jobbte später im Pfarrbüro unserer Gemeinde, hatte engen Kontakt zu den Geistlichen unseres Ortes, mit denen er viele Gespräche geführt hat. Und da war es nur ganz natürlich, dass er Theologie studierte. Er wurde zum Priester geweiht. Er war noch ein ganz junger Bursche. Ein beeindruckendes Erlebnis, auch für uns als Eltern. Meine Frau konnte gar nicht aufhören zu weinen, vor Freude natürlich.“
„Thomas ist Priester?“
„War!“
„Er war Priester? Richtiger Priester?“ Jenny starrte Herrn Brenner ungläubig an.
„Ja. Er war Priester. Ist vor einigen Jahren von seinem Priesteramt zurückgetreten. Wegen einer Frau.“
„Oh. Er hat eine Frau? Ist er verheiratet?“ Jenny schluckte. Atmete tief durch. Damit hatte sie nicht im Traum gerechnet. Thomas hatte ihr gegenüber immer so ehrlich, so aufrichtig gewirkt. Hatte sie sich in einen verheirateten Mann verliebt? Ihr linkes Augenlid zuckte hektisch und sie bemühte sich, nicht in Tränen auszubrechen.
„Nein, nein, keine Sorge, Mädchen.“ Herr Brenner streichelte ihr kurz über die Hand, die auf dem Tisch lag und leicht zitter-

te. „Nein. Diese Beziehung ging sehr schnell in die Brüche. Die Frau hatte sich anscheinend in den Priester verliebt und nicht in den Mann. Sie verstehen? Thomas arbeitet nun wieder als Hochschuldozent. Macht ihm Spaß, er kommt mit jungen Leuten zusammen, hat viel Zeit zum Lesen, was er mit großer Leidenschaft macht, und scheint ganz zufrieden zu sein."
Jenny hatte sich wieder etwas beruhigt. „Das hat er mir erzählt, ich meine, dass er gerne liest. Aber wo ist nun das Problem?"
„Tja, wissen Sie, als Priester denkt man oft ganz anders über Geschehnisse nach als unsereiner. Man sieht alles aus einer abgeklärten Perspektive. Aus einem anderen Blickwinkel. Er hat zwar sein Amt aufgegeben, aber nicht seinen Glauben an Gott. Vielleicht hat ihn ja Ihre Familiengeschichte sehr zum Nachdenken gebracht und nun braucht er Zeit. Zeit zum Denken, zum Beten und Zeit, um die richtigen Worte zu finden."
„Ja, vielleicht. Aber das kann man doch sagen." Jenny schüttelte verständnislos ihren Kopf. „Warum sagt er mir nicht, dass er mit meiner privaten Geschichte überfordert ist?"
„Vielleicht ... Hmm ... Vielleicht, weil er Sie ... liebt?" Herr Brenners Augen lächelten hinter seiner Brille Jenny an. „Geben Sie ihm Zeit. So wie ich meinen Sohn kenne – und ich kenne ihn gut, das können Sie mir glauben – wird er kein falsches Spiel mit Ihnen spielen. Bestimmt nicht. Er kann zwar stur sein, launisch und eigenwillig, aber er ist stets ehrlich. Wirklich!"
Jenny atmete tief durch, erhob sich von ihrem Stuhl und reichte Herrn Brenner die Hand. „Danke! Vielen Dank, dass Sie sich die Zeit genommen haben. Ich werde warten, so wie Sie es gesagt haben. Ich habe mein Leben lang gewartet. Auf die ganz große Liebe – und auf meine Schwester."
„Auf Ihre Schwester?" Herr Brenners leicht wässrige Augen schauten erstaunt zu Jenny.
Jenny nickte.
Gedankenversunken verließ sie den Speisesaal. *Soll Thomas doch in Gottes Namen die Zeit zum Nachdenken haben*, dachte

sie. Ja, sie würde ihm die nötige Zeit geben. Die Zeit, die er brauchte, auch wenn es ihr schwerfiel. Konnte sie etwas verlieren? Nein!
An der Pforte rief sie Rajive, der gerade ein Telefongespräch führte, ein fröhliches „Bis bald“ zu und verließ das Klostergebäude.

20

Wipperfürth und Berger arbeiteten sich erneut durch Vermisstenfälle – diesmal durch alle, die in etwa 27 Jahre zurücklagen. Schließlich hatte Thomas von diesem abstrusen Beichtgespräch erzählt. Streng vertraulich, und genauso streng vertraulich ging es jetzt bei den Nachforschungen zu.
„Hätte man doch damals schon alles auf Speicherkarten archiviert!“, klagte Berger. „Aber zum Glück ist die Anzahl der Vermissten aus diesen Jahren nicht allzu groß, allein weil wir alles gebietsmäßig etwas einschränken können. Ich sage dir eins, Willi, wenn wir wirklich einen Fall lösen, der so lange zurückliegt, sollten wir doch das Bundesverdienstkreuz bekommen. Oder?“
Wipperfürth legte seine Stirn in Falten. „Das wäre das Mindeste. Ich hätte außerdem gerne noch ein komplett freies Wochenende, denn davon träume ich schon lange. Einfach schlafen, bis die Sonne wieder untergeht, und den ganzen Tag mal nichts tun. Keine Telefongespräche, keine SMS, keine E-Mails und vor allem keine Verbrechen und keine Leichen. Kein Blut, keine Täter, keine Vermissten. Nichts!“
„Klingt zu schön, um wahr zu sein, Willi. Aber schau mal: Ich habe diese Akte schon zu Beginn der Untersuchungen zu unserem Knochenfund hier in den Händen gehabt. Sie zur Seite

gelegt. Aber wenn ich jetzt so recht überlege, sollten wir uns die mal ganz genau ansehen." Er schob Wipperfürth die Papiere etwas entgegen.
Wipperfürth nickte. „Verdammt! Jetzt wird mir alles klar. Nora! Der Name kam mir doch gleich bekannt vor." Er schlug sich mit der flachen Hand an die Stirn. „Ich Idiot! Hätte früher darauf kommen können. Und ach, ehe ich es vergesse: Wir müssen mal recherchieren, wo Heidruns sogenannter angeheirateter Cousin abgeblieben ist. Heidrun hat mich heute Nacht ganz aufgelöst angerufen. Sie macht sich große Sorgen. Er drohte wohl damit, sich umzubringen. Sie hat mich um Hilfe gebeten."
„So, so! Wir sind hier aber bei der Mordkommission, das hast du nicht vergessen, oder? Suizid ist nicht unser Bereich, Willi."
„Ja, ich weiß. Jage bitte trotzdem den Namen mal durch die Datenbank. Vielleicht ergibt sich ja etwas. Er ist anscheinend sehr labil, sehr unstet, nicht richtig sesshaft. Lebt in Hotels und Pensionen. Keine Ahnung. Ich kenne ihn nicht persönlich."
„Da suchen wir doch bestimmt die Nadel im Heuhaufen. Soll ich dies nicht lieber den Kollegen von der Vermisstenstelle geben?"
„Er wird nicht vermisst."
„Dann verstehe ich das nicht. Wird nicht vermisst, will sich umbringen, ist nicht da. Er muss doch einen Wohnsitz haben."
„Lassen wir ihn doch einfach durch die Datenbank laufen, dann wissen wir auf jeden Fall, ob er mal straffällig war."
„Na gut." Berger gab die wenigen bekannten Daten in den Computer. Jetzt hieß es nur noch warten.
„Soll ich zwischenzeitlich einen Kaffee kochen, Willi? Du wirkst müde."
„Ein heißer Holundertee wäre mir lieber. Danke, Berger, auch für deine Unterstützung bei diesem Heimann. Aber Heidrun klang wirklich sehr aufgeregt und ... sagen wir mal, etwas verstört."
„Du mit deinem Holundertee! Ich dachte immer, der hilft nur

bei Erkältungen. Du bist aber doch gar nicht krank.“ Berger grinste. „Oder bringt die Liebe dich ins Schwitzen? Was läuft da eigentlich zwischen dir und Heidrun, wenn man mal fragen darf?“
Wipperfürth lächelte verklärt.
„Na, sag schon!“
„Ich weiß es nicht so genau. Ist halt eine tolle Frau. Im Übrigen helfen frisch aufgebrühte Holunderbeeren, das Immunsystem zu stärken. Solltest du auch einmal probieren.“
„Ja, ja, Holunder und die Liebe sind eine Himmelsmacht!“ Berger trällerte vor sich hin, kochte für sich einen Kaffee und für Wipperfürth einen Pott Tee.

***

„Wipperfürth!“ Er hatte bis gerade noch einen Schluck Tee im Mund gehabt, als sein Dienstapparat anfing zu läuten. Er schluckte, hüstelte und stellte rasch den Teebecher auf die Schreibtischplatte. „Oh, guten Morgen, Herr Kollege. Lange nichts von Ihnen gehört. Was gibt es zu so früher Morgenstunde?“
Kollege Weingartz, Kriminalhauptkommissar in Duisburg, war am Apparat. Wipperfürth kannte ihn von verschiedenen Lehrgängen und hatte öfter mal mit ihm telefoniert. Dienstlich. Ein netter Kollege. Ruhig, diszipliniert und immer auf dem neusten Stand der Kriminaltechnik.
„Nichts Schönes, wie Sie sich denken können. Hier in Duisburg wurde mal wieder eine Wasserleiche angeschwemmt. Allerdings trieb sie nicht lange im Rhein. Der Verwesungsprozess war noch nicht weit fortgeschritten. Muss hier in Duisburg oder naher Umgebung passiert sein, sagen die Kollegen von der Wasserschutzpolizei.“
„Warum dann der Anruf, Kollege Weingartz?“
„Tja, bei Durchsicht des Toten haben wir weder Führerschein,

Ausweis, Sparkassenkarte, Krankenkassenkarte oder sonst etwas Privates gefunden. Allerdings – und deswegen rufe ich an – ein zusammengeknülltes Stückchen Papier. In der Hosentasche. Unsere Leute von der KTU konnten entziffern, was auf diesem nassen Papierschnipsel stand."
„Jetzt machen Sie es mal nicht so spannend, Herr Kollege."
„Es war ein Einkaufszettel von einem Schreibwarengeschäft in Beuel. Na! Das ist doch etwas für Sie, oder? Unsere Wasserleiche hat in Beuel eingekauft. Und zwar einen Schreibblock für 3,70 €, vor genau vier Tagen. In einem Geschäft auf der Friedrich-Breuer-Straße."
„Klar, das Schreibwarengeschäft kenn ich. Gut, Kollege, dann schicken Sie mir doch bitte möglichst schnell ein Foto von der Leiche und wir werden mal sehen, ob wir von hier aus weiterhelfen können."
„Wird gemacht. Und wir bleiben in Verbindung. Bis dann."

***

„Ich habe das Gespräch nur in Fetzen mitbekommen. Duisburg ist ja prädestiniert für Wasserleichen. Jeder, der irgendwo in den Rhein springt, kommt sicher dort an, sagt man doch so. Der Anblick ist ja nicht der schönste. Furchtbar."
„Ja, stimmt, Berger. Weingartz hat auch nur wegen diesem gefundenen Einkaufszettel angerufen. Aber das muss ja nichts weiter zu sagen haben. Kann ja auf der Durchreise gewesen sein." Wipperfürth kratzte sich am linken Ohr. „Wie schaut es denn nun aus mit diesem Heimann, Heidruns Cousin? Hat der Computer etwas ausgespuckt?"
„Nein! Es gibt niemanden unter diesem Namen, der als Straftäter registriert ist."
„Gut, dann werde ich Heidrun heute Abend darüber informieren. Vielleicht hat sich ja auch bereits alles geklärt und sie hat mit ihrem Cousin gesprochen."

„Genau. Vielleicht war die Androhung von Suizid nur eine leere Drohung. Ist ja häufig so."
„Wollen wir mal hoffen."

***

Wipperfürth schaute auf die Fotos, die Kollege Weingartz ihm auf den Computer geschickt hatte. *Konnte wirklich nicht lange im Wasser gelegen haben*, grübelte er beim Anblick der Leiche. Er sortierte die Fotos auf dem Bildschirm so, dass er alle drei nebeneinander sehen konnte.
„So alt war unsere Wasserleiche in Duisburg noch gar nicht. Mitte vierzig, schätze ich mal." Er schaute Berger an, der dicht hinter ihm stand.
„Ja, höchstens Anfang fünfzig. Ist schwer zu sagen. Die Polizei in Duisburg arbeitet richtig flott. Ich habe gerade schon gehört, dass ‚Radio Duisburg' darüber berichtet hat. Im WDR kam es auch als Kurznachricht. Na ja, bei der Häufigkeit von Wasserleichen müssen die schon schnell arbeiten, sonst stauen sich die Fälle." Berger grinste.
„Wie kommt deine Frau eigentlich mit diesem schwarzen Humor zurecht?" Wipperfürth zog seine Augenbrauen hoch und musterte Berger argwöhnisch.
„Ach, Gaby hört gar nicht mehr hin", lachte Berger. „Die kennt mich besser als ich mich selbst."
„Das glaube ich gerne." Wipperfürth betrachtete intensiv die Fotos. „Wasserleichen sind wirklich makaber anzusehen. Nach all meinen langen Jahren als Kommissar habe ich mich immer noch nicht an diesen Anblick gewöhnt." Tief in Gedanken zuckte er plötzlich zusammen. „Du, Berger, je länger ich mir die Fotos ansehe, desto mehr habe ich das Gefühl, diesen Mann schon einmal gesehen zu haben."
„Du kennst ihn?"
„Nicht persönlich, aber ich habe das Gesicht schon mal gesehen.

Verdammt, ich weiß nicht wo." Wipperfürth kaute an seinem Kugelschreiber. „Herrje! Er kommt mir so bekannt vor."
„Ein Promi vielleicht? Irgendeine Größe aus Bonn? Ein Politiker? Aber dann hätte ihn doch die Polizei in Duisburg bestimmt schon identifiziert." Berger stand vor ihm und trommelte mit den Fingerspitzen auf die Schreibtischplatte. „Na, fällt dir was ein, Willi? Vielleicht jemand aus deiner Nachbarschaft? Oder ein kleiner Verbrecher, den wir schon lange suchen?"
„Wenn du mich weiter so nervös machst, dann fällt es mir bestimmt nicht ein. Ich gehe mal in die Kantine und besorge mir ein Käsebrötchen." Wipperfürth stand auf und schlug mit Schwung die Bürotür zu, nur um sie im gleichen Moment wieder schwungvoll zu öffnen und zurück ins Büro zu stürmen. „Das ist der Mann, den ich mit Heidrun vor einigen Tagen am Stiftsplatz gesehen habe! Habe ich dir nicht von dieser Begegnung erzählt?" Er schlug sich mit der flachen Hand gegen die Stirn. „Jetzt ist mir alles klar – es ist tatsächlich ihr Cousin!"
Ausgerechnet in diesem Moment läutete sein Dienstapparat. Wipperfürths Stimme klang immer noch sehr aufgeregt. „Wipperfürth."
„Ich bin es, Heidrun."
„Heidrun! Was kann ich für dich tun? Ich bin etwas im, hmm, sagen wir mal, im Stress."
„Willi?"
„Ja!"
„Ich will nicht stören, aber habt ihr meinen Cousin gefunden?"
Wipperfürth warf Berger einen hilflosen Blick zu. Er konnte Heidrun in diesem Moment noch nicht sagen, dass es sich bei der Wasserleiche wahrscheinlich um ihren Cousin handelte. Dafür war seine Vermutung zu frisch und auch nicht hundertprozentig sicher.
„Du, Heidrun, mein Kollege gibt mir gerade ein Zeichen, dass wir einen Einsatz haben. Sei nicht böse. Ich melde mich, sobald ich etwas weiß!" Er beendete das Gespräch, sah Bergers

fragenden Blick und murmelte: „Ging nicht anders. Eine kleine Notlüge, aber bevor ich Heidrun etwas sage, müssen wir Gewissheit haben. Ich rufe den Kollegen Weingartz noch einmal an. Vielleicht haben die doch etwas gefunden, was auf seine Identität hindeutet."

Berger nickte. „Ja, mach das. Deine Heidrun können wir informieren, wenn es eindeutig ist."

***

Eine gute Stunde später kam Heidrun schon ins Polizeipräsidium. Wipperfürth hatte sie angerufen und um dieses Treffen gebeten.

„Nimm bitte dort Platz, Heidrun. Darf ich dir meinen Kollegen Berger vorstellen? Der beste Kollege, den es auf der ganzen Welt gibt!"

Doch Heidrun schien dies gerade nicht sonderlich zu interessieren. „Was ist mit meinem Cousin?"

„Heidrun." Wipperfürths Stimme klang leise und einfühlsam. Er stellte sich neben ihren Stuhl und legte seine Hand auf ihre Schulter. „Ich muss dir leider ein paar Fotos zeigen, die nicht schön sind. Es tut mir leid."

Auf dem Bildschirm seines Computers erschienen die Bilder der gefundenen Wasserleiche. Ehe er auch nur ein einziges Wort sagen konnte, hörte er Heidruns entsetzten Aufschrei, der ihm durch Mark und Bein ging.

„Man hat ihn im Rhein gefunden. Bei Duisburg." Wipperfürth sprach langsam, so als würde er mit einem Kleinkind reden. Wollte sie umarmen, doch Heidrun schlug seine Hände zur Seite.

„Heute Nacht habe ich dich noch gebeten, etwas zu machen!" Ihre Stimme klang schrill, aufgebracht. „Und nun? Nichts hast du gemacht! Nichts! Jetzt ist er tot!"

„Heidrun. Bitte beruhige dich. Es stimmt, du hast mich

angerufen und erzählt, er wolle sich umbringen. Doch du hattest keine Adresse von ihm, erinnerst du dich?“
„Hmm …“ Heidruns Stimme wurde leiser, ging in ein Schluchzen über. „Ja … Ich weiß. Aber du bist Polizist! Du kannst jede Adresse ermitteln. Ich weiß das!“
„Heidrun! Wir haben alles in unserer Macht Stehende veranlasst und heute Morgen sofort den Namen von deinem Cousin in den Computer eingegeben. Doch weißt du, wie viele Männer in Deutschland ‚Wolfgang Heimann‘ heißen? Es ist ein Allerweltsname. Und ohne irgendeinen Anhaltspunkt sind auch wir Polizeibeamte hilflos. Es tut mir leid. Wirklich.“
„Ich setze mich jetzt in meinen Wagen und fahre nach Duisburg. Dort werde ich ihn identifizieren.“ Und wieder fing sie an zu schluchzen.
„Heidrun! Bitte! Du bist viel zu aufgewühlt. Wir werden zusammen fahren.“
„Danke!“ Heidrun nahm einen Schluck aus dem Wasserglas, das Berger ihr hingestellt hatte.
„Wann fahren wir?“
„Ich muss noch ein paar Mails verschicken, dann telefoniere ich mit dem Kollegen Weingartz in Duisburg und setzte mich mit den Mitarbeitern der dortigen Rechtsmedizin in Verbindung. Die sollen alles für eine Identifikation vorbereiten. Dann geht es los. Du kannst hier im Büro warten. Soll Berger dir etwas aus der Kantine holen?“
„Nein, mir ist der Appetit vergangen.“

***

Heidrun wartete ungeduldig und noch immer extrem aufgewühlt. Ihre Haare hatte sie nach Wipperfürths Anruf im Hotelzimmer schnell zu einem Zopf nach hinten gebunden. Mittlerweile fielen einzelne Strähnen ins Gesicht und zeigten so auch äußerlich ihren verwirrten Zustand. Sie schob sie genervt zur Seite.

Endlich gab Wipperfürth ihr mit einem Kopfnicken zu verstehen, dass sie fahren konnten. Sie stieg ins Auto, schnallte sich an und schaute Wipperfürth an. „Wo genau hat man ihn gefunden?"
„Heidrun! Wir wissen doch immer noch nicht zu hundert Prozent, ob es wirklich dein Cousin ist. Vielleicht sieht der Tote deinem Cousin auch nur ähnlich."
„Wo?"
„An der Schleuse Duisburg-Meiderich. Dort hat die Wasserschutzpolizei einen Toten aus dem Rhein-Herne-Kanal geborgen."
„Dann fahren wir direkt dorthin. Los, fahr endlich."
„Heidrun! Die Wasserleiche liegt doch nicht mehr an diesem Platz. Das solltest du als ehemalige Polizeimitarbeiterin doch wissen. Wir müssen in die Pathologie. Die ist in der Heerstraße. Ich fahre dorthin. Habe schon Kontakt aufgenommen. Die wissen, dass wir kommen. Die Obduktion ist vorbei und du kannst dir Gewissheit verschaffen, ob es wirklich dein Cousin ist."
„Hmm." Heidrun schluchzte erneut, fischte ein Taschentuch aus der Tasche ihres Blazers und trocknete ihr Gesicht.
Wipperfürth reichte ihr eine Packung, die er aus dem Handschuhfach geholt hatte. „Hier, nimm ein Praliné. Schokolade beruhigt."
„Nein, ich mag keine Schokolade. Fahr endlich los!" Heidruns hysterische Stimme hallte durch das Wageninnere. Sie schlug ihre Hände vor das Gesicht und schluckte die aufkommenden Tränen hinunter. „Ich hätte ihm helfen können, Willi. Ihm helfen müssen. Verstehst du? Er hat sich extra mit mir in Bonn getroffen, weil es ihm seelisch nicht gut ging. Irgendetwas belastete ihn schon seit langem. Brachte ihn vollkommen aus der Spur. Hinzu kam, dass er sich erst kürzlich von einer Frau getrennt hatte. Sie würde ihn nicht akzeptieren, hat er mir erzählt. Wollte ihn kontrollieren, ihn festnageln. Ich möchte mal wissen, warum man überhaupt eine Beziehung eingeht, wenn man

den anderen sowieso nicht akzeptiert. Ach, Willi. Das Leben ist so ... so ungerecht."
„Nein, das glaube ich nicht, Heidrun. Wir Menschen erwarten vielleicht einfach zu viel vom Leben. Denken immer, alles müsste klappen, ohne Probleme, ohne Tiefschläge und Rückschritte, ohne Umwege. Das ist nicht so. Das Leben geht oft seltsame Wege. Kaum wird es aber schwierig, fangen wir Menschen schon an zu verzweifeln. Das ist der falsche Weg!"
„Und das musst ausgerechnet du sagen! Der, der am meisten verzweifelte, als ihn das Schicksal traf", zischte Heidrun ihn von der Seite an.
„Ja, ich weiß. Ich war am Rande eines Nervenzusammenbruchs, als Monika starb. Aber das Leben geht weiter."
„Kalendersprüche! Nichts als Kalendersprüche!" Heidrun vergrub ihr Gesicht erneut ins Taschentuch.
Wipperfürth raste über die A 3 Richtung Duisburg. Er wollte, dass Heidrun möglichst schnell Gewissheit bekam. Wollte sie erlösen von ihren Qualen, von der Ungewissheit.
Die weitere Fahrt verlief wortlos. Die Atmosphäre schien zum Zerreißen gespannt.

***

„Dort ist die Heerstraße. Ich parke hier und wir gehen die letzten Meter zu Fuß. Ein bisschen frische Luft tut uns nach der Autofahrt bestimmt ganz gut."
Heidrun nickte Wipperfürth zu und ging schweigend neben ihm. Das Institut für Pathologie war nur ein Teilbereich des modernen und ziemlich großen BETHESDA-Krankenhauses.
Heidrun schaute hilflos zu Wipperfürth. „Wo müssen wir denn hin?"
„Komm, dort ist der Empfangsbereich." Schnellen Schrittes ging er zu der Dame, die ihn mit einem freundlichen Lächeln begrüßte.

„Ach, Sie sind bestimmt Kriminalhauptkommissar Wipperfürth aus Bonn? Man hat Sie mir schon angekündigt. Rechts neben der Treppe ist der Aufzug. Vierte Etage, bitte. Dort wartet ein Rechtsmediziner auf Sie."

Wipperfürth nahm Heidruns kalte Hand und zog sie zum Aufzug. „Komm, Heidrun. Jetzt musst du stark sein. Ich bin bei dir."

Dr. Rothe-Wildner, ein Pathologe, empfing beide an der wuchtigen Glastür. „Ich grüße Sie. Gute Fahrt gehabt? Ich weiß, ich weiß, die Baustellen geben einem kaum die Möglichkeit, etwas schneller zu fahren. Ich fahre auch jeden Tag über die A 3 und spreche aus Erfahrung. Kommen Sie, wir gehen dort vorne in den Raum." Er zeigte mit der Hand nach rechts. „Ich habe alles vorbereitet. Es geht ganz schnell, dann haben wir den unangenehmen Teil schon hinter uns. Aber das kennen Sie ja, Sie sind doch vom Fach." Er nickte Heidrun aufmunternd zu. „Keine Angst, meine Dame, wir haben den Toten hübsch zurechtgemacht."

Heidrun sprach kein Wort, jegliche Farbe war aus ihrem Gesicht entwichen. Sie ging dicht neben Wipperfürth, der sanft über ihren Arm strich.

„Ist gleich vorbei. Komm!"

„Ja, ich weiß. Aber in all meinen Berufsjahren habe ich nie einen Familienangehörigen identifizieren müssen. Mir ist ganz mulmig."

Dr. Rothe-Wildner öffnete die Tür und ging gezielt zu einem Tisch, der mit einem dunkelgrünen Tuch bedeckt war. „So, ich nehme jetzt das Tuch zur Seite. Sie sind bereit?"

Er blickte zu Heidrun, deren Finger sich an Wipperfürths Hand festgeklammert hatten.

Sie nickte, kaum sichtbar.

Dr. Rothe-Wildner nahm langsam das Tuch hoch, schlug es etwas zurück, sodass das Gesicht gut zu erkennen war.

Obwohl Heidrun mit dem Schlimmsten gerechnet hatte, erstarrte sie bei diesem Anblick. Ihr Kreislauf fiel in den Keller.

Sie schwankte leicht, starrte zu Wipperfürth und brach vor dem Seziertisch zusammen.
„Schnell, helfen Sie mir, Doktor. Ein Glas Wasser." Wipperfürth kniete sich neben Heidrun, tätschelte mit beiden Händen ihre Wangen und stützte ihren Kopf im Nacken. „Heidrun ... Liebes ... Es ist alles gut. Hier, trink einen Schluck."
Heidrun schlug ihre Augen auf und blickte Wipperfürth und Dr. Rothe-Wildner an, der mittlerweile auch neben ihr kniete und ihr ein Glas Wasser reichte.
„Es ist Wolfgang." Ihre Stimme war leise, gebrochen. Sie zitterte am ganzen Körper. „Es ist mein Cousin Wolfgang!" Plötzlich schrie sie Wipperfürth wütend an. „Warum hast du es nicht verhindert, Willi? Warum konntest du ihn nicht retten? Ich habe dich nachts angerufen, dir erzählt, dass er sich umbringen will, dich gebeten, angefleht, etwas zu tun. WILLI! Verdammt. Ich hasse dich." Sie hämmerte mit beiden Fäusten gegen Wipperfürths Brust.
„Pssst ... Heidrun ... Pssst, beruhige dich. Komm, ich helfe dir beim Aufstehen und dann verlassen wir diesem Raum."
Er gab Dr. Rothe-Wildner ein Handzeichen und beide brachten Heidrun auf den Flur zurück und führten sie in die kleine Cafeteria am Ende des Flures. Ein kleiner Rückzugsort, wenn man mal in Ruhe etwas trinken wollte – oder einfach nur durchatmen.

***

Die Rückfahrt nach Königswinter ins Hotel verlief ohne Worte. Heidrun wirkte völlig versteinert. Wipperfürth gab nach drei vergeblichen Versuchen, ein Gespräch aufzubauen, auf und stierte unzufrieden und verbittert auf die Fahrbahn. In seinem Kopf prallten die unterschiedlichsten Gedanken aufeinander. Hätte er den Tod vielleicht doch verhindern können? Hätte er nicht nachts mit Heidrun durch die Stadt fahren sollen, um

Wolfgang zu suchen? Hätte, hätte. Nein, hätte er nicht, denn Heidrun hatte weder gewusst, wo Wolfgang zum Zeitpunkt seines Anrufes gewesen war, noch, wo er gewohnt oder gearbeitet hatte. Sie hatte eigentlich gar nichts gewusst.
„So, wir sind in zwei Minuten an deinem Hotel, Heidrun. Kann ich noch etwas für dich tun?"
„Nein!"
„Sollen wir etwas essen gehen?"
„Nein."
„Möchtest du mit mir reden?"
„Nein! Verdammt noch mal, nein!"
„Wir werden alles in Bewegung setzen, um herauszubekommen, wo dein Cousin gelebt und gearbeitet hat. Hast du vielleicht ein Foto von ihm? Kann auch ein altes sein. Aus der Jugend, oder so?"
„Nein! Wolfgang ließ sich nur sehr ungern fotografieren."
„Gut! Melde dich bitte, wenn du Hilfe brauchst. Versprochen?"
„Ja." Heidrun stieg aus dem Wagen und lief mit gesenktem Kopf zum Hoteleingang. Wipperfürth blickte ihr nach. *Irgendetwas stimmt nicht*, dachte er. Nachdenklich fuhr er durch die engen Gassen von Königswinter zurück nach Beuel.

***

Wipperfürth lief die Stufen zu seinem Büro hinauf. Berger hatte bereits Feierabend gemacht und auch seine anderen Kollegen waren nicht mehr vor Ort. Der Spätdienst war schon fleißig am Arbeiten und Wipperfürth warf nur einen kurzen Blick auf seinen Schreibtisch. Berger hatte die nette Angewohnheit, wichtige Vorkommnisse mit einer kleinen Notiz festzuhalten.
Wipperfürth fand nichts Besonderes und verließ das Polizeipräsidium. *Sollte ich mir nach der Aufregung noch kurz ein Bierchen gönnen?*, überlegte er, während er auf dem Landgrabenweg Richtung Beuel-Mitte fuhr.

21

Jenny machte das, was sie am wenigsten mochte: Sie putzte die Fenster ihrer Wohnung. Nachdem Robin ihr gesagt hatte, dass die Fensterscheiben bei seinem Freund Ole so sauber wären wie im Wartezimmer bei seinem Kinderarzt, hatte sich Jenny einen Ruck gegeben und begonnen, systematisch alle Fenster zu reinigen. Es waren zum Glück nicht so viele. Sie hatte im Badezimmer angefangen, denn dort musste sie die wenigsten Sachen von der Fensterbank räumen.

Ihr Telefon im Korridor klingelte. Froh über diese willkommene Unterbrechung ließ sie das Fensterleder sofort ins Putzwasser fallen, wischte sich die feuchten Hände an ihrer Jeans ab und eilte an den Apparat. „Hallo, hier Jenny Böker."

„Guten Tag, Frau Böker. Ich heiße Willi Wipperfürth und bin Kriminalkommissar hier in Beuel-Ramersdorf. Haben Sie einen Moment Zeit?"

„Ist etwas passiert?" Jennys Herz schlug sofort höher. „Ist etwas mit Robin? Ein Unfall? Ist er im Krankenhaus?" Polizei am anderen Ende – das bedeutete oft nichts Gutes.

„Nein! Nein! Bleiben Sie bitte ganz ruhig, Frau Böker. Ich habe nur ein paar Fragen zu einem weit zurückliegenden Fall. Wäre es möglich, dass Sie ins Polizeipräsidium kommen könnten?"

„Um was geht es?"

„Um Ihre vermisste Schwester."

„Um Nora?"

„Ja."

„Wieso? Wieso jetzt? Nach all den Jahren?"

„Ich habe die Akte Ihrer Schwester durchgearbeitet. Ungelöste Fälle werden immer wieder von Zeit zu Zeit neu gelesen. Das ist normal."

„Wann soll ich kommen?"

„Morgen, um halb elf. Geht das?"

Nach dem Telefonat lief Jenny wie wild durch die Wohnung. Hin und her, im Kreis und wieder vom Schlafzimmerschrank zurück zum Badezimmerfenster. Putzen konnte sie vergessen. Zu sehr beschäftigte sie der Anruf des Kommissars. Nach 27 Jahren wurde sie zum ersten Mal wegen ihrer vermissten Schwester ins Präsidium geladen!

Nein, das stimmte nicht. Sie erinnerte sich an einen Anruf vor etwa 16 oder 17 Jahren. Eine weibliche Leiche war in der Nähe der Hofgartenwiese gefunden worden und der damalige Polizeibeamte hatte vermutet, es könnte sich um ihre vermisste Schwester handeln. Und nun wieder ein Anruf. Warum? Hatte man erneut eine Tote gefunden, auf die die Beschreibung von Nora passen könnte? Oder gab es neue Spuren? Neue, Hoffnung machende Anhaltspunkte über ihren aktuellen Verbleib?

Jenny war zu nichts mehr fähig, aß am Abend wie in Trance mit Robin eine Pizza, kontrollierte nicht sehr gewissenhaft seine Rechenaufgaben und baute mit ihm eine Hundehütte aus Legosteinen.

Nachts konnte sie kein Auge schließen. Nora, ihre jüngere Schwester, tauchte vor ihren Augen auf. Sie sah Nora im Schwimmbad, wie sie ängstlich die ersten Schwimmzüge ohne Schwimmreifen machte, sah Nora auf der Schaukel und hörte ihre Stimme: „Ich habe Angst. Es ist so hoch.“ Und sie erinnerte sich an die gemeinsamen Nachmittage in der warmen Küche. Gemeinsam hatten sie Unmengen von Tieren aus gesammelten Kastanien gebastelt, die sie dann ihren Eltern geschenkt hatten. In der ganzen Wohnung hatten gebastelte Rehe, Hirsche, Elefanten und Giraffen gestanden.

Sie liebte Nora, obwohl sie so ganz anders gewesen war als sie selber. Nora war ängstlich, vorsichtig, zurückhaltend. Hatte nichts gemacht, ohne nicht vorher Mama oder Papa um Erlaubnis zu fragen.

Und dann war das passiert, was sie bis heute nicht verstehen konnte. Nora war spurlos an der Bushaltestelle verschwunden, wo sie artig auf den Bus gewartet hatte. Und sie, Jenny, war trotz

des strengen Verbotes ihrer Mutter durch das Wäldchen gelaufen – und ihr war nichts passiert!
Tränen rollten über Jennys Gesicht und ließen ihren Körper erzittern. Aufgelöst wischte sie sie mit dem Ärmel ihres Schlafanzugs fort.
Wäre sie doch damals bei ihrer Schwester geblieben!

***

Fahrig und nervös betrat sie am nächsten Morgen das Polizeipräsidium. Es war kurz vor halb elf. Sie würde bereits erwartet, teilte ihr der Polizist im Empfangsbereich mit. Zaghaft klopfte sie an die Bürotür von Kommissar Wipperfürth und öffnete nach einem „Ja, bitte" die Tür.
„Setzten Sie sich, Frau Böker. Möchten Sie etwas trinken? Wasser oder Kaffee oder vielleicht einen Holundertee?"
Jenny schüttelte den Kopf, wobei eine Strähne ihres schwarzen Haares in ihr Auge flog und sie es mit einer schnellen Handbewegung hinter das Ohr steckte. Eine Bewegung, die sie hunderte Male am Tag machte, ohne groß drüber nachzudenken. Sie lächelte Wipperfürth nervös an. „Warum wollten Sie mich sprechen, Herr Kommissar?"
„Sie, Ihre Mutter sowie Ihr Vater sind diejenigen gewesen, die damals zu dem Verschwinden Ihrer Schwester etwas aussagen konnten. Und natürlich der Busfahrer, der aber an der Bushaltestelle nur ganz kurz angehalten hatte, weil niemand dort gewartet hatte, und dann weitergefahren war. Ich musste leider erfahren, dass Ihre Mutter kürzlich verstorben ist. Mein Beileid. Wir haben nun vor einigen Tagen eine Leiche gefunden. Das heißt, die Überreste einer Leiche. Von einem jungen Mädchen, das können wir mit Gewissheit sagen. Und zwar hier in Beuel. Genauer gesagt in den Siegauen, nicht weit von der Konrad-Adenauer-Brücke."

„Nora?“ Jenny stockte der Atem. Sie schlug ihre flache Hand vor ihren Mund, so als wolle sie einen Schrei unterdrücken.
„Ihre Schwester ist vor 27 Jahren verschwunden. Sie wohnten damals in Mayen? Richtig?“
„Nicht direkt in Mayen, sondern in einem kleinen Vorort.“
„Ihre Schwester ist laut Akte in Mayen verschwunden. An einer Bushaltestelle. Sie kam nie zu Hause an. Sie sind damals durch das Wäldchen, ein kleines Stück Wildnis, gelaufen. Ein ungepflegtes Waldgebiet, düster, unheimlich, ohne richtige Wege. Allein! Warum?“
„Das Gebiet war nicht groß und ich konnte schnell laufen. Hinzu kam, dass ich pünktlich zu Hause sein wollte, denn Mama mochte es nicht, wenn wir zu spät kamen.“
„Aber Ihre Schwester ist nicht durch das Wäldchen gelaufen, oder?“
„Nein, das habe ich auch immer wieder der Polizei gesagt. Nora wollte auf den Bus warten, der dieses Waldgebiet weiträumig umfuhr.“
„Damit wäre Ihre Schwester aber zu spät nach Hause gekommen, richtig?“
„Ja.“
„Warum sind Sie nicht zusammen gelaufen? Zu zweit ist man doch sicherer. Gerade wenn es dunkel ist.“
„Nora hatte Angst. Damals erzählte man sich die Geschichte von einem Maskenmann, der sein Unwesen treiben würde. Ich sagte ihr, der würde sich im Ruhrgebiet aufhalten und nicht in Mayen. Ich habe sie noch an der Hand gezogen und sie gebeten, mit mir zu laufen. Aber sie wollte nicht.“ Jenny befeuchtete mit der Zungenspitze ihre trockenen Lippen.
„Hmm, ja, so steht es auch hier in den Akten. Waren Sie als Jugendliche mal in Bonn oder in der näheren Umgebung?“
„So weit ich mich erinnern kann, nie! Ich bin erst Jahre später hierhin gezogen. Damals war ich schwanger und mein Mann hatte einen Job in Bad Godesberg.“

„Gut, Frau Böker. Wie gesagt, wir wissen bis jetzt nicht, wer die weibliche Leiche ist, die wir gefunden haben. Altersmäßig könnte es Ihre vermisste Schwester sein. Aber dann käme natürlich die Frage auf, wie ihre Leiche in die Siegauen gelangt ist. Wenn wir noch weitere Fragen haben, dann melden wir uns bei Ihnen. Ist das okay?"
Jenny nickte. Plötzlich traf ihr Blick einen Punkt hinter Wipperfürth. Sie erhob sich wie hypnotisiert von ihrem Stuhl und starrte auf das Whiteboard an der Wandseite des Büros. „NEIN! NEIN!"
Sie schwankte, ihr wurde schwarz vor Augen und im nächsten Moment brach sie zusammen. Wipperfürth konnte sie gerade noch etwas abfangen und verhindern, dass sie auf den harten Boden knallte. Vorsichtig legte er sie in die stabile Seitenlage.
„Einen Arzt, Berger. Schnell. Einen Arzt!"

***

Dr. Bonzel war schnell zur Stelle, kontrollierte Jennys Blutdruck, fühlte den Puls, leuchtete in ihre Augen, stellte einige Fragen und reichte ihr ein Glas Wasser. „Ich glaube, Frau Böker, gleich wird es Ihnen besser gehen. Haben Sie sich denn so aufgeregt bei dem Gespräch mit Kommissar Wipperfürth? Er ist doch eigentlich ein ganz Lieber."
Jenny schüttelte den Kopf und zeigte mit dem Finger auf das Whiteboard. „Da! Da, das Foto. Ich kenne den Mann!"
Wipperfürth wurde sofort hellhörig. „Den Mann auf diesem Foto?" Er nahm das Foto, das die Duisburger Polizei ihm von der Wasserleiche geschickte hatte, von der Wand und zeigte es Jenny aus der Nähe. „Sie kennen diesen Mann?"
„Ja, es ist Wolle. Wolle!"
„Wolle … Heimann? Woher kennen Sie ihn?"
„Was ist mit ihm? Er sieht komisch aus?" Jenny schaute Wipperfürth fragend an, führte mit ihren zittrigen Händen das Glas an

den Mund und nahm noch einen Schluck Wasser. „Warum sind seine Augen zu und die Haut so ...?“ Sie starrte Wipperfürth an. „Ist er ...?“
„Ja!“ Er nickte. „Er ist tot.“
„Wolle ist tot? Das ist ja ... Das ist ja grausig! Das ist ja furchtbar! Wie ist es denn passiert?“ Jenny schlug ihre Hände vor das Gesicht und schluchzte auf. Die Tränen liefen durch ihre zittrigen Finger und tropften auf ihre Hose.
Wipperfürth setzte sich neben Jenny, redete beschwichtigend auf sie ein und ganz allmählich beruhigte sie sich.
„Woher kennen Sie diesen Mann?“ Seine Stimme klang mitfühlend.
„Ich war mit ihm befreundet. Fast drei Jahre. Er war anfangs sehr nett und lieb und spielte immer mit Robin, wenn er bei uns war. Wir haben so viel zusammen unternommen. Und jetzt ist er tot! Wie ist das passiert? Und wo? Ist er verunglückt?“
„Nein, kann man nicht so sagen. Die Wasserschutzpolizei hat ihn in Duisburg gefunden. Im Rhein-Herne-Kanal. Alles deutet auf einen Selbstmord hin.“
„Oh nein. Das ist ja schrecklich.“
„Wann haben Sie Herrn Heimann zuletzt gesehen? Und wo?“
„Gesehen habe ich ihn das letzte Mal am Tag der Beerdigung von meiner Mutter. Sie ist ja vor kurzem gestorben. Nach dem Begräbnis kam er mit zu mir, wir haben uns gestritten und ich habe ihm gesagt, dass ich es besser fände, ihn nicht wiederzusehen.“
„Warum?“
„Wolle hatte in den letzten Monaten kaum Zeit für mich und Robin. Er wollte auch nicht, dass ich ihn anrufe. Seine Adresse gab er mir nicht. Er wäre zu viel unterwegs. Staubsaugervertreter oder so etwas. Würde die meiste Zeit in Hotels und Pensionen schlafen. Wenn er mich und Robin sehen wollte, dann rief er an und kam kurze Zeit später vorbei.“
„Eigenartige Beziehung.“
„Stimmt. Aber er wollte es so. Und ich hatte ihn richtig gerne,

jedenfalls am Anfang, als wir uns kennenlernten. In den letzten Monaten hatte sich aber Wolle verändert. Deswegen habe ich mich auch von ihm getrennt. Und nun ist er tot. Wie entsetzlich."
„Gut, Frau Böker. Das wäre es fürs Erste. Soll einer meiner Kollegen Sie nach Hause fahren? Nicht? Dann würde ich sagen, ich melde mich, wenn ich noch weitere Fragen habe. Ach so, mir fällt gerade ein, möchten Sie Herrn Heimann noch einmal sehen? Sich von ihm verabschieden?"
„Nein!"
„Ist vielleicht auch besser, so können Sie ihn lebendig in Erinnerung behalten. Alles andere bringt nur noch trübere Gedanken." Er lächelte ihr zu und begleitete sie zur Bürotür.
„Wenn Ihnen noch etwas einfällt in Bezug auf Herrn Heimann, dann können Sie mich jeder Zeit anrufen." Er gab ihr seine Visitenkarte und nickte noch einmal freundlich zum Abschied.

***

„Traurige Geschichte. Da bestellen wir Jenny Böker zu uns ins Büro, um sie nach ihrer verschwundenen Schwester zu befragen, und dann erblickt sie das Foto unserer Wasserleiche. Mein Gott, wenn ich mir vorstelle, einen Menschen unverhofft auf diese Art und Weise zu sehen. Einen Menschen, dem ich mal sehr nahestand, den ich geliebt habe. Da wird mir ganz anders."
Wipperfürth betrat neben Berger die ‚Fliege', winkte der blonden Elli zu, die mit drei Gläsern Kölsch an ihm vorbeieilte, grüßte den blinden Toni mit einem fröhlichen „Grüß dich, Tünn", klopfte freundschaftlich Manni auf den speckigen Rücken und hockte sich auf einen freien Hocker, der vor der Theke stand. „Zwei Kölsch bitte!", rief er Heini zu.
Heini war einer der neueren Kellner. Sah etwas verwirrt aus mit seinen vielen kurzen Locken und seinem Schnauzer, den er an den Spitzen zusammengezwirbelt hatte, zapfte aber das Bier wie aus dem Bilderbuch – viel Schaum, aber nicht zu viel – und

hatte immer ein freundliches Wort auf den Lippen. „Willi, alles klar bei dir? Mal wieder einen Toten ausgebaggert?"
„Nix da, Tote gibt es auch in Beuel nicht wie Sand am Meer." Wipperfürth lachte laut auf, wobei er seinen Mund weit aufriss und seine neue Goldkrone aufblitzte.
„Hey, neues Krönchen gerichtet, Willi?", grinste Heini.
„Ja, man wird auch nicht jünger!" Wipperfürth leerte sein Glas in einem Zug. „Lecker! Einfach nur lecker. Mensch, Berger, du scheinst heute nicht viel Durst zu haben. Mach bitte noch einmal zwei frische Kölsch, Heini. Mein Kollege wird schon noch in Fahrt kommen."
„Oje, hier wird ja mehr getrunken als auf der Reeperbahn. Die nächste Runde geht auf mich. Dann muss ich nach Hause. Gaby und die Kinder warten mit dem Essen auf mich."

22

Jenny war verwirrt wie schon lange nicht mehr. So viel war in den letzten Wochen geschehen, es grenzte schon an einen persönlichen Tsunami. Erst der plötzliche Tod von Mama, das Ende einer fast dreijährigen Beziehung, die wunderschöne Begegnung mit Thomas. Dann der Anruf von Kommissar Wipperfürth, und zur Krönung nun noch der Freitod von Wolle. Ihr Kopf war wie ein kochender Kessel. Es fehlte nur noch das Ventil, das in die Luft flog, bevor der ganze Kessel explodierte. Jenny musste bei diesem Gedanken doch kurz grinsen.
Dann zog sie fröstelnd den Reißverschluss ihrer Jacke hoch, zurrte an den Bändern der Kapuze und schaute auf den Rhein. Die gleichbleibenden Wellenbewegungen, der sanfte Wind, die Gerüche des Wassers … Seit fast einer Stunde ging sie am Ufer spazieren, atmete die kühle Abendluft ein, beobachtete die vorbeifahrenden Schiffe, winkte den Passagieren zu und ließ ihren Gedanken freien Lauf.

Robin war bei Ole. Er hatte nicht mitbekommen, dass Wolle tot war.
Von Thomas hatte sie nichts mehr gehört, was sie sehr betrübte. Aber sie wollte ihm Zeit lassen, so wie ihr der alte Herr Brenner geraten hatte.
In der Ferne leuchtete die untergehende Sonne in prachtvollen Farben und plötzlich quietschten Reifen neben ihr. Sie erschrak dermaßen, dass sie über einen Stein stolperte und sich nur so gerade noch auffangen konnte – und nun mit offenem Mund Thomas gegenüberstand. Der hatte sein Fahrrad so plötzlich zum Anhalten gebracht, dass er selber fast kopfüber gestürzt wäre.
„Hallo Jenny. Das ist ja eine Überraschung, dich hier zu sehen."
„Na, so überraschend nun auch wieder nicht, schließlich wohne ich in Bonn." Sie hatte sich wieder gefasst und lächelte ihn an.
„Ist das dein Abendsport? Radfahren und Frauen erschrecken?"
„Ab und zu schwinge ich mich ganz gerne mal auf den Drahtesel und fahre am Rhein entlang. Vor allem dann, wenn ich nachdenken muss."
„Dann will ich nicht länger stören." Jenny wandte sich von ihm ab und wollte weitergehen, aber Thomas hielt sie am Jackenärmel zurück.
„Bitte, Jenny. Lass uns ein paar Meter gemeinsam gehen. Ich schließe mein Fahrrad hier am Geländer an und dann gehen wir ein Stück die Rheinpromenade entlang. Es ist ein so schöner Abend!"
Ehe sich Jenny versah, hatte Thomas ihre Hand genommen.
„Die ist ja eiskalt! Wird Zeit, dass ich sie wärme." Er schaute ihr in die Augen.
„Warum hast du dich nicht mehr gemeldet, nachdem ich dir meine Lebensgeschichte erzählt habe, Thomas? Plötzlich warst du weg! Von der Bildfläche verschwunden. Warum?"
„Komm, Jenny, dort drüben ist eine Bank. Dann erzähle ich dir alles."

Jenny setzte sich kerzengerade hin, ihr Gesichtsausdruck war ernst, ihre Knie begannen zu zittern.
„Jenny!“ Thomas streichelte ihren Rücken. „Jenny! Ich mag dich, aber es war irgendwie … Wie soll ich es sagen, es war etwas passiert, was mich aus der Spur geworfen hat.“
Jenny schluckte. Sagte nichts.
„Du warst so traurig, als du von deiner Schwester erzählt hast, von ihrem Verschwinden, was so lange her ist.“
„Ja, 27 Jahre. Aber sie ist mir so nah wie nie zuvor.“
„Genau das ist der Punkt, Jenny. Genau da hatte ich meine Probleme. Nicht mit dir, nicht mit dem Verschwinden, nein ... Mit mir selber!“
„Das versteh ich nicht.“
„Vor 27 Jahren war ich gerade zum Priester geweiht worden, bekam eine Gemeinde in Hennef-Geistingen zugewiesen und fühlte mich dort unheimlich wohl. Alles stimmte, die Leute waren nett, zeigten Initiative und waren offen für Neuerungen. Ich wurde in die Gemeinde aufgenommen, als wäre ich dort geboren. Und dann passierte es.“
„Was?“
„Es war ein Samstagnachmittag – Beichtzeit – und ein junger Mann stürmte in die Kirche. Lief direkt in den Beichtstuhl und vergewisserte sich ganz aufgeregt, ob ich zum Schweigen verpflichtet sei. Dann erzählte er mir eine Geschichte. Grausam. Ganz, ganz grausam und ich habe geschwiegen.“
„Das war deine Aufgabe. Deine Pflicht.“
„Ja.“
„Du hast alles richtig gemacht, Thomas!“
„Ja.“
„Und warum verhältst du dich mir gegenüber so komisch?“ Jenny schüttelte ihren Kopf. „Was habe ich mit der ganzen Geschichte zu tun?“
„Weil der Mann ...“ Thomas blickte auf den Boden. „Du sagtest mir, dass deine Schwester verschwunden war, damals. Und

der junge Mann sagte mir ... Er habe ... Er habe jemanden getötet. Verstehst du jetzt, warum ich so verwirrt war? Überlege doch mal, Jenny, es könnte doch sein, dass der Mann und deine Schwester, ich meine … Dass der Mann deine Schwester ... Oh mein Gott!"
„Getötet hat?" Jenny sprang aufgeregt von der Bank auf. „Du meinst wirklich, dieser Mann hat meine Schwester ... Thomas! Das ist furchtbar. Wie sah er denn aus? Erkennst du ihn wieder? Wir müssen zur Polizei gehen, Thomas."
Thomas ergriff Jennys Hand. „Jenny, das Ganze ist ewig her. Und ich kann den Mann nicht beschreiben. Ich habe ihn ja nur durch das Gitter im Beichtstuhl gesehen. Und auch nur von der Seite. Seine Stimme klang unglaublich erregt. Mehr kann ich nicht sagen."
„Thomas!"
„Ja."
„Thomas! Das heißt, Nora ist tot? Oder?"
„Nein, Jenny. Nein! Das muss es nicht heißen. Nicht unbedingt." Er blickte zu Boden.
„Was denn dann? Boah ... ich kann nicht mehr." Jenny sprang von der Bank auf, stand direkt vor Thomas und schaute ihm verstört in die Augen.
„Ich meine, wahrscheinlich handelt es sich nur um einen dummen Zufall und gar nicht um das gleiche Verbrechen. Hätte ich dir doch nichts erzählt! Jetzt regst du dich so wahnsinnig auf. Jenny, es reicht doch, wenn ich mir Gedanken mache. Bitte bleibe ruhig." Er schaute sie flehend an. „Bitte! Ich habe mich auch schon mit einem Freund unterhalten. Er ist Kommissar. Er will mal sehen, was er herausbekommen kann, nach all den Jahren."
Jennys Kopf schmerzte, ihr Puls überschlug sich. „Ich will nach Hause."
„Ich begleite dich." Schweigend gingen beide die Rheinpromenade entlang. Die Sonne war mittlerweile untergegangen und der Mond lugte neugierig zwischen den Wolken hervor.

***

Jenny wälzte sich von der einen Seite auf die andere, zog die Decke über die Augen und schob sie kurze Zeit später wieder zurück. Zählte Schäfchen, betete ein Vaterunser nach dem anderen und übte in Gedanken das große Einmaleins. An Schlafen war nicht zu denken.
Die Begegnung mit Thomas kreiste in ihrem Kopf. Allein die Vorstellung, Thomas hätte damals mit dem Mann gesprochen, der mit dem Verschwinden ihrer Schwester zu tun hatte! Ihm sogar die Beichte abgenommen. Meine Güte!
Sie schloss zum wiederholten Male die Augen und fiel endlich in einen leichten Schlaf.
Ein Mann näherte sich der Bushaltestelle, beobachtete ihre Schwester, die auf einem schmalen Mauervorsprung saß und auf den Bus wartete. Er sprach sie an, nahm sie an die Hand und Nora folgte ihm ins Dunkle der Nacht. Verschwand! Jenny sah noch ihren Schatten, rannte ihr hinterher und schrie aus Leibeskräften ihren Namen. „NORA! NORA!"
Nora drehte sich zu ihr um. Sie lächelte, winkte ihr zu. „Vergiss mich nicht, große Schwester!"
Nein!
Jenny riss die Augen auf und setzte sich kerzengerade ins Bett. Schweißtropfen perlten ihr den Nacken hinunter. Ihr Nachthemd war nassgeschwitzt. Nora!
Sie schlug ihre Hände vor das Gesicht und fing an, jämmerlich zu weinen.

23

„Ich habe gerade die neuesten Ergebnisse aus Duisburg bekommen, Berger. Das Ganze ist höchst makaber."
Kollege Berger setzte sich auf den Stuhl vor Wipperfürths

Schreibtisch und knabberte an einer Möhre. „Hatte bis gerade in der Verwaltung zu tun. Was haben die Kollegen denn herausgefunden?“
„Unsere Wasserleiche bewohnte ein kleines Zimmer in Oer-Erkenschwick, ganz in der Nähe eines Campingplatzes. Für knapp 150 € wohnte er in einem möblierten Zimmer. Die Vermieter hätten ihn ganz selten gesehen, war denen aber auch egal, Hauptsache, die Miete wurde pünktlich bezahlt. Besuch hatte er anscheinend nie. Er arbeitete als Vertreter bei der Staubsaugerfirma ‚Felder & Wiese‘ und war oft wochenlang unterwegs. In ganz Deutschland. Seine Verkaufszahlen stimmten wohl. Die Kollegen haben die Bleibe jetzt auseinander genommen, um eventuelle Verwandte oder Freunde zu ermitteln, und haben etwas gefunden.“
„Was denn? Pornomaterial?“ Berger biss erneut in seine Möhre und zermalmte sie geräuschvoll im Mund.
„Nein. Die Kollegen haben auf seinem Computer einen Brief gefunden. Es wird gerade noch untersucht, ob er tatsächlich von Wolfgang Heimann ist. Aber ich habe den Inhalt schon einmal per Mail bekommen. Wahnsinn.“
„Lies ihn vor, Willi. Ich bin ganz Ohr.“

„Liebe Jenny,
dass ich Dich treffen und lieben durfte, war das Schönste,
was mir in den letzten Jahren passiert ist. Bitte verzeihe mir!
Verzeih mir all das, was ich Dir angetan habe.
Ich weiß, Du wirst mich hassen, wenn Du die Wahrheit kennst.
Aber wir werden uns nicht mehr sehen.
Nie mehr!
Ich habe Dich geliebt, mehr als mein eigenes Leben.
Lebe Wohl, Dein Wolle

… Es war an einem Samstagabend vor 27 Jahren. Ich war mit meinem Wagen nach Mayen gefahren. Und dort sah ich euch. Ich

hatte diese Stelle schon vorher ausspioniert. Mein Wagen stand hinter der Bushaltestelle, verdeckt hinter Bäumen.
Ich hatte das Fenster heruntergekurbelt und hörte, wie Ihr Euch gestritten habt. Du wolltest durch das Wäldchen laufen. Das andere Mädchen nicht.
Dann warst Du im Wäldchen verschwunden. Ich saß noch einige Zeit im Wagen, dann stieg ich aus. Ich ging zu ihr. Sie war nett, etwas ängstlich, und da wusste ich, dass mein Plan diesmal funktionieren würde. Ich hatte es schon öfter versucht, aber kein Mädchen war in mein Auto gestiegen. Nora schon.
Es ging alles sehr schnell. Ich überwältigte und fesselte Nora, legte sie in den Kofferraum und fuhr in jene alte Ruine, die ich aus Kindertagen kannte.
In den Raum hatte ich schon Wochen vorher eine Pritsche gestellt und eine Decke gelegt. Ich wollte, dass es beim ersten Mal gemütlich wird. Doch Nora wehrte sich. Schrie. Tobte.
War nicht zu bändigen. Und da habe ich ihr eine Spritze gegeben. Die hatte ich meiner Tante in der Apotheke gestohlen. Ich hatte sie in meiner Hosentasche, für den Notfall. Die Dosis war wohl zu stark. Sie starb.
Ich fuhr mit der toten Nora durch die Gegend. Lange. Die ganze Nacht. Landete irgendwann in Bonn.
Habe sie dort beerdigt. Irgendwo in den Siegauen.
Sie sollte es schön haben. In der Natur.

Dass Nora Deine Schwester war, hatte ich niemals vermutet, als wir uns kennenlernten. Ich kann Dir überhaupt nicht sagen, was es für ein Schock war, als ich zufällig eines Tages mit Robin ein Fotoalbum durchblätterte.
Er zeigte auf ein Foto und meinte, das wäre seine Tante, die er selbst nicht kennen würde.
Ich fiel aus allen Wolken.
Ich wollte mit Dir sprechen.
Doch wie hätte ich es tun können?

Es ging einfach nicht.
Ich bin fast verrückt geworden.
Die Gedanken, Deine Schwester, Du …

Jenny! Es tut mir so leid! Wirklich."

Berger starrte zu Wipperfürth. Er war wie gelähmt. „Wenn ich das jetzt richtig verstanden habe, Willi, dann hat dieser Wolfgang vor Jahren Nora Peterson getötet und später die Schwester der Toten kennen und lieben gelernt? Das ist doch pervers."
„Hmm ... Ja, das ist verrückt. Obwohl das Kennenlernen ja wohl zufällig war, wenn er die Wahrheit sagt. Ich kann mir auch wirklich nicht vorstellen, dass er Jenny bewusst wiedergetroffen hat."
„Keine Ahnung, Verbrechern wie diesen traue ich alles zu. Aber da sollten wir Jenny Böker selber fragen. Vor allem müssen wir ihr diesen Brief geben. Ich glaube allerdings, das bringt sie um den Verstand. Überlege mal, Willi, da liebst du ausgerechnet den Mann, der deine eigene Schwester umgebracht hat. Du redest mit ihm, lachst mit ihm, schläfst mit ihm. Und dann erfährst du durch Zufall von seinem Verbrechen. Dies ist doch eine Horrorvorstellung. Oder? So viel Zufall kann es doch gar nicht geben."
„Das Leben schreibt die merkwürdigsten Geschichten." Wipperfürth schüttelte benommen seinen Kopf. „Die merkwürdigsten."

***

Mindestens zehn Mal hatte Wipperfürth den Brief inzwischen gelesen. Mindestens. Wie konnte ein junger Mensch so lange mit einer dermaßen großen Schuld leben? Und dann noch die Schwester seines Opfers lieben? Wie viele Monate hatte er mit diesem Wissen gelebt? Oder gar Jahre?

Das Telefon riss ihn aus seinen Gedanken.
„Wipperfürth", murmelte er in den Apparat. „Ach, Heidrun! Wie geht es dir?"
„Es geht so. Ich muss mit dir reden. Alleine."
„Wann?"
„Am besten sofort."
„Mmmm, wenn es dir so wichtig ist, dann lass uns hier in Oberkassel im Café auf der Königswinterer Straße treffen."
„Okay. Machen wir. In einer halben Stunde. Bis gleich." Heidrun hatte das Telefonat abrupt beendet.
Dreißig Minuten später saß Wipperfürth in dem kleinen Café und bestellte sich eine Tasse Schümli sowie ein Stück Torte. Heidrun wollte lediglich ein Glas Mineralwasser ohne Gas, wie sie nachdrücklich betonte.
„Und, Heidrun, was möchtest du mir sagen?"
Heidrun nahm einen Schluck Wasser, schaute Wipperfürth in die Augen und dann aus dem Fenster.
Ein vorbeifahrender Wagen hupte plötzlich, weil er nicht schnell genug an einem Radfahrer vorbeikam. Heidrun ließ vor Schreck das Glas fallen.
„Alles gut, Heidrun?" Wipperfürth, den so etwas nicht aus der Ruhe bringen konnte, wischte mit der Papierserviette den Tisch schnell trocken und die eilig herbeigelaufene Bedienung fegte die Scherben zusammen.
„Ich bringe sofort ein neues Glas." Damit entfernte sich die Kellnerin vom Tisch und Wipperfürth nahm Heidruns Hand, die zitternd auf der Tischplatte lag.
„Was ist los?", fragte er.
„Er hat etwas Furchtbares getan. Oh Gott! Wolfgang!"
„Heidrun! Bitte beruhige dich."
„Wolfgang! Er hat jemanden umgebracht?"
Wipperfürth nickte der Bedienung, die ein neues Glas auf den Tisch stellte, kurz zu und blickte Heidrun fest in die Augen. „Heidrun! Du hast das gewusst? Das nennt man Unterschlagung von Beweismaterial! Ist dir das klar, Heidrun?"

„Nicht gewusst, Willi. Nein, dann hätte ich mich schon einem Kollegen anvertraut. Ich kenne die Vorschriften der Polizeiarbeit. Ich habe immer nur geahnt, dass Wolfgang etwas auf dem Kerbholz hatte … Etwas, dass ihn unfassbar bedrückte, über das er aber nicht sprechen konnte. Er war oft so abwesend … So verwirrt und angespannt! In allem, was er gemacht hat. Ich hatte schon vermutet, er würde Drogen nehmen oder sogar damit handeln. Hatte aber keine Beweise für meine Vermutungen." Sie holte Luft. „Er brauchte so viel Hilfe, verstehst du das? Und die bekam er nicht. Nicht von seinen Eltern, nicht von seiner Tante und auch nicht von mir."
„Und er hat dir wirklich nichts von der Tat erzählt?"
„Ich wusste nicht, was geschehen war, Willi. Das schwöre ich! Es war so: Wolfgang hat mich vor ein paar Tagen in Bonn getroffen. Du hattest natürlich richtig geschaut, ich war die Frau mit dem grünen Blazer. Wolfgang und ich hatten jahrelang keinen Kontakt gehabt. Bis vor einigen Wochen, als ich ihn zufällig bei einer seiner Verkaufstouren getroffen habe. Er wollte mich sprechen, tja, und da haben wir uns in Bonn getroffen. Er schien total am Ende. Und er faselte etwas von einer Sache, die Jahre zurücklag. So etwas Ähnliches hatte er mir schon vor Jahren einmal am Telefon angedeutet. Aber damals war er derart betrunken gewesen, dass er keinen vernünftigen Satz rausbekommen hat. Und auch diesmal hat er auf Nachfrage das Thema abgeschmettert und gesagt, dass wir doch lieber über etwas anderes reden sollten. Nur dass er seit Tagen keine Nacht mehr durchgeschlafen habe und von Albträumen verfolgt würde, konnte ich aus ihm rauslocken. Und einmal glaubte ich ihn murmeln zu hören, dass er nicht ins Gefängnis wollte. Aber auch da wechselte er sofort das Thema und erzählte mir stattdessen, dass er vor einiger Zeit eine Frau kennengelernt hatte. Er liebte sie und sie mochte ihn anscheinend auch. Sie hatte einen kleinen Sohn. Dann aber hatte sie sich von ihm getrennt." Heidrun befeuchtete mit der Zunge die trockenen Lippen. „Auch wenn ich nichts

eindeutig wusste – ich hätte dir davon erzählen müssen, Willi. Das wollte ich ja auch neulich. Aber irgendwie … konnte ich es nicht. Kannst du mich verstehen?"
Wipperfürth sagte nichts.
„Willi, was hat er getan? Ich bin mir ziemlich sicher, Willi, du weißt mehr, als du mir bis jetzt erzählt hast."
„Ich weiß, wer die Frau ist."
„Welche Frau? Die Frau, die mein Cousin liebte?"
„Ja. Es ist die Schwester von Nora. Das Mädchen, das dein Cousin umgebracht hat."
„Wie bitte?"
„Ja, Heidrun. Das Leben ist verkorkst. Keine Ahnung, wie lang es Wolfgang bewusst war, wen er da liebte. Ich weiß es nicht. Aber du hättest mit mir darüber sprechen müssen, Heidrun."
„Was hätte ich dir denn noch mehr sagen können, außer dass meinen Cousin etwas bedrückt hat? Und vielleicht, dass er in seiner Jugend kein unbeschriebenes Blatt war."
„Na, so kann man das ja wohl nicht nennen. Er hat eine Person ermordet!"
„Aber … das wusste ich doch nicht!"
Sie putzte sich die Nase und Wipperfürth strich ihr tröstend über den Arm.
Beide schwiegen und gingen ihren Gedanken nach.
„Willi?"
„Ja."
„Darf ich mal fragen, wie es der Frau geht? Dieser Schwester?"
„Wir haben sie für morgen ins Polizeipräsidium bestellt."

***

Jenny schaute auf ihre Armbanduhr. Sie wollte pünktlich im Präsidium sein, denn nichts hasste sie mehr, als jemanden warten zu lassen. Sie eilte durch die Glastür, die sich automatisch öffnete, meldete sich an der Pforte an, lief die Stufen hinauf, klopfte an Wipperfürths Tür und öffnete sie im gleichen Moment.

„Bin ich zu spät?" Sie warf einen Blick auf ihre Armbanduhr.
„Nein, alles in Ordnung, Frau Böker. Bitte, dort ist ein Stuhl." Wipperfürth gab ihr kurz die Hand zur Begrüßung.
„Warum sollte ich zu Ihnen kommen, Herr Kommissar? Wolle ist tot. Ich kann es nicht mehr ändern und ich kann Ihnen nichts Neues dazu sagen."
„Das müssen Sie auch nicht. Wir haben, das heißt, die Kollegen in Duisburg haben seinen Wohnsitz ermitteln können."
„Oh! Darf ich fragen, wo er lebte?"
„In einem möblierten Zimmer in Oer-Erkenschwick."
„In Oer-Erkenschwick? Wie kommt er denn dahin?"
„Keine Ahnung. Ich habe Sie hierher bestellt, weil die Kollegen etwas gefunden haben, das Sie interessieren sollte."
„Hm ... Und was?"
„Die Computerfachleute haben einen Text auf Herrn Heimanns Computer gefunden. Das heißt genauer, Wolfgang Heimann hat einen Brief hinterlassen, abgespeichert unter dem Dateinamen ‚Jenny'. Dieser Brief ist an Sie gerichtet."
„An mich? Ich weiß nicht, ob ich ihn lesen möchte."
„Ich würde es Ihnen empfehlen. Er hilft Ihnen vielleicht bei der Verarbeitung der Vergangenheit. Auch wenn es weh tut. Bitte. Ich spreche aus Erfahrung." Er nickte ihr aufmunternd zu.
„Gut!" Jenny nahm zögerlich den ausgedruckten Brief in ihre Hände und begann leise zu lesen.
Wipperfürth saß auf seinem Stuhl und traute sich kaum zu atmen. Es war still im Büro. So still, dass man eine Nadel hätte fallen hören können.
Nach einer gefühlten Ewigkeit blickte Jenny Wipperfürth durch tränennasse Augen an. „Ich kann nicht mehr", sagte sie kaum hörbar. „Bitte … bitte helfen Sie mir. Wie soll ich denn damit leben? Ich habe mit dem Mann geschlafen, der meine Schwester getötet hat? Robin hat mit ihm gespielt, mit ihm Sandburgen gebaut, Ausflüge gemacht, gesungen und gelacht. Mit dem Mann, der seine Tante getötet hat! Und Mama hat mit ihm Kaffee getrunken, mit ihm geredet, mit ihm schöne Nachmittage

verbracht. Mit dem Mann, der ihr das größte Leid zugefügt hat!"
Dann brach alles aus Jenny heraus. Der unendliche Schmerz der ganzen letzten Jahre, die tiefe Trauer, die nicht enden wollenden Schuldgefühle, die sie zu erdrücken drohten, die ewigen Vorwürfe, nicht auf ihre jüngere Schwester aufgepasst zu haben. Tränen flossen über ihr Gesicht und tropften auf ihre Bluse.
Wipperfürth reichte ihr ein Taschentuch. „Ich kann mir vorstellen, was für ein schwerer Schlag das für Sie ist, Frau Böker. Vielleicht hilft es Ihnen, wenn Sie jetzt Ihre Schwester in aller Stille beerdigen können. Dann haben Sie einen Ort, an dem Sie sie besuchen und um sie trauern können. Das hilft bei der Verarbeitung eines so schlimmen Verbrechens. Glauben Sie mir. Das lässt vielleicht auch Ihre Seele wieder Frieden finden."
„Sie haben gut reden!", brüllte Jenny Wipperfürth an. „Alle Menschen sind tot, die mir etwas bedeutet haben. ALLE!" Ihre hysterische Stimme hallte durch das Büro. Sie schlug erneut beide Hände vor das Gesicht und ihr ganzer Körper zitterte. „Ich kann nicht mehr!", wimmerte sie und sackte mit dem Kopf auf die Schreibtischplatte.
Wipperfürth konnte allenfalls erahnen, welche seelischen Schmerzen die Frau in diesem Moment durchleiden musste. Diese alleinstehende Mutter, die jüngst erst ihre eigene Mutter und kurz danach ihren Freund verloren hatte. Doch Wipperfürth nahm sich vor, nicht nun ebenfalls die Nerven zu verlieren. Er legte ihr sanft die Hand auf die Schulter und reichte ihr ein Glas Wasser. „Hier, Frau Böker. Trinken Sie etwas. Es stimmt, was Sie sagen. Das Leben kann grausam sein. Und zu Ihnen scheint es in letzter Zeit besonders grausam gewesen zu sein. Doch Sie sind eine starke Frau. Das habe ich sofort gespürt, als Sie uns hier das erste Mal besucht haben. Sie werden sich nicht unterkriegen lassen. Und denken Sie an Ihren Sohn. An Robin. Der braucht Sie. Mehr als alles andere auf der Welt."
Ein erneutes Schluchzen durchzog den Raum. Wipperführts Hand lag noch immer auf Jennys kalter Schulter.

Ganz allmählich schien sie sich ein wenig zu beruhigen. Ihr Atem wurde gleichmäßiger. Sie hob ihren Kopf und schaute mit verweinten Augen zu Wipperführt hoch. „Ja ... Robin braucht mich. Und ich brauche ihn. So sehr!“ Sie nahm einen Schluck Wasser. „Und Nora ... Nora soll neben Mama ihre letzte Ruhe finden. Dann sind beide wieder vereint.“

Jenny wischte sich die letzten Tränen aus dem Gesicht und putzte sich die Nase. Sie schaute Wipperfürth geistesabwesend an und dachte noch immer an Nora und an ihre Mutter.

Aufkommende Gedanken an Wolle verdrängte sie. Schmetterte sie ab wie einen Tennisball.

***

„Ich schließe jetzt die Akte ‚NORA‘. Alle Berichte sind geschrieben, selbst Meier-Rettichs Bericht ist schon fertig. Alle Fotos nummeriert, sortiert, alles eingeheftet beziehungsweise elektronisch gespeichert. Ab ins Archiv! Berger?“

„Ja!“

„Heute Abend werde ich mit Heidrun zum Spanier essen gehen. Habe sie eingeladen. Ich habe einen Zweiertisch im hinteren Teil des Restaurants vorbestellt. Da haben wir Ruhe und können ungestört reden. Dieser tragische Fall hat uns ganz schön mitgenommen. Aber vielleicht können Heidrun und ich ja von Neuem beginnen. Und morgen – morgen Abend sollten wir zwei noch einmal ein Bier zusammen trinken, oder?“

„Das ist eine super Idee. In der ‚Fliege‘?“

„Ja, sehr gerne. Freut mich, dass es dir da auch so gut gefällt.“

„Auf jeden Fall. Stimmt, was du sagtest, da geht es wirklich zu wie in einem alten Bläck-Fööss-Song. Da sind die Leute von nebenan. Der Bäcker, der Handwerker, die einsame Hausfrau und die verlassene Geliebte sowie der Arbeitslose, der sich gerade mal zwei Bierchen leisten kann. Dort steht der schnieke Jurist neben dem abgefahrenen Studenten und die fesche Designerin neben der Haushaltshilfe, der jecke Rheinländer neben einem Mannsbild aus dem Ruhrgebiet. Ich freue mich auf morgen, Willi!“

24

„Meinst du, wir machen das Richtige?“
Jenny saß neben Thomas auf dem steinigen Boden, direkt am Rheinufer. Seit Wolfgangs Tod waren vier Monate vergangen. Sie verfolgte mit den Augen den Flug einer Möwe und spielte mit einem abgepflückten Grashalm.
Thomas hatte seinen Arm um ihre Schulter gelegt und schaute sie verliebt an. „Ja!“
„Das ist eine kurze Antwort, Thomas. Wirklich?“
„Jahaa! Jahaa! JAAAA!“ Seine Stimme hallte durch die Luft, von der vorbeifahrenden ‚Rheinprinzessin‘ winkten Passagiere, man hörte Kindergelächter und auf Robins Hand krabbelte munter ein Marienkäfer.
„Dann bin ich glücklich. So glücklich wie noch nie!“ Jenny lächelte.

**Der Tod eines Menschen
zeichnet die Lebenden.**

ENDE

Weitere Krimis in der Edition Lempertz

MORD ALAAF

184 Seiten
ISBN: 978-3-96058-293-9
9,99 €
bereits erschienen

MUSEUMSMORD

ca. 264 Seiten
ISBN: 978-3-96058-295-3
9,99 €
erscheint ca. August 2019

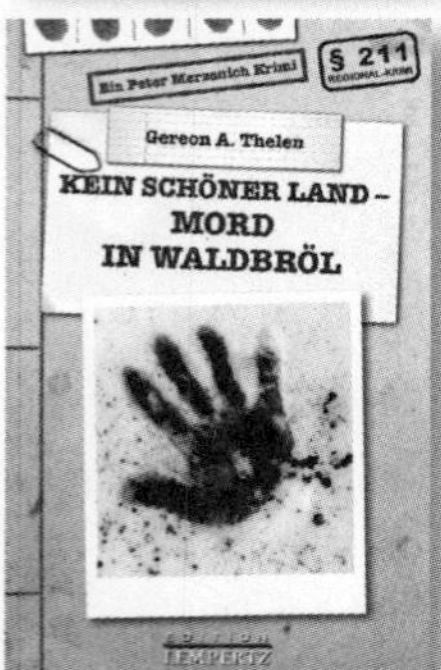

KEIN SCHÖNER LAND – MORD IN WALDBRÖL

ca. 208 Seiten
ISBN: 978-3-96058-296-0
9,99 €
erscheint ca. September 2019

Alle Krimis auch als E-Books!